KB077799

絕世天王 **절대천왕**

장담 新무협 판타지 소설
FANTASTIC ORIENTAL HEROES

절대천왕 5

장담 新무협 판타지 소설

초판 1쇄 찍은 날 § 2008년 7월 21일
초판 1쇄 펴낸 날 § 2008년 7월 31일

지은이 § 장담
펴낸이 § 서경석

편집장 § 문혜영
편집책임 § 서지현
편집 § 문정흠

펴낸곳 § 도서출판 청어람
등록번호 § 제1081-1-89호
등록일자 § 1999. 5. 31
어람번호 § 제2-1539호

주소 § 경기도 부천시 원미구 심곡1동 350-1 남성B/D 3F (우) 420-011
전화 § 032-656-4452 팩스 § 032-656-4453
http://www.chungeoram.com
E-mail § eoram99@chollian.net

ⓒ 장담, 2008

ISBN 978-89-251-1411-8 04810
ISBN 978-89-251-1301-2 (세트)

5

절대천왕

장강풍운(長江風雲)

장담 新무협 판타지 소설
FANTASTIC ORIENTAL HEROES

청람
도서출판

目次

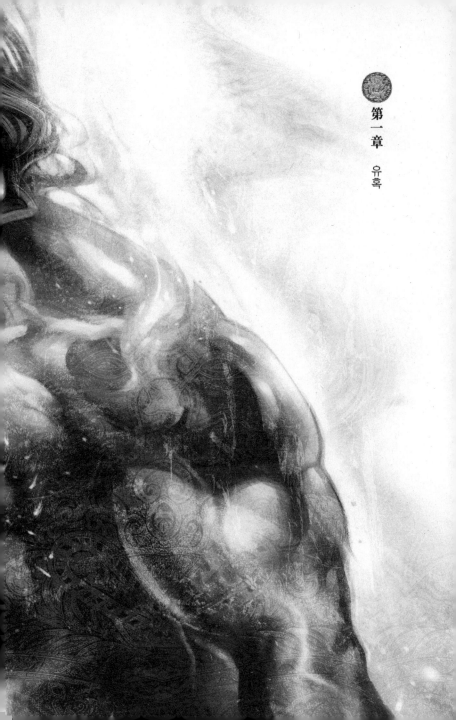

第一章　유혹

머리가 묵직하다.

술 때문인가?

그것은 아닌 것 같다. 처음으로 느껴보는 기이한 기분. 온몸
에 열이 나는 것처럼 느껴진다.

그때 들려오는 이자광과 백화의 목소리.

문이 열리더니 누군가가 들어온다.

백화인 것 같다. 아니, 한 사람이 아니다.

둘, 셋.

가벼운 발걸음. 삼화가 모두 온 것 같다.

무슨 일로 삼화가 모두 온 것일까?

구수한 냄새가 난다. 뭔가 먹을 것을 가져왔다는 말이다.

머리도 묵직한데다가 일어나기도 어정쩡한 상황. 일단은 그
냥 잠든 척 그대로 놔두었다.
　바로 그때다. 옷자락 쓸리는 소리가 나고, 누군가가 침상으
로 다가왔다.

　밖에서는 방 안의 소리를 듣지 못할 것이었다.
　청화가 내력을 운용해 방 안의 소음이 벗어나지 못하게 할
테니까.
　백화는 홍화의 옷이 미끄러져 내리는 소리를 들으며 천천히
걸음을 옮겨 침상으로 다가갔다.
　약한 등잔불에 나삼 속의 몸이 거의 다 보이다시피 하는 그
녀는 그 자체로 강렬한 유혹이었다.
　백화는 더욱 강한 요기를 발하며 좌소천의 침상 앞에서 걸
음을 멈췄다.
　단정하면서도 강인해 보이는 얼굴이 눈앞에 보인다.
　약한 등잔불이지만 눈썹 하나까지 셀 수 있을 정도다.
　'좌소천……'
　이십대 중반의 나이에 호북 총지부장이 된 사람. 자신들을
친동생처럼 항상 따뜻하게 대해주던 사람.
　백화의 눈빛이 찰나간 흔들렸다.
　감정이 말살된 그녀의 눈빛이 흔들렸다는 것을 알면, 잠사
령주는 아마도 그녀를 백일간 빛도 없는 이둠 속에 처박아놓
을 것이 분명했다.

'내 마음이 흔들리다니……. 말도 안 돼!'

이를 지그시 깨문 백화는 천천히 손을 뻗어 얇은 이불을 잡았다.

눈 가장자리가 가늘게 떨렸다.

'단지 목표일 뿐이야.'

다시 한 번 스스로를 채찍질한 그녀는 잡은 이불을 천천히 젖혔다.

그때 매미 날개와 같은 나삼만 입은 홍화가 바로 뒤따라와 이불 속으로 기어들어 갔다.

'이, 이런!'

어영부영하는 사이에 이불이 젖혀진다.

확 밀려드는 화향에 코끝이 찡해지고 갑자기 가슴이 뛴다.

생각지도 못했던 상황!

좌소천은 백화가 이불 속으로 파고들기 전에 말리려 했다.

바로 그때, 갑자기 강한 기운이 느껴졌다.

거기에 더해 요사스러운 기마저 밀려왔다.

"하아……."

홍화의 입에서 옅은 비음이 흘러나온 것 또한 바로 그때였다.

그 소리를 듣는 순간, 좌소천은 머리가 땡해지며 심장이 두근거리고, 참을 수 없는 욕망이 들끓었다.

갑작스런 반응.

당황한 좌소천은 더 이상 참지 못하고 눈을 떴다.

바로 눈앞까지 다가온 홍화와 백화의 모습이 보였다.

속이 은은하게 비치는 나삼을 입은 두 소녀의 고혹적인 자태는 부처라도 돌아앉게 만들 정도였다. 하물며 이제 이십대의 젊은 좌소천이 참기에는 너무 강렬한 유혹이었다. 더구나 차에 탄 미약을 마신 상태가 아닌가.

꿈을 꾸는 듯한 기분이었다. 억지로 입을 여는데 목소리가 겨울바람을 맞은 문풍지처럼 흔들렸다.

"이, 이러면 안 돼……. 돌아가……."

안간힘을 다해 입을 여는 좌소천을 향해 백화가 미소를 지었다.

"공자, 저희를 물리치지 마세요."

뇌리를 울리며 파고드는 나긋한 목소리다. 그 어떤 남자라도 거부할 수 없는 유혹적인 목소리.

한데 묘했다.

그 목소리가 들리자, 좌소천의 내부에서 한가닥 기운이 일었다. 마치 적이라도 만난 것 것처럼 스스로 일어나는 기운이다.

좌소천은 그 덕에 일순간이나마 정신이 번쩍 들었다.

'헛! 내가 이게 무슨……!'

순간이었다.

좌소천은 그제야 조금 전 느낀 강력한 기운의 주인이 누군지, 요사스러운 기운의 주인이 누군지를 깨닫고는 금라천황공을 운기했다.

갑자기 좌소천의 몸에서 기운이 솟구치자, 백화와 홍화가 동시에 좌소천을 향해 손을 뻗었다.

뻗어지는 그녀들의 손에는 언제 들렸는지 한 자 길이의 가느다란 장침이 있었다.

기껏해야 두 자 거리.

게다가 두 소녀는 절정의 무공을 지닌 여인들이고, 좌소천은 미약을 탄 차를 마신 상태다.

푹!

끝이 파랗게 물든 장침이 좌소천의 가슴과 어깨를 파고들었다.

찰나, 살을 파고들던 장침이 한 푼 깊이에서 금라천황공의 반탄력에 튕겨졌다. 그와 동시, 좌소천의 몸이 침상에서 옆으로 미끄러졌다.

백화와 홍화, 일요와 삼요는 즉시 몸을 날려 좌소천을 덮쳤다.

순간 좌소천의 신형이 빙글 돌며 허공으로 떠올랐다. 그 바람에 일요와 삼요의 손에 들린 장침은 옷깃을 스쳐 벽에 박혔다.

그사이 좌소천은 두 소녀의 머리를 타넘어 보다 넓은 곳으로 나왔다.

그때 입구를 지키고 있던 청화가 공격에 가세했다.

앞에서는 백화와 홍화가, 뒤에서는 청화가 공격한다.

좁은 공간. 유령 같은 신법. 오직 상대를 죽이기 위한 것만이 목적인 절제된 공격!

한데 자신은 전력을 다할 수 없는 상태다.

좌소천은 금라천황공을 끌어올리며 세 소녀의 공격을 피했다.

눈 깜박할 사이에 서너 번의 공격이 이어졌다.

소리없이 환영처럼 달려드는 세 소녀다.

좌소천은 금환비영을 펼쳐 세 소녀의 공격을 피하고는 손을 쫙 펼쳐 허공을 연달아 내려쳤다.

쿠구궁!

그리 크지 않은 소리였다. 그러나 청화가 소음을 막지 못하고 있는 상태.

갑작스런 소음과 함께 강력한 기운이 방 안에서 흘러나오자 밖에서 소란이 일었다.

"뭐, 뭐야? 무슨 소리지?"

"총지부장님!"

이자광이 좌소천을 부르고는, 아무런 대답이 없자 방문을 덜컥 열었다.

좌소천의 삼 장에 두어 걸음씩 물러난 삼요는, 문이 열린 것은 아랑곳하지 않고 좌소천만을 공격했다.

그녀들이 물러선 시간은 그야말로 찰나에 불과했다.

하지만 그 짧은 시간에 좌소천은 숨을 한번 몰아쉬며 금라천황공을 칠성까지 끌어올렸다.

일순간 좌소천의 두 주먹이 건곤을 점하고 휘돌았다.

후우웅!

방 안의 대기가 뒤집히며 바닥의 집기들이 허공으로 떠올랐다.

동시에 삼요가 유령 같은 몸놀림으로 달려들자 건곤을 뒤집은 좌소천의 두 손에서 커다란 권영이 삼요를 향해 밀려갔다.

떠더덩!

신음 한마디 없이 삼요의 몸이 죽 밀려났다.

찌이익, 탁자 모서리에 걸려 나삼이 찢겨지고, 충격에 가슴이 풀어헤쳐져 삼요의 알몸이 적나라하게 드러났다.

좌소천은 눈앞에 삼요의 알몸이 놓이자, 차마 더 이상 공격을 하지 못하고 멈칫했다.

그 광경에 방 안으로 들어온 이자광과 호위무사들조차 막상 삼요를 공격하지 못했다.

"이, 이게 어찌 된……?"

그저 어정쩡한 자세로 말을 더듬을 뿐이다.

그때, 천장이 소리없이 갈라졌다.

본능적으로 위험을 느낀 삼요, 홍화가 고개를 들며 몸을 틀었다. 그러나 좌소천의 공격에 충격을 받은 그녀가 피하기에는 떨어지는 번개가 너무 강했다.

서걱!

한줄기 번개가 홍화의 어깨를 훑고 가슴까지 갈라 버렸다.

비명도, 신음도 없이 홍화의 몸에서 피분수가 뿜어졌다.

대경한 일요와 이요가 장침을 휘두르며 천장에서 내려온 기천승을 향해 공격했다.

홍화를 일검에 가른 기천승의 연검이 일요와 이요를 향해 휘둘러졌다.

강호제일을 다투는 살수들의 싸움이다.

아무런 소리도 없이 검과 장침이 얽혀든다.

순식간에 삼 초가 지났는데도 승부가 쉽게 갈리지 않는다.

"물러서 있으시오."

보다 못한 좌소천이 기천승을 물러서게 하고는, 한 걸음 나서면서 두 주먹을 휘둘렀다.

후웅!

암살이 실패했다는 것을 절감한 일요가 악을 쓰듯 소리치며 몸을 날렸다.

"도주해!"

하지만 좌소천은 그녀들이 알고 있는 것보다 훨씬 강한 사람이었다. 그것을 모른 것이 그녀들의 실수라면 실수였다.

커다란 주먹 하나가 일요의 몸을 덮어간다.

건곤합일(乾坤合一)!

그것은 결코 그녀가 막을 수 있는 것이 아니었다.

쾅!

창문을 뚫고 나가기도 전, 일요의 알몸이나 다름없는 몸뚱이가 벽으로 날아가 부딪쳤다.

좌소천은 자신의 건곤합일에 일요가 날아가는 것을 보지도 않고 옆으로 손을 뻗었다.

근처 침상의 베개 부근에 눕혀져 있던 묵령기환보가 그의 손으로 빨려 들어왔다.

좌소천이 묵령기환보를 들고 앞으로 쑥 뻗는 순간, 이요는 정신이 아득해지는 것을 느끼며 몸이 굳어버렸다.

천붕칠절 중 설붕벽이 펼쳐지자, 자신의 온몸이 거대한 눈사태에 깔린 것 같은 착각에 빠진 것이다.

순간 기천승이 나서서 몸이 굳은 이요의 혈도를 제압했다.

거의 동시에 이요의 입에서 진한 먹물 같은 검은 피가 한줄기 흘러나오고 고약한 냄새가 방 안에 진동했다.

'으음……'

좌소천은 이를 지그시 악물고 눈살을 찌푸렸다.

건곤합일과 설붕벽을 연이어 펼치자, 장침이 꽂혔던 가슴과 어깨에서 화끈한 기운이 퍼져 나가기 시작한다. 비록 한 푼 깊이에 불과하지만 그곳 역시 피가 흐르고 있는 곳. 독이 퍼지는 데는 아무런 지장도 받지 않았다.

바로 폐쇄를 시키고 자신의 기운으로 태워 버렸다면 더 이상 퍼지지 않았을 것이었다. 그럴 만한 시간이 없었다는 게 문제일 뿐.

"주군! 어찌 된 일입니까?"

그때 공손양이 달려왔다.

"공손 형, 이곳을 정리해 주시오. 나는 옆방에서 몸을 좀 돌봐야겠소."

"부상을 당하셨습니까?"

"가벼운 상처일 뿐이오. 걱정 마시오."

좌소천의 말에 이자광의 눈이 떨렸다. 호위를 맡은 책임자로서 고개를 들 수가 없었다.

'제길!'

순진해 보이던 삼화의 무공은 자신보다 윗길이었다. 더구나 속이 다 비치는 나삼을 입은 데다, 나중에는 그것마저 찢어져 정신이 어지러울 지경이었다.

자신 같았으면 어땠을까?

깊이 생각할 것도 없었다. 한 사람의 공격도 막아내지 못하고 죽을 것이 분명했으니까. 자존심 상할 일이지만 사실이 그랬다.

그런 삼화가 조금 전만 해도 웃으면서 자신의 앞을 지나갔다. 살랑살랑 엉덩이를 흔들며.

이자광은 소름이 돋았다.

그리고 그만큼 더 큰 분노가 끓어올랐다.

믿음에 대한 배신!

좌소천은 별것 아닌 것처럼 말하지만, 이자광의 마음은 편안할 수가 없었다. 그 분노가 널브러져 있는 삼화에게 그대로 옮겨졌다.

"이봐! 보고만 있지 말고 이 계집들을 밖으로 들어내!"

그때 기천승이 탁자 위에 엎어진 찻주전자를 바라보며 코를 씰룩였다. 탁자로 다가간 그는 손가락으로 찻물을 찍어 혀에 가져다 댔다. 고개를 돌린 그가 좌소천에게 물었다.

"이 차, 얼마나 마셨습니까?"

"석 잔 정도 마셨소."

"이상을 느끼지 못하셨습니까?"

"처음에는 몰랐는데, 조금 전에는 머리가 조금 어지러웠소."

기천승의 표정이 이상하게 변했다.

"조금… 어지럽기만 했단 말입니까?"

"약을 탄 차였소?"

"그렇습니다. 그것도 보통 미약이 아닌, 조금만 복용해도 일각 안에 정신을 잃는다는 초혼단이 타져 있습니다. 냄새도 없고 맛도 없는 거라 일반 사람은 느끼지도 못할 것입니다만."

잠깐 이야기를 나누는 사이 가슴의 통증이 심해진다.

좌소천의 얼굴도 약간 창백해졌다.

"아무래도 이야기는 나중에 나눠야 할 것 같소."

그제야 뭔가를 깨달은 기천승이 한쪽에 떨어져 있는 장침을 보고 급박한 목소리로 물었다.

"혹시… 저 장침에……?"

"살짝 찔렸소."

기천승의 표정이 굳어졌다.

가벼운 상처라 했다. 그래서 그러려니 했다. 한데 장침에 찔렸다면 말이 달라진다. 장침의 끝이 새파랗다는 것은 독이 묻었다는 뜻.

급히 장침을 집어 든 기천승이 냄새를 맡고 살짝 혀끝을 대더니 급히 뱉어낸다.

퉤!

두어 번 더 침을 뱉어낸 기천승이 이마를 찡그렸다.

"지독하군요."

살수는 기본적으로 독에 대해 알고 있어야 한다. 기천승도 수백 가지의 독에 대해 알고 있었다.

하지만 장침에 발라진 독은 그로서도 처음으로 대해보는 것이었다.

"아무래도 신속히 손을 써야 할 것 같습니다. 한데 해독약이 있을지 모르겠군요."

"혈류를 차단하고 내력으로 독기가 번지는 것을 막았소. 그래서 그런지 더는 번지지 않는 것 같소. 일단은 내력으로 몰아내 보고, 그도 안 되면 삼매진화로 독을 태워봐야겠소."

"그건……."

기천승은 차마 '말도 안 되는 소리'라는 말은 하지 못하고 고개만 저었다.

공손양은 기천승의 표정을 읽고, 즉시 이자광에게 소리쳤다.

"자광! 가서 어르신들께 상황을 알리고 독에 대해 잘 아시는 분이 있는지 알아보도록 해라!"

그러잖아도 죄의식을 느끼고 있던 이자광이 큰 소리로 대답하고 뛰어갔다.

"알겠습니다, 형님!"

암살 사건에 대한 진상이 알려지자, 진월각에 모여든 모든 사람이 공황 상태에 빠졌다.

그렇게 순진해 보이던 세 소녀가 살수였다니!

특히 청화와 홍화에게 시중을 받았던 등소패와 위지승정은 할 말을 잃고 눈을 감았다.

"내력을 완전히 감추었으니 누가 봐도 그녀들의 정체를 몰랐을 겁니다."

"아무리 그래도 그렇지, 어떻게 아무도 모를 수가 있단 말이냐? 허어……."

등소패가 탄식을 토해내자 동천옹이 눈살을 찌푸렸다.

"그런 게 있어. 제력금혼침이라고, 아주 오래전에 사라진 것인데, 그걸 몸에 심으면 평범한 사람이나 똑같아지지. 물론 그걸 심기 위해서는 죽음보다 더한 고통을 참아야 하지만."

"정말 어이가 없군요. 그렇게 정을 줬는데……."

위지승정이 눈을 뜨고는 고개를 저었다.

어찌 그러지 않으랴.

그나 등소패는 청화와 홍화를 친손녀나 다름없이 생각하고, 한편으로는 정말 친손녀로 삼을까 하는 마음마저 가졌었다.

한데 그런 두 소녀가 좌소천을 죽이기 위해 침투한 살수였을 줄이야.

등소패가 침울한 표정으로 공손양을 바라보았다.

"소천이는 어떻게 하고 있느냐?"

공손양이 굳은 표정으로 입을 열었다.

"몸을 다스리고 있습니다. 큰 상처를 입지는 않았습니다만, 그녀들이 쓴 장침에 아주 지독한 독이 묻어 있어서⋯⋯. 지금 무영자 어르신께서 손을 쓰고 있으니, 두고 봐야 할 것 같습니다."

사람들이 걱정스런 표정으로 공손양을 쳐다보았다.

"무영자라면 제법 독에 대한 지식이 있지. 어설픈 의원들보다는 나을 게야. 단지 조금 칠칠맞지 못해서⋯⋯."

동천옹이 조금은 못 미더운 듯 동그란 눈을 굴렸다.

등소패가 이마를 찡그리며 공손양에게 물었다.

"삼화가 어디에서 온 살수인지는 알아냈는가?"

공손양이 싸늘한 눈빛을 빛내며 말했다.

"천외천가에서 온 살수일 거라 생각하고 있습니다."

등소패와 위지승정의 눈이 동시에 싸늘히 굳어졌다.

자신들은 사실 천외천가에 대해 별다른 적개심이 없었다. 그저 제자라 할 수 있는 좌소천의 적이기에 그들을 적으로 삼을 생각이었을 뿐이다.

그러나 이제는 달랐다.

삼화를 친손녀처럼 생각한 그들이 아닌가.

희롱당한 기분에 분노가 치밀어 견딜 수가 없었다.

"내 이놈들을 그냥⋯⋯!"

"용서하지 못할 놈들. 어린 소녀들을 이용하다니."

천외천가는 자신들을 희롱한 대가를 치러야 했다.

그 시각, 좌소천은 독을 몰아내기 위해 무영자에게 몸을 맡기고 있었다.

개미가 혈관을 갉아대는 통증!

가슴과 어깨가 불에 달군 듯 뜨거워졌다.

장침에 당한 상처야 별것이 없었다. 문제는 장침에 묻은 독이 평범하지 않다는 것이다.

좌소천은 운기해서 독의 확산을 막고 그대로 태워 버리려 했다.

한데 자신이 당한 독은 생각했던 것보다 더 지독했다. 독의 확산은 겨우 막았지만, 자신의 내공으로도 태우는 것은 쉽지가 않았다.

금라천황공을 근 한 시진 동안 운기하고 나서야 겨우 독의 기운을 상처 부위로 몰아넣을 수 있을 뿐이었다.

그나마도 곧바로 자신을 찾은 무영자가 도와주지 않았다면, 시간이 배는 더 걸렸을지도 몰랐다.

무영자도 독의 지독함을 알고 내공으로 태우려던 방법을 바꾸었다.

"너무 독해서 태우는 것으로는 완벽히 제거하기 힘들 것 같다. 차라리 살을 째서 빼내고 여독만 태우도록 하자."

무영자의 말에 좌소천이 고개를 끄덕였다.

삼화가 쓴 독의 기운은 가슴과 어깨의 상처 부위에 한 치 넓이의 검은 반점으로 뭉친 상태였다.

무영자의 말대로 태운다 해도 완벽히 제거할 수 있을지는 미지수였다.

무영자가 품에서 작은 비수 하나를 꺼내는 걸 보며 좌소천은 이를 지그시 악물었다.

독 때문이 아니었다. 그렇다고 무영자의 새파랗게 날 선 비수 때문도 아니었다.

'천외천가. 목적을 위해서라면 무슨 짓이든 할 수 있다는 건가?'

개미가 갉아대는 통증이 몰려올 때마다 분노가 솟구쳤다.

무엇보다도 그에게 충격을 준 것은, 친동생처럼 생각했던 삼화가 살수였다는 것과 자신이 그녀들에게 속아서 하마터면 정말로 죽을 뻔했다는 것이었다.

제천신궁에서의 암살 기도에 대해서는 그러려니 했다.

그러나 삼화의 사건은 그의 결심에 한 가지를 더해주었다.

'도저히 용서할 수 없는 자들!'

단순히 복수하는 것으로 끝내지 않을 것이다.

세상에 해악이 되는 천외천가를 완전히 없애 버릴 것이다.

그들의 배후라 생각되는 천해까지!

좌소천은 무영자의 비수가 가슴에 뭉친 반점을 긋기 위해 다가오는데도, 만년빙처럼 싸늘히 굳은 표정을 유지한 채 앞만 바라보았다.

어느 순간, 날 선 비수가 스치자 시커먼 독혈이 흘러나오면서 고약한 냄새가 풍겼다.

'독혈의 냄새보다 더 심한 악취가 풍기는 놈들! 내 너희들만큼은 절대 용서치 않을 것이다!'

그때 언뜻 무영자의 두 눈에 기이한 빛이 출렁였다.

'흐흐흐, 이대로 확 찔러 버릴까?'

하지만 무영자는 강렬한 유혹(?)을 겨우 버티고 어깨의 반점마저 비수로 갈랐다.

어쩌면 그래서였을 것이다. 반 치만 가르면 될 것을 무영자는 한 치 가까이나 갈랐다.

"정상적인 피를 빨리 나오게 하려면 많이 가르는 게 낫다네."

정말 그 이유 때문에 그랬는지는 오직 무영자만이 알 뿐이었다.

여독까지 몰아내는 데는 세 시진이 걸렸다.

좌소천은 가슴과 어깨에 약을 바르고 천으로 감싼 후 그 방을 나섰다.

이미 자신의 방은 깨끗이 치워져 있는 상태. 좌소천은 자신의 방으로 돌아가자마자 기천승을 불렀다.

"제때에 와주었습니다."

본래 기천승은 의형제들과 함께 황파현성에 머물고 있었는데, 만월평을 떠나기 전에 시킬 일이 있어서 좌소천이 부른 터였다. 한데 때마침 자신이 삼화의 공격을 받을 때 도착한 것이다. 참으로 기가 막힌 우연이었다.

하지만 기천승은 무표정한 얼굴로 고개를 저을 뿐이었다.

"제가 오지 않았어도 달라진 것은 아무것도 없었을 겁니다."

그럴지도 몰랐다. 그러나 어쨌든 기천승 덕분에 삼화를 빨리 처리한 것만은 사실이었다. 그리고 그 시간을 아꼈기에 독의 확산도 빨리 막을 수가 있었다.

좌소천은 담담한 눈으로 기천승을 바라보았다.

"제가 부른 것은 더 이상 밖에 있을 이유가 없기 때문입니다."

기천승의 눈이 살짝 치켜떠졌다.

그동안 만약의 경우를 생각해 만월평으로 들어오지 않았다. 만약의 경우 제천신궁에서 자신에 대해 알면 좌소천을 의심할지도 모르는 일이니까.

한데 좌소천의 말대로라면 제천신궁의 눈을 더 이상 의식할 필요가 없다는 말이 아닌가.

"사공은환이 죽었기 때문입니까?"

물론 그것도 이유 중의 하나였다. 그러나 그보다 더 중요한 이유가 있었다.

"이제부터는 남의 눈치를 보지 않을 생각입니다."

기천승이 좌소천을 직시했다.

남이라고 하지만 그 상대는 명백하다.

제천신궁의 궁주, 제천무제 혁련무천! 바로 그를 말함이다.

좌소천의 전신에서 퍼져 나오는 거대한 기운에 기천승의 치
커뜬 눈이 절로 내려갔다.

"제가 할 일이 무엇입니까?"

"가주셔야 할 곳이 있습니다."

그날 저녁 삼화의 정체가 밝혀졌다.

시신과 무기를 놓고 삼화의 정체를 알기 위한 조사를 할 때
였다.

삼화가 지닌 장침과 장침에 발라진 독. 그것을 능야산이 알
아본 것이다.

"이것은 천외천가의 암살자들 중 여인들이 비녀 속에 감추
고 다니는 무기입니다."

공손양이 좀 더 확실한 것을 알기 위해 물었다.

"다른 곳의 살수들도 쓸 수 있는 무기가 아니겠습니까?"

능야산이 싸늘한 표정으로 이를 갈며 고개를 저었다.

"침 때문만이 아니네. 여기에 발라진 독은 태백산에서만 난
다는 흑령초에서 추출한 독이지. 내 형제들도 이 독에 의해 많
은 수가 죽었다네."

무영자의 몸을 감싸고 있는 묵기가 출렁였다. 쉽게 흔들리
지 않는—비록 요즘은 자주 흔들리지만—그가 경악한 목소리로
소리쳤다.

"이 독이 삼대극독 중 하나라는 흑령지독이란 말인가?!"

"그렇습니다. 아주 지독한 독이지요."

"어쩐지 좌가 꼬마의 내공으로도 태우기가 쉽지 않다 했더니."

그 말에 능야산이 오히려 경악한 표정을 지었다.

"설마 흑령지독을 내공으로 태웠단 말입니까?"

"전부는 아니고, 여독만 태워서 없앴지."

능야산도 좌소천의 무공이 자신보다 훨씬 강하다는 것은 진즉부터 알고 있었다. 철혈마제 사도철군과 비등하게 내공 대결을 벌이던 그가 아니던가.

하지만 설마하니 흑령지독을 내공으로 태울 수 있을 정도라고는 생각조차 하지 못했다. 그 정도라면 백독이 통하지 않는 몸이라는 말이 아닌가 말이다.

그때 공손양이 눈을 빛내며, 입을 다문 채 조용히 앉아 있는 좌소천을 바라보았다.

"삼화가 천외천가의 살수라는 것을 알릴까 합니다."

"알리는 거야 상관없소만, 본 궁에까지 알려지면 궁주가 확증을 요구할 거요. 추측만 가지고 궁주의 마음을 흔들 수는 없는 일, 흑령지독에 대해 증언해 줄 독의 전문가를 찾았으면 좋겠는데……."

그때 동천옹이 손가락을 들더니 무영자를 향해 허공을 콕콕 찔렀다.

"그건 걱정할 것 없다. 우리야 저 늙은이가 엉터리라는 것을 알지만, 궁에서는 저 늙은이의 재주를 엉터리라 할 만큼 배짱 있는 놈이 없으니까 말이야."

"홍! 내가 왜 엉터리라는 말이냐?"

"살을 한 치나 갈랐다며? 살짝 찔러서 피만 빼면 될 것을 한 치나 가른 놈이 말이 많기는."

"그, 그건……. 험, 그건 그래야 빨리 독혈을 뺄 수 있기 때문이지. 모르면 아무 소리 말고 조용히 입 다물고 있어."

"정말 그 이유 때문에 그런 것이냐? 전에 옷자락 잘린 것 복수하려고 한 것 아니고? 흐흥! 아마 푹 찌르고 싶은 걸 참느라 혼났을걸?"

"그게 아니라니까!"

아마 묵기가 없었다면 벌게진 얼굴이 드러났을 것이었다. 이때만큼은 자신이 익힌 흑살기가 그렇게 고마울 수가 없는 무영자였다.

"좌가 꼬마야, 네가 말해봐라! 내가 정말 푹 찌를 거라고 생각했느냐?"

좌소천이 절대 아니라는 표정을 지으며 말했다.

"아닙니다. 생각보다 깊고 길게 가르긴 했지만, 어르신께선 정성을 다해서 제 상처를 치료해 주셨지요."

깊고, 길게.

무영자는 그 말이 조금 마음에 걸렸지만 정성을 다했다는 말만큼은 마음에 들었다.

"그, 그렇지?"

다음날 아침.

총지부장에 대한 암살 사건이 공식적으로 알려졌다.

만월평이 술렁였다.

더구나 범인이, 다름 아닌 좌소천이 구해온 삼화라는 것과 삼화가 천외천가의 살수라는 것이 밝혀지자 만월평의 무사들은 엄청난 충격에 빠졌다.

사공은환의 사건이 벌어진 지 며칠 지나지 않은 상황. 하기에 그 파장이 더욱 클 수밖에 없었다.

모든 무사들이 천외천가를 욕하더니, 결국은 혁련무천의 처신을 성토하는 소리까지 나오기 시작했다.

남쪽에서 태풍이 몰려옴과 동시, 호북 일대가 고요한 긴장에 잠겨 숨을 죽였다.

그날 이후, 좌소천은 지부 순찰을 미루고 상황을 주시했다.

의도하지 않은 상황이 전개되고 있다. 어떻게 변할지는 당장 아무도 모르는 상태. 다만 분명한 것은, 상황이 그리 나쁘지 않게 흐르고 있다는 것이었다.

2

"뭐야?! 천외천가가 소천이를 암살하려 했다고?"

혁련무천의 갈라진 노성이 제천전을 울렸다.

연이은 사건에 그의 머리가 반쯤은 희어진 것처럼 보일 지경이었다.

"방금 황파에서 전서구가 당도했습니다, 주군!"

여가룡의 대답에 혁련무천의 볼이 씰룩였다.

"증거를 확보했다고 하던가?"

"살수들의 무기와 무기에 바른 독을 무영자 어른께서 알아보셨다 합니다."

"무영자 장로가?"

"예, 주군. 그분 말로는, 그 독이 태백산에서만 나오는 절대극독인 흑령지독이었다 합니다. 더구나 그녀들이 쓴 무기가 천외천가의 여살수들이 쓰는 무기였다고……."

여가룡의 말이 끝나기도 전이었다. 혁련무천이 분노에 찬 일성을 터뜨렸다.

"빌어먹을 놈들! 대체 어쩌자는 건가!"

여가룡이 조심스럽게 입을 열었다.

"이쯤에서 천외천가에 경고를 해주어야 할 것 같습니다, 주군. 무사들이 많이 흔들리고 있습니다."

문제는 그것이었다.

사공은환의 유언장에 대한 사건과 맞물리자, 제천신궁의 무사들이 천외천가를 불신하기 시작했다.

게다가 간부들 중 일부마저 좌소천을 동정하는가 싶더니, 이제는 천외천가를 멀리해야 한다는 목소리마저 나오고 있었다.

이대로 가다가는 죽도 밥도 안 될 판이었다.

"안 되겠어. 호정아!"

묵묵히 듣고만 있던 혁련호정이 고개를 돌렸다.

"예, 아버님."

"서신을 보내서 내가 분노하고 있다는 것을 알려라! 협조고 뭐고, 이런 식이면 모든 것을 없던 일로 하겠다고 말해!"

"알겠습니다, 아버님."

"그리고 남양으로 나가 있는 무사들을 당하(唐河)로 후퇴시켜!"

"굳이 그럴 필요까지 있겠습니까?"

혁련호정이 토를 달자, 혁련무천이 차갑게 굳은 눈으로 말을 이었다.

"정한궁으로 인해 곤란에 처해 있는 놈들이야. 우리가 북진을 멈추고 무사들을 후퇴시키면, 우리를 견제하던 무림맹이 다시 놈들을 압박할 것이다. 우리에겐 나쁠 것 없다."

제천무제 혁련무천다운 냉철한 판단이었다.

충분한 사유가 있는 후퇴인만큼 천외천가에서도 따지지 못할 터. 그사이 전열을 정비해 놓고, 기회가 나면 일거에 북쪽을 치면 되는 것이다.

조금 늦어진 만큼 더 많은 것을 얻으면 될 일.

혁련무천은 빠르게 명령을 내리고는, 마음 한구석에 찌꺼기처럼 남아 있는 일에 대해 물었다.

"사공은환의 유언장에 대해 입을 연 놈은 찾았느냐?"

"용의자가 어느 정도 좁혀진 상태입니다. 며칠 안으로 범인을 찾을 수 있을 겁니다."

"꼭 찾아라. 찾아서 그 소문이 진실이 아니라는 것으로 알게 해야 된다."

"걱정 마십시오, 아버님. 반드시 찾아내겠습니다."

3

삼화의 사건이 벌어지고 사흘이 지났을 때였다.

벽여령이 검인보에서 달려왔다.

"어떻게 된 거예요? 몸은 괜찮으세요?"

"괜찮소. 여기까지 오지 않아도 되었는데."

벽여령이 입술을 삐죽이며 표정으로 눈을 흘겼다.

"반갑지 않은가 보죠? 제가 고집 피워서 그 아이들을 시비로 삼았으니……."

"아마 검인보에 놔두었어도 어떻게든 이곳으로 왔을 것이오. 그것에 대해선 너무 마음 쓰지 마시오."

벽여령이 좌소천의 가슴을 바라보더니 걱정스런 표정으로 물었다.

"독은 완전히 몰아냈어요?"

"걱정 마시오, 이제 아무렇지도 않으니까."

가슴에 머물렀던 벽여령의 시선이 천천히 위로 올라왔다.

"이제부터 제가 시비 대신 있을게요."

뜻밖의 말에 좌소천의 눈이 조금 커졌다.

"벽 소저가? 그건 아니 될 말이오. 보주께서 아시면……."

벽여령이 피식 웃었다.

"제가 황파에 간다고 하니까 등을 떠미신 분 말이에요?"

"그래도 다른 사람들이 어찌 생각할지 모르니……."

"아마 다 좋아할 거예요."

벽여령이 눈을 반짝이며 바라본다.

단단히 각오를 하고 온 듯하다. 하긴 여인의 몸으로 그런 말을 꺼냈다는 것부터가 어지간한 각오가 없으면 할 수 없었을 터였다.

더 거부하면 입을 연 벽여령만 창피하게 생각할지도 모르는 일. 좌소천은 두 손을 드는 수밖에 없었다.

솔직히 자신도 벽여령이 그리 싫지는 않았다. 벽여령을 보면 자꾸만 소영령 생각이 나서 가슴 아픈 것이 마음에 걸릴 뿐.

'후우, 대체 어디에 있는지.'

찾아보려고 노력을 하지 않은 것은 아니다.

구포방이 전력을 기울여 그녀를 찾고 있다. 거기다 천이당의 호연금에게도 소영령에 대한 것을 부탁했고, 나름대로 귀를 기울이고 있는 상황이다.

한데도 그녀에 대한 소식은 감감무소식이다.

'미려 누님의 말대로 개방에도 부탁을 해야 하나?'

부탁을 하다 보면 그만큼 자신이 알려질 수밖에 없다. 하기에 아직은 개방을 찾지 않았다. 한데 아무래도 그들에게도 부탁을 해야 할 것 같다.

만월평에 눌러 앉은 벽여령은 정말로 시비처럼 행동했다. 하지만 그녀의 신분을 아는 사람들은 그녀를 결코 시비로 보지 않았다.

모두가 좌소천을 수상한(?) 눈으로 보며 수군댔다.

─혹시 말이야. 검인보에 갔을 때…….

─저 정도면 벌써 진행이 되었다는 말인데…….

─내년 봄쯤에 아기씨를 볼 수 있는 거 아냐?

그렇게 벽여령이 만월평에 온 지 나흘 후, 악양에 가 있던 장하경이 득달같이 달려왔다. 구포봉의 서신을 지닌 채.

서신을 펼쳐 본 좌소천이 고개를 든 것은 장하경에게 서신을 받아 든 지 일각가량이 지나서였다.

좋은 내용은 아니었다.

광한방이 장사로 가는 구포방의 상선을 탈취하고는 상선에 타고 있던 사람들을 죽였다고 한다. 동정호의 수적들이 행한 일처럼 꾸며서.

죽은 사람은 모두 열두 명.

정말 수적들이 저지른 일이었다면 구포봉이 장하경을 시켜 서신을 보내지 않았을 터였다. 그 정도쯤이야 자신이 충분히 처리할 수 있을 테니까.

문제는 그 일을 저지른 자들이 광한방이라는 것이다.

죽은 사람들에게는 안된 이야기지만, 내심 바라던 상황이었다.

"방주께서는 뭐라 하셨습니까?"

장하경이 머뭇거리더니 솔직히 말했다.

"똥구덩이에 스스로 대가리를 밀어 넣은 놈들이라고 하셨습니다."

"훗, 그분다운 말이군요."

구포방이 호남을 장악하는 데 가장 큰 걸림돌이 바로 광한방이다. 하지만 마땅한 명분이 없어 지켜보고만 있던 차였다. 한데 그들이 먼저 명분을 만들어주었다.

기회는 왔을 때 잡아야 하는 법. 더구나 우기가 닥쳐 당분간은 자리를 비워도 될 만큼 시간도 충분했다.

"가서 제 말을 전해주십시오. 제가 직접 그들을 똥구덩이에 밀어 넣겠다고 말입니다."

장하경이 힐끔 좌소천을 바라보고는 씩 웃으며 고개를 숙였다.

"알겠습니다, 공자."

좌소천은 계획보다 며칠 빨리 소수의 사람들만을 대동한 채 만월평을 나섰다.

벽여령이 네 노인과 친해져서 만월평은 걱정하지 않아도 될 듯했다. 더구나 공손양의 역할을 충분히 할 수 있을 만큼 머리가 뛰어난 벽여령이 아니던가.

물론 그녀가 아니라 해도 네 노인의 말을 거역할 사람은 아무도 없었지만.

하기에 좌소천은 부담없이 공손양마저 대동했다.

겉으로 알려진 목적은 지부 순찰이었다. 그러나 그 안에는 극소수의 사람들만이 알고 있는 또 다른 목적이 숨겨져 있었다.

한 달간의 외유.

결코 짧은 시간이 아니었다.

그 시간이면 강호가 어떻게 변할지, 그것은 아무도 모르는 일이었다.

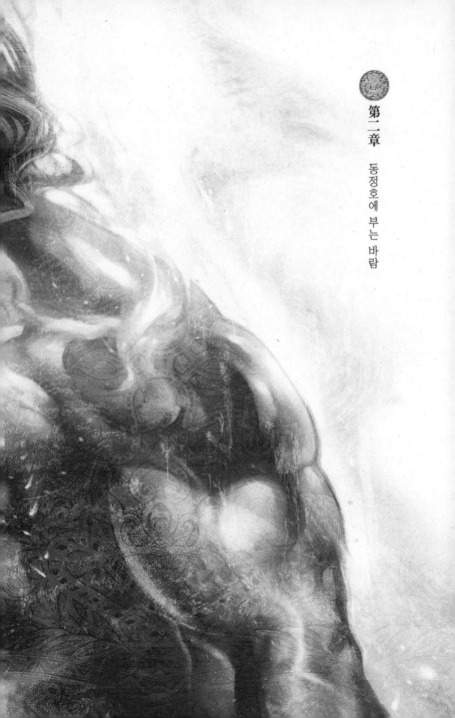

第二章

동정호에 부는 바람

먹구름이 잔뜩 낀 것이 하늘에 먹물을 부어놓은 것처럼 보인다.

금방이라도 비가 쏟아질 것 같다.

이미 남쪽에서는 우기가 시작되었다고 하지만, 섬서성은 간간이 비가 내리긴 해도 아직 우기라 할 만큼의 비는 쏟아지지 않았다.

그렇게 축축한 바람이 부는 유월 말.

어둑한 하늘 아래 일단의 무리들이 남정(南鄭) 남쪽 홍묘(紅廟) 근처의 영음사로 들어섰다. 인원은 열 명이 조금 넘는 정도.

그들은 사찰 안으로 들어가자마자 안쪽의 관음전으로 향

했다.

관음전의 뒤쪽에는 제법 큰 동굴이 있었는데, 그들은 그곳을 잘 알고 있는지 망설이지 않고 그 안으로 들어갔다.

양쪽에 횃불이 꽂혀 있는 동굴로 이십여 장을 들어가자 광장이 나왔다.

그곳에는 이미 삼백여 명의 사람이 모여 있었다.

그들이 광장으로 들어감과 동시에 나직하면서도 엄숙한 외침이 동굴을 울렸다.

"신녀를 뵈옵니다."

선두에 섰던 자가 채양이 넓고 깊이가 깊은 모자를 벗었다. 순간 긴 머리가 출렁이고, 백색 면사가 드러났다.

그녀였다, 신녀!

마침내 정한궁의 여인들이 소리 소문 없이 한중의 코밑까지 다가온 것이다.

*   *   *

밤이 깊을 무렵, 세 명의 회의인이 한중의 양가장을 찾아왔다.

순우무종은 갑작스럽게 들이닥친 그들을 맞이하고는, 선두에 선 세 사람의 중년인을 보고 얼굴이 굳었다.

그들이 누군지를 아는 것이다.

'마침내 천해가 열린 것인가?'

천해의 십암(十暗).

사사를 제외하고 천해에서 가장 강하다는 열 사람 중 셋이 한꺼번에 나온 것이다.

오전에 도착한 이백 명의 정예가 지원 무사의 전부인 줄 알고 있었던 그로선 놀라지 않을 수 없는 일이다.

"어인 일이십니까?"

세 사람 중 얼굴이 거무스름한 자가 고저없는 목소리로 입을 열었다.

"가주의 청이 있었다고 하더군. 신녀와 늙은이를 비롯해 정한궁의 주력은 우리가 맡을 테니, 자네는 나머지를 책임지도록 하게."

순우무종은 자존심이 상했지만, 별다른 반대를 하지 않았다. 이들에게는 반대라는 것이 소용없었다.

"그렇게 하지요. 한데, 천해가 완전히 열린 것입니까?"

"거기에 대해선 어떤 말도 할 수 없네. 자네가 이해하도록."

거의 강압에 가까운 말투.

순우무종은 떫은 감을 베어 문 심정이면서도 별다른 말 없이 몸을 돌렸다.

'흥! 자신들이 종가(宗家)라 이거지? 웃기는 놈들. 어둠 속에서만 산 놈들이 세상에 대해 뭘 안다고.'

십암 중 셋째인 흑암은 몸을 돌리는 순우무종의 입술이 비틀리는 것을 보고 조소를 베어 물었다.

'건방진 놈. 네놈이 어찌 천해의 진실을 알 것이냐. 가주의

아들이라고 해서 겨우 겉만 경험한 놈이.'

삼백 년 전까지만 해도, 천외천가는 천해에 들여보낼 아이들을 찾기 위해 존재하는 곳에 불과했다. 천해의 무공을 익힐 수 있는 특별한 자질을 지닌 아이들 말이다.

하지만 특별한 자질을 지닌 아이들이 어디 강가의 돌멩이처럼 흔하랴.

일 년에 일이십 명, 때로는 열 명이 못 되는 해도 있었다.

그중 천해의 무공을 익히다 죽어가는 아이가 반이 넘었으니, 자연 천해의 인원은 더 이상 늘어나지 않을 수밖에 없었다.

그사이 천외천가는 천해에 들어갈 자질이 못 되는 아이들을 길러 꾸준히 힘을 키웠고, 그 덕에 이제는 천해와 어깨를 나란히 할 정도가 되었다. 가주의 아들이라는 놈이 감히 십암 앞에서 먼저 몸을 돌릴 정도로.

'착각하지 마라, 어린놈. 아무리 발버둥쳐도 천해의 가신이라는 멍에에서 벗어날 수 없다는 것을 네놈들도 곧 알게 될 테니까. 후후후후……'

*   *   *

구름이 짙어 달빛조차 보이지 않는 밤.

영음사의 뒷문을 통해 여인들이 빠져나갔다.

모두 사백에 가까운 여인들이 빠져나가는 동안 영음사는 쥐 죽은 듯이 고요함을 유지했다.

"부디 한 서린 여인들의 원을 풀어주시길."

영음사 주지인 정해 사태의 인사에 신녀는 하늘을 올려다봤다.

"오늘이 이승에서의 마지막 날이 될지도 모르는 제자들의 영혼을 위로해 주세요."

"나무아미타불, 이미 준비를 다 해놓았습니다, 신녀."

천하에는 정한궁의 여인들이 세운 사찰만도 십여 곳에 달했다. 한이 쌓여 비구니가 된 여인들이 어디 한둘이던가.

아마 그 모든 곳에서, 죽어간 정한궁의 여인들을 위해 왕생극락을 빌고 있을 것이었다.

영음사도 그런 곳 중에 하나였다.

신녀는 정해 사태가 합장하는 것을 바라보고는, 몸을 돌려 한령파파와 함께 영음사로 출발했다.

한중까지는 오십 리. 조심해서 간다고 해도 두 시진이면 도착할 것이었다.

          *   *   *

우연이라면 우연이었다.

첫 번째 전서에 적힌 말대로라면 그리 신경 쓸 것도 없었다.

사냥꾼 하나가 채양이 달린 모자를 쓴 사람들 서넛이 산길을 지나가는 것을 봤다는 것이었으니까.

그런데 훑듯이 전서를 읽어가던 손자기의 손이 어느 순간에 멈칫했다.

"응?"

한 팔이 잘린 데다, 순우무궁이 천해에 들어가면서 찬밥 신세가 된 손자기다. 그 바람에 전서나 정리하는 한직으로 밀려난 그였다.

하지만 한 팔을 잃었다고 해서 머리마저 녹슨 것은 아니었다.

한 번도 아니고, 두 번이나 같은 내용의 글이 적힌 전서가 보이자 의혹이 싹텄다.

그러다 한 시진 만에 비슷한 내용이 끼어 있는 전서를 또 찾아내자 손이 바빠지기 시작했다.

다시 한 시진. 그는 같은 내용의 전서를 두 장이나 더 찾아냈다.

하루에 쌓이는 전서만도 수십 장, 더구나 자양의 일이 벌어진 후 며칠간은 하루에 수백 장의 전서가 온 터였다.

세 사람이 전서를 읽고 그에 대한 판단을 내리며 관리하는 바람에 소홀히 지나친 듯했다.

모두 다섯 장의 전서에 적힌 전체적인 내용은 모두가 달랐다. 그러나 그 내용 중에 '채양이 달린 모자를 쓴 사람들'이라는 말이 똑같이 들어 있었다.

손자기는 전서를 날짜별로 구분하고 탁자에 늘어놓았다. 그리고 순서에 따라 전서가 날아온 지역을 살폈다.

어느 순간, 손자기의 미간이 찌푸려졌다.

광가점(廣家店)의 사냥꾼이 대묘아산(大猫兒山) 근처에서······.

광가점이 어딘지 알 수가 없었다. 다만 남정의 정보원이 전했다는 것만 알 수 있을 뿐이었다.

남정이라면 한중 바로 밑이다.

그는 급히 한중 일대에 관한 지도를 찾아 펼쳤다. 혹시라도 뭔가를 찾을 수 있을지 모른다는 생각에서였다.

손으로 지도를 죽 훑어가던 그가 어느 곳에서 손길을 멈췄다. 주요 산이 몇 개 적혀 있었는데, 그곳에 대묘아산이 적혀 있었던 것이다.

대묘아산에서 한중까지는 기껏해야 삼백 리 정도.

"제기랄!"

벌떡 일어선 그는 탁자에 가득 펼쳐진 전서와 지도를 놔둔 채 급히 방을 나섰다.

순우무종은 짜증이 났다.

그러잖아도 흑암으로 인해 기분이 상해 있던 그로선 자신의 잠을 방해한 손자기를 곱게 볼 수가 없었다. 더구나 순우무궁의 사람이었던 손자기가 아니던가.

당연히 대꾸하는 말투가 곱게 나오지 않았다.

"물러가게. 내일 이야기하세."

하지만 손자기는 물러서지 않고 꼭 만나야 한다며 고집을 피웠다.

"지금 만나야 합니다, 대공자! 급한 일이니 시간을 내어주십시오!"

'빌어먹을, 겨우 잠이 들려고 했는데…….'

순우무종은 화가 났지만, 그렇다고 밖에서 똥 마려운 강아지처럼 서두르는 손자기를 놔둔 채 잠을 잘 수도 없는 일이었다.

'어디 별 볼일 없는 일이기만 해봐라!'

결국 순우무종은 자리에서 일어나 밖의 호위무사에게 소리쳤다.

"안으로 들여보내라!"

문이 열리자마자 손자기가 뛰듯이 들어왔다.

한데 뭔지 몰라도 심각한 표정이다.

순우무궁은 눈살을 찌푸리며 손자기를 바라보았다.

"말해보게. 대체 무슨 일인데 내 잠을 깨운 것인가?"

손자기가 굳은 얼굴로 자신이 확인한 사실을 빠르게 설명했다.

말이 길어지면서 순우무궁의 눈이 커졌다.

그는 손자기의 말을 알아듣지 못할 정도로 멍청한 사람이 아니었다. 손자기의 몇 마디 말만으로도, 그가 무슨 말을 하려는지 바로 알아들었다.

"뭐야? 정한궁의 계집들이 근처에 와 있다고?"

"제 생각이 잘못되지 않았다면 틀림없이 백 리 이내에 있습니다."

"자세히 말해봐."

일각이 지날 즈음이었다.

순우무궁의 눈이 칼날처럼 번뜩였다.

손자기를 때려죽일 것 같던 마음은 이미 멀리 사라진 뒤였다.

"언제쯤 그 계집들이 쳐들어올 것 같나?"

"이 정도 가까이 왔다면 오래 기다리지는 않을 거라 생각합니다. 그녀들도 들킬지 모른다는 생각에 서두르지 않을 수 없을 겁니다."

"그럼… 오늘 밤?"

"제 생각은 그렇습니다. 문제는 시간입니다."

이미 자시가 다 되어가고 있었다. 날이 샐 때까지 서너 시진 정도.

눈을 가늘게 좁힌 순우무궁이 손자기에게 명을 내렸다.

"즉시 사람들을 모이라고 해. 조용히."

"그럼 천해에서 온 분들에게는……?"

순우무궁이 차가운 표정으로 속삭이듯이 말했다.

"준비를 다한 다음에 말하겠다. 이곳의 책임자는 나니까 말이야."

최대한의 무력을 동원해야 할 상황이다.

손자기는 천해의 무사들을 배제한다는 것이 마음에 들지 않았지만, 그렇다고 순우무궁의 비위를 건들고 싶지도 않았다.

"알겠습니다, 대공자."

그때 순우무궁이 손자기를 보더니 넌지시 말했다.

"손 단주, 그동안 내가 그대의 능력을 너무 가볍게 봤던 것 같군. 어떤가? 앞으로 내 손발이 되어 일해줄 마음이 없는가?"

손자기는 즉시 무릎을 꿇었다.

"그런 말씀 하시지 않아도 이미 제 몸은 대공자의 것입니다."

"좋아, 그럼 이제부터 나도 자네를 내 사람으로 생각하겠네. 가서 사람들에게 내 말을 전하도록 하게."

"예, 대공자!"

축시가 되어갈 무렵.

수백의 정한궁 여인들이 소리없이 양가장의 담을 넘었다.

장원 안이 너무 조용한 게 마음에 걸렸지만, 이미 한중까지 들어온 마당에 머뭇거릴 수도 없었다.

그녀들이 장원 안으로 진입한 지 열을 세기도 전에 누군가의 외침이 터져 나왔다.

"계집들을 죽여라!"

"한 년도 살려 보내지 마라!"

찰나였다.

쾅!

양가장의 정문이 박살나며 신녀와 한령파파가 십이정한녀와 함께 안으로 들어섰다.

장원 안에선 그 짧은 시간에 일대 접전이 벌어지고 있었다.

"신녀, 놈들이 기다리고 있었나 보오!"

"이미 각오하고 왔어요! 손에 사정을 두지 말고 대항하는 자들은 모두 죽이세요!"

신녀의 개인적인 적개심과는 상관없이, 한령파파의 한이 쌓인 곳이 천외천가였다.

그럼에도 태백산 천외천가의 본가를 치는 것은 신중하게 생각할 수밖에 없는 일이었다. 자칫 정한지로가 멈출지도 모르는 일이었으니까.

한데 그 와중에 자양의 싸움으로 칠십 명의 정한녀가 죽었다.

그 한을 갚아야 했다.

결국 숙고 끝에 한중의 천외천가 지부를 치기로 했다. 더구나 그곳은 정한지로에 속해 있던 양가장이 아니던가.

오면서도 지금쯤은 자신들의 행적을 알아챘을지 모른다 생각했다. 수백 명이 한중에 들어오는데 정보원을 곳곳에 둔 천외천가가 모를 거라고는 생각하지 않았다.

생각했던 것보다 더 빨리 알아챈 것 같긴 하지만, 이제 와서 그걸 따져 봐야 아무 소용도 없는 일이었다.

신녀는 정한궁 여인들의 희생을 줄이기 위해 이전과 달리 먼저 손을 쓰기 시작했다.

"너희들이 먼저 본 궁을 공격했으니, 죽어도 원망하지 마라!"

한여름 어두운 하늘에서 하얀 서리가 내리기 시작했다.

공포의 한천빙백소수공이 한중의 밤을 얼려 버린 것이다.

수십 명의 무사가 신녀의 절대한공에 속수무책으로 죽어간다.

누구도 그녀를 정면으로 막지 못했다. 심지어 장로들조차 그녀의 일장에 온몸이 허옇게 변한 채 뒤로 튕겨졌다.

자신에 찬 표정으로 신녀에게 달려들었던 순우무종은 두어 수 만에 물러서지 않을 수 없었다.

"맙소사! 이 정도였단 말인가?!"

단 두 번 부딪쳤을 뿐인데 손이 떨렸다. 한기에 몸이 얼어붙는 듯했다. 남들에게 내보이지 않았던 천승만력기를 끌어내지 않았다면 지금쯤 내상을 입고 피를 토했을 것이었다.

순우무종은 뒤로 물러나서 신녀와의 정면 대결을 다른 사람들에게 맡겨놓았다.

'빌어먹을 놈들, 이제 나올 때가 되었는데…….'

신녀의 일수에 서너 무사가 쓰러지고, 그 주위에 있던 사람들은 몸이 굳어 제대로 움직이지 못한다.

정한궁의 여인들이 일말의 인정도 두지 않고 그들의 목에, 가슴에 검을 꽂는다.

공포에 물든 천외천가의 무사들이 신녀의 공격을 피해 우왕좌왕하고 있을 즈음, 마침내 그들이 나타났다.

"계집! 너희들은 우리가 맡겠다!"

단 세 사람에 불과했다.

하지만 그들이 나타나면서부터 상황이 급변했다.

신녀의 공격이 그들에 의해 막힌 것이다.

하지만 정한궁에는 신녀만 있는 것이 아니었다.

한령파파가 그들을 보고는 눈에서 독기를 뿜어내며 달려들었다.

"이놈들! 개만도 못한 천해의 독종들이 기어나왔구나!"

그녀가 달려들자, 신녀를 공격하려던 십암 중 한 사람이 몸을 돌렸다.

"늙은이, 네년은 누군데 천해를 아는 것이냐?"

"어떻게 아냐고? 그건 공야주경에게나 물어봐라!"

십암 중 여섯째, 우암의 눈에 경악이 물결쳤다. 한령파파가 말한 공야주경이 누군지 알고 있기 때문이다.

하지만 그는 의문을 해소할 시간도 없이 한령파파의 공격을 감당해야만 했다.

그렇게 십암 중 둘이 신녀를 막고, 한 명이 한령파파를 막는 형국이 되었다.

흑암은 그 정도면 될 거라 생각했다.

천하에서 자신들과 대적할 수 있는 사람은 이십 명 정도에 불과하다. 그런 고수가 둘이면 천하의 오제 육기 구마라 해도 막기가 힘들 것이었다.

그러나 자신의 생각이 잘못되었다는 것을 깨닫는 데는 굳이 오랜 시간도 필요없었다.

우세하기는커녕 십 초가 지나면서부터 신녀를 상대하던 자신과 적암이 뒤로 밀리기 시작했다.

흑암은 경악으로 일그러진 표정을 감추지 못했다.

신녀! 그녀는 둘이 아니라, 셋이 합공해야만 겨우 대등한 싸움을 할 수 있을 정도로 강했던 것이다.

무쇠도 부순다는 자신의 흑수가 전혀 통하지 않는다. 오히려 신녀의 소수공에 부딪칠 때마다 손이 저릿저릿해서 주춤거릴 수밖에 없다.

'이 정도면 사사 어르신들만이 감당할 수 있을 정도다!'

하지만 놀란 것은 그들만이 아니었다.

신녀도 시간이 지날수록 상대의 무공에 놀람을 금치 못했다.

한령파파에게 대충 이야기는 들었지만, 설마하니 두 사람이서 자신을 막을 수 있을 거라고는 생각지 못했다.

문제는 자신이 두 사람에게 막히는 바람에 정한궁의 여인들이 천외천가의 고수들에게 당하고 있다는 것이었다.

신녀는 내공을 구성 이상으로 끌어올리고 흑암과 적암을 공격했다.

순간, 새하얀 회오리가 흑암과 적암을 뒤덮었다.

"계집이 작정을 했다! 전력을 다해서 막아!"

흑암이 일갈을 내지르며 시커먼 흑색 수강을 뻗어 신녀의 소수에 대항했다.

적암도 암갈색에 가까운 검강을 뻗어 신녀의 소수에서 뻗친 회오리에 마주쳐 갔다.

콰르르릉!

번개가 치고, 천둥이 일었다.

가공할 격전에 반경 십여 장에 아무도 접근하지 못했다.

오 초, 십 초…….

우르릉!

신녀와 이암의 싸움이 격렬해지면서 주위의 건물들이 무너져 내렸다.

그사이 한령파파는 전력을 다해 우암을 몰아쳤다.

한령파파가 미미하나마 우세를 보이는 격전이었다. 그러나 마음이 급한 것은 우암보다 한령파파가 더했다.

신녀와 자신이 십암 중 셋에 의해 막혔다. 금방 결정 날 싸움이 아니다. 적어도 수십 초는 겨루어야 겨우 승부의 향방이 갈라질 것이다.

이미 백수십 명이 쓰러진 상태. 그 시간이면 정한궁의 제자들 중 반수 이상이 죽을 것이 분명하다.

바로 그때다.

신녀가 흑암과 적암을 향해 소수를 내치더니, 그들이 황급히 이 장 밖으로 물러나자 소리쳤다.

"파파! 일단 물러가도록 해요!"

순간 한령파파도 우암을 향해 강기가 서린 쇠 지팡이를 휘두르고는 뒤로 물러났다.

한스럽지만 어쩔 수 없었다. 당장 십암 중 셋을 죽이고자 정한궁의 여인들을 모두 죽게 놔둘 수는 없는 일이었다.

"모두 이곳을 나가라!"

한령파파의 목소리가 양가장을 울렸다.

치열한 접전을 벌이고 있던 정한궁의 여인들이 약속이라도 한 듯 재빨리 뒤로 몸을 날렸다. 죽은 사람들의 시신은 남겨놓은 채.

심지어 부상당한 여인들도 움직일 수 있는 여인들만 뒤로 물러나고, 움직일 수 없는 여인들은 그 자리에서 스스로 목숨을 끊었다.

그 지독함에 정한궁의 여인들을 쫓으려던 천외천가의 무사들이 주춤했다.

"쫓지 말고 놔둬라!"

그때 순우무종이 담장을 넘어가는 정한궁의 여인들을 보고 소리쳤다.

장원 안에서 싸우는 것과 밖에서 싸우는 것은 또 달랐다. 굳이 무리를 하면서 그녀들을 쫓을 이유가 없었다.

더구나 장원 안에는 자신조차 공포를 느꼈던 신녀와 한령파파가 아직도 남아 있는 상태다.

'사냥은 천천히 해도 돼. 부상자들이 많은 만큼 도망가 봐야 멀리 가지 못할 테니까. 후후후.'

한편, 신녀와 한령파파는 장원 한가운데 서서 정한궁의 여인들이 모두 나갈 때까지 기다렸다. 자신들이 남아 있어야 천외천가의 무사들이 정한녀들을 추적할 수 없을 것이었다.

아니나 다를까, 천외천가의 수장이 추적을 막는다.

소기의 목적을 달성한 신녀는 흑암과 적암을 바라보았다.

창백한 얼굴, 입가에 흐르는 가느다란 핏줄기. 두 사람 다 상당한 내상을 입은 상태였다.

자신 역시 완전하지는 않지만, 두 사람에 비하면 그다지 큰 내상은 아니었다.

"쫓을 테면 쫓아와 봐라. 모두 죽여줄 테니까!"

흑암은 들끓는 기운을 억누르고, 싸늘히 외치는 신녀를 노려보았다.

"오늘이 끝이 아니라는 것은 알겠지?"

신녀가 흑암과 적암을 노려보며 한기가 풀풀 날리는 목소리로 입을 열었다.

"본녀가 하고 싶은 말이다. 내가 다시 찾아오는 날, 천외천가는 여인의 한이 얼마나 무서운가를 알게 될 것이다!"

신녀의 목소리가 양가장에 울려 퍼졌다.

내공이 약한 자들은 귀를 틀어막고 비틀거렸다.

동시에 신녀와 한령파파의 신형이 둥실 떠오르더니, 바람에 날린 홀씨처럼 훌훌 날아갔다.

그렇게 신녀가 나타날 때만큼이나 신비스럽게 사라지자, 갑자기 장원 안의 분위기가 무겁게 가라앉았다.

코를 찌르는 짙은 혈향. 여기저기서 흘러나오는 신음. 장원의 넓은 연무장이 반 시진 만에 지옥으로 변해 버렸다.

누구도 쉽게 입을 열지 못했다. 그저 이리저리 뛰어다니며 부상자들을 돌볼 뿐이다.

그러길 반 각. 흑암이 차가운 눈으로 순우무종을 바라보았다.

"왜 우리에게 알리지 않은 것이냐? 한천빙백소수공을 그대들이 막을 수 있다 생각한 것이냐?"

순우무종은 그사이 흔들린 내력을 가라앉히고 입꼬리를 말아 올렸다.

"귀하들의 임무는 신녀를 막는 것이 아니오? 신녀가 올지 정확히 몰라서 알리지 않은 것뿐이오. 상황을 보니 미리 알렸다 해도 달라진 것은 없었을 테지만."

흑암이라고 해서 순우무종의 말에 빈정거림이 섞여 있다는 것을 모르지 않았다. 그러나 두 사람이 상대하고도 신녀와의 대결에서 밀렸으니 뭐라고 하지도 못했다.

그래도 순우무종의 빈정거림은 참을 수가 없었다.

흑암의 내면 깊은 곳에서 분노가 끓어올랐다.

'건방진 놈! 우리가 아니었으면 죽었을지도 모르는 놈이 감히!'

천천히 몸을 돌리는 흑암의 동공에서 시커먼 묵기가 넘실거렸다.

그때 순우무종의 목소리가 이어졌다.

"최대한 빨리 부상을 돌보시오. 날이 밝는 대로 계집들을 추적할 생각이니까. 나는 이 기회에 정한궁의 계집들을 모조리 제거할 생각이오. 혹시라도 힘들 것 같으면 미리 말하시오. 본

가의 어른들을 부를 테니."

그 말에 이를 악물고 돌아선 흑암의 눈빛이 싸늘하게 가라
앉았다.

우르릉.

비라도 내리려는 듯 회색빛으로 물든 하늘이 천둥소리를 토
해냈다.

'나중에 처절하게 후회할 것이다!

2

비가 부슬부슬 내리던 날, 좌소천은 악양으로 가기 위해 공
손양과 도유관, 능야산과 함께 누렇게 변한 장강에 몸을 실었
다.

어차피 우기가 시작된 터. 대규모 싸움은 벌어지지도, 벌일
수도 없는 상황이었다. 우기가 되면 장강 일대가 진흙탕이 되
어 강호의 고수들도 어려움을 겪지 않을 수가 없는 것이다.

물론 악에 받쳐 상대를 치려 한다면 얼마든지 가능하지만,
지금은 그렇게 싸울 만한 상대들이 없었다.

불완전한 평화 지대. 그것이 지금의 호북이었다.

그런 만큼 누구도 그의 행로에 대해 전과 같은 깊은 관심을
가지지 않을 것이었다. 그가 사라졌다는 것이 알려지기 전까
지는.

좌소천이 동정호에 들어선 것은 그날 오후였다.

악양은 전과 달라진 것이 거의 없었다. 선창가도 그대로였고, 건물들도 비에 젖은 기와들이 검게 물들어 있을 뿐 거기에 그대로 있었다.

그러나 동정호는 상전벽해되어 완전히 달라 보였다.

남쪽에서 비가 많이 온 듯 작은 섬들과 갈대숲들이 누런 황톳물에 완전히 잠겨 거대한 바다처럼 변한 것이다.

그렇게 동정호에 들어선 지 얼마나 되었을까, 좌소천 일행을 실은 배가 악양의 선창가에 도착하자 기다렸다는 듯 몇 사람이 다가왔다.

배에서 내린 좌소천은 담담한 표정으로 다가오는 사람들을 바라보았다.

맨 앞에서 환하게 웃으며 오는 사람의 두 눈에 뭔가가 어른거린다.

'훗, 그러고 보면 꽤나 순수한 분이란 말이야.'

당금 호남을 긴장시키고 있는 구포방의 방주 구포봉이었다.

그의 과거 경력이 객잔 주인이었으며, 그 이전에는 수적채의 주인이었다는 것을 누가 믿으랴.

"안녕하셨습니까?"

"어서 오게나. 독에 당했다는 말을 들었는데, 괜찮나?"

"이제 다 나았습니다."

간단한 인사말이었다.

어깨를 감싸며 반가워하지도 않았고, 많은 말을 늘어놓으며 자신의 감정을 드러내지도 않았다.

하지만 짧은 한두 마디 안에 수많은 감정이 묻어 있다는 것을 두 사람 다 모르지 않았다.

구포봉이 조금은 과장된 몸짓으로 어깨를 들썩거렸다.

"가세, 사람들이 다 모여 있다네."

좌소천이 빙그레 웃으며 걸음을 옮겼다.

"증거는 찾았습니까?"

"물론이지. 그 멍청한 놈들이 그새를 못 참고 배에 실린 물건을 내다 팔았다네."

구포방의 총단이라 할 수 있는 구봉장은 예전과 그 규모가 천양지차였다. 구포봉이 계속 늘어나는 사람들을 수용하기 위해서 일대의 장원 다섯 개를 몰래 매입해 연결해 놓은 것이다.

그래도 중심은 여전히 본래의 구봉장이었다.

구봉장에 들어서자 각파의 수장들이 일제히 좌소천을 맞이했다.

구포방의 고수들뿐만이 아니었다.

잠강과 천문에서 각각 일백씩, 이백의 패천단 무사를 이끌고 합류한 적사웅과 황신양도 있었고, 우의를 다지는 표시로 신검장의 무사 이백을 이끌고 온 신검장의 장로도 있었다.

그러나 누구보다 눈길을 끄는 자들은, 한쪽에 조용히 서 있는 여섯 사람이었다.

그들은 다름 아닌, 형주에서 삼백여 명의 무사를 이끌고 온 전마성의 고수들이었던 것이다.

수장은 월영신마 전호. 잠강에서 봤던 바로 그였다.

전호가 좌소천을 직시하더니 굳은 얼굴로 입을 열었다.

"혹시 그대가 나에게 전음을 보낸 사람이 아닌가?"

"맞습니다."

"그때, 정말 그랬어야 했다고 생각하나?"

"그게 최선이었지요. 아니면 모두 죽었을 테니."

전호도 모르지 않았다. 그래서 후퇴 명령을 내린 것이 아니었던가.

그래도 불만이 없는 것은 아니었다. 무사가, 그것도 한 무리의 수장이 되어 후퇴 명령을 내린다는 게 때로는 죽음보다 더한 치욕일 수도 있는 것이다.

"신월맹의 한을 풀어줄 방법이 있기에 그런 말을 했을 터. 어떻게 우리의 한을 풀어줄 생각인가?"

"이미 만월평을 되찾았습니다. 그리고 이제는 보다 넓은 세상을 향해 나아가고 있지요. 원하신다면… 훗날 만월평을 되돌려줄 수도 있습니다."

좌소천의 입에서 그 말이 나오자 모두가 경악한 표정으로 좌소천을 바라보았다.

"주군!"

"좌 공자?"

심지어 전호조차 뜻밖이었는지 입을 반쯤 벌린 채 크게 뜬 눈을 잘게 떨었다.

하지만 좌소천의 눈빛은 전호를 향한 채 일말의 동요도 없었다.

"단, 제 하늘 아래 머물러야 합니다. 가부는 육 단주와 상의해서 결정을 내리십시오. 어떤 결정을 내리든, 결정이 내려진 뒤에는 모든 것을 제 지시에 따라야 합니다."

과거야 어찌 되었든 전호는 현재 전마성의 사람이다. 그런데도 좌소천이 서슴없이 그런 말을 할 수 있는 것에는 그만한 이유가 있었다. 사도철군과 벌인 협상 중에 과거 신월맹의 무사들이었던 사람들에 관한 것도 끼어 있었던 것이다.

그 당시, 좌소천은 사도철군에게 신월맹의 무사들을 넘겨달라고 했다.

그 말을 듣고 사도철군은 말도 안 된다는 표정을 지으며 잔뜩 눈살을 찌푸렸다. 당장이라도 협상이 깨질 것처럼 기분 나쁜 표정이었다. 그때 백리도운이 나섰다.

어차피 과거 신월맹의 무사들 상당수를 영입한 좌소천이다. 그런 좌소천이 만월평에 새로운 하늘을 세우면, 신월맹 출신의 무사들로선 마음이 흔들릴 수밖에 없다. 그리고 결국 상당수가 빠져나갈 것이다. 그러니 기분 나쁘게 빼앗기는 것보다, 기분 좋게 먼저 주는 게 낫지 않겠느냐.

그것이 백리도운의 생각이었다.

대신 백리도운은 좌소천에게 대가를 요구하겠다고 했다. 이익을 보면 봤지 절대 손해 보지 않을 거라며.

사도철군은 백리도운의 말을 듣고 나서야 순순히 고개를 끄덕였다. 크게 인심 쓴다는 표정으로.

"좋아. 다 주지!"

전호도 협상이 어떻게 진행되었는지 잘 알고 있었다.

그는 그 말을 듣고 난 후 자괴감에 한숨을 쉬면서도, 한편으로는 가슴이 두근거렸었다. 이리저리 부유하는 신세가 되었다는 생각에, 신월맹의 사람들과 다시 만날 수 있다는 마음에.

한데 이제 그 모든 감정이 하나로 뭉쳤다.

만월평, 그 이름 때문에!

전호는 과감히 만월평을 넘겨주겠다는 좌소천의 말에 가슴이 떨렸다.

만월평은 과거 신월맹의 얼굴이나 마찬가지였다.

그곳이 무너졌기에 신월맹도 무너졌다.

한데 그런 만월평을 되돌려주겠다고 한다.

물론 당장은 아닐 것이었다. 하지만 흘러가는 상황을 보면 그리 먼 이야기도 아니었다.

"정말… 만월평을 우리들에게 돌려줄 건가?"

좌소천의 입에서 낭랑하면서도 힘있는 목소리가 흘러나왔다.

"욕심나는 곳이긴 하나, 좋은 사람을 얻기 위해서라면 돌려주지 못할 것도 없지요. 만월평이 아무리 대단하다 한들 여러분만 하겠습니까?"

가슴에서 뭔가가 울컥 솟구친다.

전호뿐이 아니었다. 듣고 있던 모두의 얼굴이 붉어졌다.

특히 구신월맹의 무사들은 주먹을 움켜쥐고서, 이를 악문 채 격동을 참아야만 했다.

그때 좌소천의 말이 이어졌다.

"나 좌소천, 믿고 따르는 사람에게는 손을 내밀 것이고, 신의를 버리는 자에게는 칼을 빼 들 겁니다. 그것만 명심하시면 됩니다."

*   *   *

구봉장에 모인 무사의 수가 일천오백이 넘는다.

그것도 일류 이상의 고수들이 근 반에 이른다.

강호의 거대 방파들이 눈치 채지 못한 사이, 태풍의 눈이 악양에 자리한 것이다.

좌소천이 악양에 도착한 다음날.

구봉장에서 제일 큰 전각인 구양전에 각파의 수장들이 모였다.

"준비는 다 되었네."

탁자 위를 바라보던 구포봉이 짧게 입을 열었다.

좌소천은 탁자 위에 펼쳐진 지도를 묵묵히 바라보았다.

복잡하게 얽힌 지도에는 붉은 물감으로 표시된 곳이 두 곳

있었다.

그중 하나는 형산이었고, 또 다른 곳은 상양의 광한방이었다.

"일단은 저와 소 대협을 비롯한 몇 사람이 먼저 상양으로 들어가겠습니다."

구포봉이 걱정스런 눈으로 좌소천을 바라보았다.

"굳이 그럴 필요가 있겠나? 놈들에 대해서 알 만큼 알아놓은 상황인데."

"백문이 불여일견이라 했지요. 직접 보면 그들의 무력을 보다 정확히 판단할 수 있을 겁니다. 적어도 무작정 치는 것보다는 피해가 덜어지겠지요."

"흠, 그건 그렇지."

비록 당금에 이르러 그 위세가 약해졌다 하나, 한때는 팔대마세 중 하나였으며 지금도 호남십대세력 중 수위를 다투는 광한방이다.

무사들의 숫자만도 일천오백에 이르는 거대 방파인 것이다.

그런 광한방을 단순히 정보에만 의지한 채 칠 수는 없는 일이었다.

그때 조용히 앉아 있던 육부경이 물었다.

"신검장과는 합병을 먼저 생각했으면서, 왜 광한방은 합병에 대해 생각하지 않는 거요?"

좌소천이 고개를 돌려 사람들을 둘러보았다.

탁자를 빙 둘러 열두 사람이 서 있다. 자신과 구포봉, 육부경을 비롯한 구포방의 핵심 인사 다섯. 전호를 비롯한 전마성의 대표 셋. 그리고 신검장의 장로 둘.

모두가 자신을 바라본 채 답을 기다리고 있다. 특히 신검장의 장로 두 사람은 유난히 눈을 빛내며 귀를 기울인다.

좌소천은 그들에게 자신의 생각을 말해주었다.

"말이 통할 상대가 있고, 말이 통하지 않을 상대가 있지요. 신검장은 상인의 기질이 강한 곳이어서 어느 정도 힘만 보여주면 충분히 말이 통할 수 있는 곳이었지요. 하나, 광한방은 철저한 무인 집단인데다가, 호남제일이라는 자부심을 가지고 있는 곳입니다."

어지간한 충격이 아니고는 말조차 통하지 않을 상대, 그들이 바로 광한방이라는 말이다.

"복수를 핑계로 그들을 시험해 볼 것입니다. 그러다 보면 알 수 있겠지요. 끌어안아야 할지, 아니면… 버려야 할지."

조용히 말을 맺는 좌소천이다.

그러나 주위에 둘러앉은 사람들은 머리 위에 서리가 내리는 듯했다.

말이 버린다는 것이지, 그러한 결정이 내려지면 동정호가 붉게 물들 정도로 피가 흐를 것이다.

태풍의 눈이 그들을 쓸고 지나갈 테니까.

구포봉이 무겁게 변한 분위기를 바꾸기 위해 헛기침을 하며 입을 열었다.

"험, 그럼 좌 공자가 먼저 가게나. 나머지 인원은 언제라도 움직일 수 있도록 평강 근처에서 대기토록 하겠네."

3

정한궁의 여인들이 천외천가의 추적조와 처음 마주친 것은
날이 밝고도 한참이 지나서였다.

부상자들로 인해 속도를 늦춘 사이 놈들이 바로 뒤까지 쫓
아온 것이다.

그때만 해도 충분히 놈들의 추적을 따돌릴 수 있을 듯했다.
아니, 추적해 오는 놈들을 그때그때 처리하는 것도 괜찮을 거
라 생각했다.

신녀와 한령파파만 나서도 어지간한 추적조쯤은 단시간에
처리할 수 있을 테니까.

아나나 다를까, 세 번의 마주침에서 모두 정한궁이 승리하
고, 천외천가는 백 명에 가까운 희생자를 내고 죽어라 도망쳐
야만 했다.

어쩌면 그래서였을지도 몰랐다.

방심이라는 괴물이 정한궁 여인들의 가슴이 똬리를 틀었다.

신녀와 한령파파조차 천외천가의 추적을 그리 걱정하지 않
고, 걸음을 늦추며 부상자들을 돌보는 시간이 많아졌다.

그렇게 한중에서 이백여 리를 벗어나 대파산맥의 초입에 들
어서자, 신녀와 한령파파는 더 이상 천외천가의 추적에 대한
걱정을 하지 않았다.

한데 그렇게 하루가 지난 다음날 오후에 문제가 터졌다.

천외천가는 결코 추적을 멈추지 않았는데, 놈들 중에 양가장에서 부딪쳤던 십암보다 강한 자가 끼어든 것이다.

그를 본 한령파파가 경악해 소리쳤다.

"마침내 사사가 세상으로 나왔구나!"

그랬다. 새로이 합류한 자는 천해에서 가장 강하다는 사사 중 일인, 유사(幽師)였다. 십암 중 둘이 합공하고도 밀렸다는 소식이 전해지자 마침내 그가 나선 것이다.

그는 강했다. 신녀보다 강하지는 않았지만, 그렇다고 신녀도 우세를 보이지는 못했다.

막상막하!

두 사람의 대결은 양가장에서 보았던 신녀와 십암의 대결과는 또 달랐다.

그들의 싸움이 벌어진 곳에는 아무것도 남지 않았다.

바위는 부서져 모래처럼 흩어지고, 숲을 이루었던 나무들은 가루가 되어 사라졌다.

결국 유사에 의해 신녀의 손발이 묶이고, 우암에 의해 한령파파마저 정한궁의 여인들을 도와주지 못했다.

그 차이는 너무도 컸다.

비록 신녀에 의해 내상을 입었다 하나, 흑암과 적암은 십이정한녀 모두가 합공해야만 막을 수 있는 사람들이었다.

정한궁의 여인들은 신녀와 한령파파와 십이정한녀가 없는 상황에서 천외천가의 고수들을 상대해야만 했다.

그날의 싸움에서만 오십여 명의 여인이 죽임을 당했다.

그나마 신녀와 한령파파, 십이정한녀가 전력을 다해 막은 덕에 남은 여인들이라도 격전장을 빠져나갈 수 있었다.

그때부터였다.

정한궁의 여인들은 천외천가의 집요한 추적을 피하기 위해 밤낮을 잊고 달려야만 했다.

당연히 부상자들의 몸은 더욱 악화되고, 숫자는 점점 줄어 들었다.

신녀가 중간중간 돌아서서 추적대의 발길을 붙잡지 않았다 면 그마저도 불가능했을지 몰랐다.

그때부터 사흘.

신녀는 지칠 대로 지친 백오십여 명의 정한궁 여인을 이끌 고 대파산의 깊숙한 오지로 들어섰다.

깎아지른 듯한 절벽을 양쪽에 세우고, 머리에 안개를 인 짙 푸른 송림이 주단처럼 깔린 이름 모를 골짜기였다.

추적추적 비가 내린 지 벌써 이틀째.

송림을 스치는 음울한 바람 소리가 골짜기로 들어서는 그녀 들의 어깨를 더욱 처지게 했다.

비를 피할 수 있는 바위 밑에서 잠시 휴식을 취하고 일어서 려는데, 십이정한녀 중 일곱째인 칠한녀가 입술을 깨물며 처 연한 목소리로 입을 열었다.

"저희들은 놔두고 먼저 가십시오, 신녀시여!"

그녀 주위에는 부상이 심해져서 제대로 움직일 수 없는 여인 이십여 명이 모여 있었다.

또 다른 여인이 외치듯 말했다.

"부상이 심하긴 하나, 잠시라도 놈들의 발길을 붙잡을 수 있을 것입니다. 그러니 제발 저희가 신녀를 위해 목숨을 던질 수 있게 허락해 주십시오, 신녀!"

신녀의 두 눈이 격하게 흔들렸다.

그녀의 차가운 마음도 정한궁의 여인들에게만은 예외였다.

"이곳은 추적이 쉽지 않은 곳이라서 아마 놈들도 더 이상 추적을 해오지 않을 거예요. 그러니 마음 약한 소리 말고 어서 일어나세요."

그럴지도 몰랐다. 그러나 지금까지 추적해 온 것을 보면 그도 확신할 수가 없었다.

만약의 경우 골짜기 안에서 놈들에게 꼬리가 잡힌다면, 더욱더 위험한 상황이 닥칠 것이었다.

한령파파는 그걸 알기에 한스러운 마음을 뒤로하고 칠한녀 등의 손을 들어주지 않을 수 없었다.

"신녀, 그 아이들의 뜻을 들어주시구려."

"파파……."

"신녀께서 곧 정한궁이라오. 우리가 모두 죽더라도 신녀께선 무사히 정한궁으로 돌아가셔야 하오. 그러니 저 아이들의 뜻을 들어주고 어서 가시도록 합시다, 신녀."

"하아……."

신녀의 면사가 흔들렸다.

다행히 적을 만나지 않으면 살 수 있을지도 모른다.

지금은 그것만이 희망이었다.

"알았어요, 파파."

신녀가 떠난 후, 칠한녀를 비롯한 정한궁의 여인들은 몸을
추스르기 위해 혼신으로 서로의 몸을 돌봤다.

휘이이익!

멀리서 휘파람 소리가 들린 것은 신녀가 떠난 지 두 시진가
량이 지났을 때였다.

천외천가의 추적대가 불어대는 신호음이었다.

그들이 마침내 대파산의 오지까지 쫓아온 것이다.

칠한녀와 정한궁의 여인들은 처연한 눈빛으로 서로를 돌아
보고는, 이를 악물고 몸을 일으켰다.

그녀들로선 조금이라도 오래 적을 막을 수 있기만을 바랄
뿐이었다.

"신녀시여! 부디 무사히 돌아가셔서 저희들의 한을 풀어주
소서!"

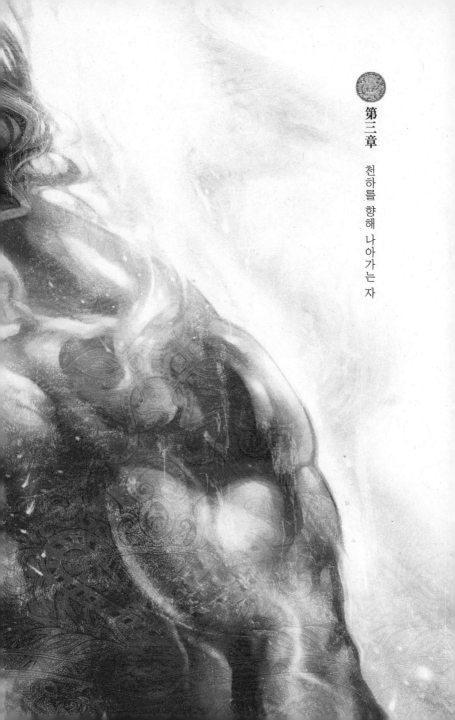

第三章

천하를 향해 나아가는 자

絶對天王

상양(湘陽)은 그 이름답게 동정호의 남단 상강(湘江)이 흘러
들어오는 입구에 있었다.

아침에 다섯 명의 인원만 대동한 채 악양을 출발한 좌소천
은 어둑해질 무렵 상강에 들어섰다.

공손양과 도유관, 능야산, 소광섭. 그리고 상양의 지리를 잘
아는 양화천이 좌소천과 동행했다.

부슬비를 맞으며 상강에 들어선 좌소천 일행은 일단 양화천
의 안내로 객잔을 찾아 들어갔다.

양화천이 안내한 객잔은 그리 크지 않았다. 대신 깨끗하고
조용해서 하루를 지내기에는 조금도 부족하지 않았다.

"가끔 상양에 올 때마다 들르는 곳이외다. 외진 곳에 있어서

주로 단골들이 찾는 곳이지요."

저녁이 다 되었는데도 비 때문인지 손님이 반밖에 차 있지 않았다. 그런데도 주인이나 점소이는 하등 걱정을 않는 표정이었다.

바로 그때, 자리에 앉던 좌소천의 눈 깊은 곳에서 기광이 번뜩였다.

창가의 자리에 앉아 있는 네 명의 무사가 보였다.

검에 달린 수실, 형산파의 제자들이었다. 한데 언젠가 본 적이 있는 사람이 그곳에 있는 것이 아닌가.

'장로가 된 건가?'

옆모습을 보이고 앉아 있는 중년인. 그는 선우궁현과 함께 악양의 포봉객잔에 갔을 때 봤던 자였다.

그의 검병에 매달린 다섯 개의 수실이 중년인의 움직임을 따라 흔들린다. 그것은 그가 형산파의 장로라는 말과도 같다.

묘한 인연이었다. 아무리 형산파가 그리 멀지 않은 곳에 있다지만, 칠 년 전, 그때의 사람들이 한곳에 모이다니.

소광섭은 그를 알아보지 못한 듯 표정에 별다른 변화가 없었다.

좌소천은 굳이 소광섭에게 중년인에 대해 말하지 않았다. 그때의 관계를 잘 알지 못하는 데다, 지금은 알아보는 것이 오히려 반갑지 않은 상황이었다.

그런데 상황이 이상하게 흘렀다. 양화천이 중년인을 알아보고 아는 척을 한 것이다.

"거기, 장 형이 아니시오?"

중년인이 고개를 돌리더니 눈을 휘둥그렇게 떴다.

"아니, 양 형이 어인 일입니까?"

양화천으로선 무의식중에 한 행동이었지만, 그로 인해 묘한 기류가 흘렀다.

그러나 이미 벌어진 상황. 좌소천은 일단 소광섭에게 전음을 보내 형산파와의 관계에 대해 물었다.

"형산파와 특별한 관계라도 있으십니까?"

"전에 형님이 형산파의 장로와 친구처럼 지내던 사이였네."

다행히 나쁜 관계는 아니었던 듯하다.

"그럼 악양에서 싸움이 벌어졌을 때, 형산파의 사람들이 보였던 게 그 때문이었습니까?"

"그건 잘 모르겠네. 그들과 친분이 있던 사람은 형님이어서. 다만 그날 형산파의 제자들이 우리를 공격하지 않은 것만은 분명하네."

선우 백부도 비슷하게 말했었다. 보물에 눈이 어두워 왔는지, 아니면 다른 이유로 왔는지는 몰라도 형산파의 제자들은 세운산장의 사람들을 공격하지 않았다고.

그렇다면 소광섭과의 일은 그리 걱정하지 않아도 될 듯했다.

좌소천이 소광섭에게 묻는 사이 형산파의 장로인 장원영이 좌소천 일행을 향해 다가왔다.

뒤늦게 자신의 실수를 눈치 챈 양화천이 어색한 표정을 지으며 좌소천을 바라보았다.

"그냥 자연스럽게 대해주십시오."

좌소천의 전음이 전해진 뒤에야 양화천이 담담한 표정으로 일어서서 그와 인사를 나누었다.

"삼 년 만에 뵙는 것 같은데, 그간 잘 지냈소?"

"제자들과 다투느라 정신이 없지요. 한데 양 형이야말로 악록산(岳麓山)에서 유유자적하던 분이 어쩐 일이십니까?"

"허허, 잠시 볼일이 있어서 들렀소이다."

장원영의 눈이 의자에 앉은 사람들을 둘러본다. 그러다 뭔가를 느낀 듯 서서히 표정이 굳어졌다.

'하나같이 고수들이다. 심지어 나조차 승부를 장담할 수 없을 정도……'

장원영이 넌지시 물었다.

"동행이시오?"

"그렇소이다."

평상시라면 앉아 있는 사람들을 소개해 주는 것이 보통이었다. 그러나 지금은 그럴 수가 없었다.

양화천은 어색함을 지우기 위해 말을 돌렸다.

"한데, 어디 가시던 길이오?"

장원영은 좌소천 일행에 대해 궁금했지만, 양화천이 먼저 물어오자 대답하지 않을 수 없었다.

"본 파의 제자 다섯이 사라져서 그 일의 조사차 나왔소이다."

그것만으로는 좌소천 일행과 아무런 상관이 없는 일처럼 보였다. 한데 미적거리던 장원영이 넌지시 몇 마디 덧붙이는 바람에 일이 이상하게 꼬였다.

"그런데… 아무래도 광한방에 당한 것 같소. 해서 조사를 좀 더 해보고 광한방을 찾아가려 하오."

"광한방이 말이오?"

"그렇소. 사흘 전 선착장 근처에서 광한방의 무사들과 격렬한 다툼이 있었다는데, 그날 저녁에 제자들의 흔적이 사라졌소. 물론 그들이 범인이라는 증거는 아직 없소만, 정황을 보면 그들이 관여된 것만은 분명한 것 같소."

"음, 만일 그들의 짓이라면 어찌할 생각이시오?"

장원영의 온화하던 표정이 무표정하게 굳어졌다.

"형산은 상대가 누구든 쉽게 고개를 숙이는 곳이 아니라는 걸 양 형도 잘 아실 거요. 그들이 적절한 조치를 취하지 않으면, 형산의 검이 얼마나 매서운지 절감하게 될 것이오."

객잔에 방을 잡고 올라가자마자 사람들이 좌소천의 방에 모였다.

"어떻게 생각하십니까, 주군?"

공손양이 좌소천을 향해 물었다.

형산파와 광한방과는 소 닭 보듯 지내는 관계였다. 싸움이 전혀 없었던 것은 아니었지만, 대규모의 싸움은 서로가 피했다. 그나마도 싸울 때는 명백한 이유를 들이대고 싸웠다.

그런 판국에 정말로 광한방이 형산파의 제자들을 쳤다면, 정당한 이유가 있지 않는 한 한바탕 회오리가 몰아칠 것이었다.

호남십대세력 중 수위를 다투는 두 문파가 자존심을 걸고 검을 맞댈 테니까.

"돌아가는 상황을 지켜보도록 합시다. 우리에게 나쁠 것은 없으니까."

좌소천은 냉정하게 입을 열고 양화천을 바라보았다.

상황을 제대로 판단하려면 사람을 먼저 알아야 했다.

"장원영이라는 분에 대해 알고 있는 대로 말씀해 주시겠습니까?"

"그는 가장 젊은 장로이면서도 형산에서 다섯 손가락 안에 들어간다는 고수입니다. 하지만 그를 잘 아는 사람들은 그의 무공보다 인품에 대해 더 높이 쳐줍니다. 그를 형산고검이라 부르는 것도 그러한 이유지요. 아마 광한방이 아무리 마도의 거대 세력이라 해도 장원영을 함부로 하지는 못할 겁니다."

다음날 아침, 장원영이 제자들과 함께 먼저 객잔을 나섰다. 좌소천 일행은 그들이 떠난 지 일각이 지나서야 방을 나왔다.

그들이 나오자마자 기다렸다는 듯 한 사람이 다가왔다. 그는 마흔 정도의 평범한 중년인으로 상양에 있는 구포방의 정보원을 총괄하는 종여삼이라는 자였다.

그는 좌소천을 바로 알아보고 고개를 숙였다.

"종가라 합니다, 좌 공자."

"형산의 무사들이 이곳에서 나간 것을 알고 계십니까?"

"물론입니다."

"상양에 있는 정보원이 모두 몇 사람이나 됩니까?"

"열 명이 조금 넘습니다."

"그의 움직임을 놓치지 않고 쫓을 수 있겠습니까?"

"원하신다면 한순간도 놓치지 않고 감시하겠습니다."

"좋습니다. 그렇다면 지금부터 그의 행적을 쫓아주시기 바랍니다. 그러다 그가 광한방으로 향한다던가, 아니면 그에 상응하는 중요한 일이 발생하거든 즉시 알려주십시오."

종여삼이 고개를 들었다.

비록 십여 명을 다루지만, 그는 정보원을 총괄하는 자다. 하기에 눈앞에 있는 사람에 대해 적지 않은 것을 알고 있었다.

좌소천, 그가 누군가!

아직 강호에 알려지지는 않았지만, 장강을 가운데 두고 호북과 호남에 걸쳐 광대한 지역을 제패한 자다.

가히 제왕이나 다름없는 사람. 그게 바로 좌소천인 것이다.

그런 좌소천이 일개 지역의 책임자인 자신에게 존대를 쓰며 예를 갖춘다. 당연하다는 표정으로.

종여삼은 진심으로 감복하지 않을 수 없었다.

'좌 공자가 재수가 좋아 방주를 얻었다 생각했는데, 이제 보

니 방주께서 복이 많아 좌 공자를 만난 것이었구나.'

종여삼의 고개가 조금 전보다 배는 더 깊숙이 숙여졌다.

"성심을 다해 이행하겠습니다, 좌 공자."

공손양이 그 모습을 가만히 지켜보며 입가에 잔잔한 미소를 머금었다.

'어리석은 자는 사람을 힘으로 다루려 하고, 조금 뛰어난 자는 설득시켜 다루려 한다. 그러나 진정 뛰어난 자는 상대로 하여금 스스로 따르게 만든다 했다. 주군은 자신도 모르는 사이에 그러한 방법을 이행하고 있다.'

사람을 설득시켜 다루는 것은 뛰어난 머리만으로 할 수 있는 일이다. 하지만 스스로 따르게 만드는 것은 머리를 굴린다고 해서 할 수 있는 일이 아니다. 가식이 섞인 행동은 언젠가는 드러나는 법이 아니던가.

"뭐가 그리 좋아 웃나?"

도유관이 슬쩍 공손양의 옆구리를 찌르며 묻는다.

공손양은 좌소천에게 시선을 둔 채 조용히 웃었다.

"소제가 운이 좋은 것 같아서 웃음이 나왔습니다."

"또 알아듣지 못할 말을 하긴가?"

도유관의 눈이 슬쩍 치켜떠진다. 공손양의 웃음도 짙어졌다.

"주군을 잘 만난 것도 운이 좋은 거 아니겠습니까?"

도유관이 이마를 찡그리더니 고개를 끄덕였다.

"그건 그렇지. 한데 정말 그것 때문에 웃었나?"

"그럼 제가 지나가는 처자 속곳이라도 본 줄 아셨습니까?"

난데없는 공손양의 농담에 도유관의 가느다란 눈이 제법 크게 떠졌다. 다른 사람들도 의외라는 눈으로 공손양을 바라보았다.

항상 무게만 잡던 공손양이 그런 농담을 하다니!

그런 눈빛들이었다.

공손양의 농담 때문인지, 식사를 하는 동안의 분위기가 그리 무겁지 않게 흘렀다.

어차피 상양을 구경하자고 온 것이 아닌 상황. 더구나 장원영의 움직임을 지켜본 후 움직이기로 했으니 바쁠 것도 없었다.

식사는 근 한 시진이나 이어졌다.

양화천이 객잔의 주인을 잘 알아서인지, 아니면 아침이라 바쁘지 않아서인지, 좌소천 일행이 오랫동안 자리를 차지하고 있는데도 누구 하나 뭐라 하지 않았다.

그렇게 사시가 되어갈 무렵이었다. 종여삼이 객잔 안으로 뛰어들 듯이 들어왔다.

그는 좌소천 일행이 탁자에 앉아 있는 것을 보고는 급히 다가와 빠르게 입을 열었다.

"장 대협이 분노한 표정으로 동쪽 문을 나섰습니다."

뜻밖이었다.

양화천의 말대로라면 장원영은 차분한 사람이었다. 그런 사람이라면 일처리를 신중하게 할 터. 언제 움직일지 그것은 아무도 모르는 일이었다.

한데 뜻밖에도 두 시진 만에 그가 분노한 채 상양을 나선 것이다.

그의 행동이 뜻하는 것은 하나. 뭔가 증거를 찾았다는 말이었다.

"광한방으로 가는 것입니까?"

"그렇게 보입니다. 강가의 송림에 들어갔다 나오더니 표정이 급변해서……."

좌소천이 자리에서 일어나며 물었다.

"현재 방의 무사들은 어디쯤 있습니까?"

"장동(長東) 건너편 야산에서 대기 중인 것으로 알고 있습니다."

그리 멀지 않은 곳이다. 지금 연락해도 두 시진 정도면 광한방에 도착할 수 있을 것이다.

2

광한방은 상양에서 동쪽으로 삼십여 리가량 떨어진 천정산(天井山) 자락에 자리 잡고 있었다.

좌소천 일행은 상양을 벗어나자마자 경공을 시전해 장원영의 뒤를 쫓았다.

그렇게 서두른 덕에 광한방을 십 리 정도 남겨놓았을 때 장원영의 꼬리를 잡을 수 있었다.

"장 형!"

양화천이 저만치 앞서 가는 장원영을 불렀다.

세 명의 제자와 함께 빠른 걸음으로 걸어가던 장원영이 걸음을 멈추고 몸을 돌린다.

그사이 거리가 좁혀지고 장원영의 의아해하는 표정이 눈에 들어왔다.

"어쩐 일이십니까?"

좀 더 가까이 다가간 양화천이 담담한 표정으로 대답했다.

"우리도 광한방에 볼일이 좀 있소이다. 그래, 제자들의 흔적은 찾으셨소?"

장원영의 눈에서 분노에 찬 싸늘한 빛이 번뜩였다.

어지간한 일에 화를 내지 않는다 했다. 한데 눈빛을 보니 단단히 화가 난 듯했다.

"강가에서 급박하게 남긴 비문(秘文)을 찾았소이다."

"비문을 찾았다고요?"

"그렇소이다. 광한방에 쫓기고 있다는 비문이 검으로 깎아 낸 소나무에 적혀 있었소. 그리고 강가의 바위에… 복수를 부탁한다는 비문이 남아 있더구려."

"제자들의 시신은 찾았소?"

"찾지 못했소."

어딘가에 묻었다 해도 최근 내린 비로 인해 흔적이 사라졌을 것이다.

"형산에는 알리셨소?"

"가져온 전서구에 상황을 적어 보냈소. 본산의 제자들이 오기 전에 정확한 상황을 알아볼 생각으로 가는 중이외다."

"어차피 우리도 광한방에 볼일이 있는데, 같이 갑시다."

"무슨 일로?"

아직은 주목적을 말할 때가 아니었다. 양화천이 소광섭을 향해 고개를 돌렸다.

그때까지도 장원영은 소광섭을 알아보지 못했다.

얼굴을 가린 머리카락. 약간씩 저는 다리. 거기다 분위기가 완전히 바뀌어서 어지간히 신경 쓰지 않는 한 알아보기가 힘들 수밖에 없었다.

같이 가기로 한 이상 거리낄 것도 없는 상황이다. 거기다 좌소천이 이미 언질을 준 터. 소광섭이 먼저 아는 체를 했다.

"오랜만이오."

장원영의 고개가 모로 꺾어졌다.

"누구신지?"

"세운산장의 소광섭이라 하오."

잠시 소광섭을 바라보던 장원영의 눈이 한껏 커졌다.

"귀하가 그럼 칠 년 전 악양에서 봤던……?"

"그렇소. 당시 장 형의 도움, 고마웠소."

도와주기 위해 왔는지 아닌지는 아직도 확실치 않았다. 그러나 결과적으로 도움이 된 것만은 분명했다.

장원영의 입가에 쓴웃음이 맺혔다.

그는 잠시 머뭇거리더니 짧게 입을 열었다.

"그날 일에는 많은 사연이 있습니다. 이해하신다면 나중에 말씀드리지요."

소광섭이 고개를 끄덕였다.

이미 지난 일이다. 게다가 어떤 사연이 있었는지는 몰라도 해보다는 도움이 되었다. 당장은 그것이면 되었다.

소광섭의 정체를 알고 나서야 장원영은 양화천과 소광섭이 광한방에 가려는 이유를 짐작했다.

복수! 그것 말고 뭐가 있겠는가.

"좋습니다. 같이 가십시다. 대상은 다를지 몰라도 목적이 같은데 따로 갈 일이 뭐 있겠습니까?"

그리 높지 않은 천정산 자락을 거대한 장원 하나가 차지하고 있다.

그곳이 바로 이백 년간 동정호의 동쪽을 지배하며 상양 일대에서 제왕처럼 군림해 온 광한방의 총단이었다.

오시 무렵.

좌소천은 장원영 등과 함께 광한방의 정문 앞에 도착했다.

그들이 다가가자 거대한 정문을 지키고 있던 네 명의 정문위사가 앞으로 걸어왔다.

정문위사들은 눈을 굴려 좌소천 일행을 훑어보더니, 장원영의 등에 매달린 검에서 눈길을 멈췄다.

그들 중 수장으로 보이는 자가 놀란 표정으로 물었다.

"형산의 장로께서 어인 일로 오신 겁니까?"

장원영이 차가운 말투로 되물었다.

"왜 왔는지는 그대들이 더 잘 알 거 아닌가?"

"무슨 말씀이십니까?"

"모르면 가서, 두강호에게 형산의 장원영이 보았으면 한다고 전하게."

두강호는 광한방의 오당 중 순찰 임무를 맡고 있는 적수당의 당주로 장원영과 안면이 있는 자였다. 상양에서 싸움이 일어났다면 그가 모를 리 없었다.

장원영이라면 그 유명한 형산고검의 본명.

정문위사는 분위기가 심상치 않음을 알고 뒤쪽의 수하들을 향해 고갯짓을 하고는 장원영을 향해 정중히 말했다.

"잠시만 기다려 주시기 바랍니다."

일각이 지날 즈음이었다.

눈매가 칼날처럼 옆으로 뻗은 중년인이 십여 명의 무사와 함께 정문으로 나왔다.

그가 바로 적사마도(赤蛇魔刀) 두강호라는 자였다.

"형산고검께서 어인 일이시오? 거기다 풍양객 양 대협까지 오시고."

"어인 일이냐고? 그걸 몰라서 묻는 건가?"

장원영의 목소리가 날 선 검처럼 두강호의 귀청을 두들겼다.

두강호는 어깨를 으쓱 추키고는 정말 모르겠다는 표정으로 되물었다.

"모르니 묻는 거 아니오?"

"모른다? 상양에서 제법 큰 싸움이 벌어졌는데, 순찰당의 당주라는 사람이 그 일을 모른다고?"

"그거야…… 모를 수도 있는 일 아니오?"

찰나간 두강호의 눈빛이 흔들렸다.

장원영이 놓치지 않고 추궁했다.

"광한방과 본 파의 제자들이 싸웠는데도 그걸 모르고 있다면 자네의 능력을 의심할 수밖에 없군. 아무래도 안 되겠어. 자네와 이야기를 하는 것보다는 좀 더 윗사람을 만나는 게 낫겠군."

그제야 두강호가 고개를 갸웃거리더니 서둘러 아는 척을 했다.

"아! 그러고 보니 며칠 전에 본 방의 무사들과 형산의 제자들이 사소한 다툼을 벌였다 했는데, 그 일을 말씀하시는 거요?"

"알긴 아는군. 하나 내가 정말로 알고자 하는 것은 그때의 일이 아니라, 그 후에 벌어진 싸움이네. 그 일에 대해 솔직히 말해주었으며 싶군."

"또 싸웠단 말이오? 그 일은 저도 금시초문이라……."

"지금쯤 본산에서 제자들이 내려오고 있을 것이네. 호미로 막을 수 있는 일을 가래로 막는 일이 생기지 않았으면 좋겠다 싶어서 내가 먼저 왔지. 후회할 일은 하지 말게."

장원영의 입에서 나직하게 가라앉은 목소리가 흘러나오자, 두강호의 얼굴도 침중하게 굳어졌다.

형산에서 사람들이 내려온다면 일이 간단하게 끝나지 않을 것이었다.

"아이들 싸움에 어른들이 나설 필요는 없지 않소?"

"물론 옳은 말이네. 그러나 싸우던 아이들이 죽었다면 문제가 달라지지."

두강호의 눈이 커졌다.

"그게 무슨 말이오? 형산의 제자들이 죽기라도 했단 말이오?"

"정확히 다섯이 죽었네, 광한방의 무사들에게. 변명할 생각은 말게. 제자들이 죽기 전에 남긴 비문을 확인하고 왔으니까. 내가 왜 왔는지 알겠지?"

"으음, 일단 안으로 들어오시지요. 제가 확인을 해보겠소이다."

두강호는 일이 심상치 않음을 알고 장원영을 안으로 들였다.

그러다 장원영을 따라 들어오는 좌소천 일행을 보고 눈살을 찌푸렸다.

"저분들도 일행이시오? 형산파의 분들이 아닌 것 같소만?"

"함께 왔으니 일행이라면 일행이라고 할 수 있지. 지금 중요한 건 그것이 아니네. 일단 우리의 일 먼저 해결하고 보세."

두강호는 한번 더 좌소천 등을 바라보고는, 수하들을 시켜 그날 일과 관계된 자들을 찾아내도록 했다.

"가서 그날 싸웠다는 놈들을 데려와라. 빨리!"

그러고는 수하들 중 둘이 안으로 달려가자 일행을 객당으로
안내했다.

한편, 좌소천은 조용히 뒤를 따르며 광한방의 상황을 살펴
보았다.

구봉장에서 미리 광한방의 건물 배치도를 보기는 했지만,
실제로 보는 것과는 느낌이 다를 수밖에 없었다.

하지만 좌소천이 살피는 것은 건물이 아닌 사람들이었다.

간간이 보이는 간부 급 무사들은 모두가 일류의 경지에 다
다른 자들이었다. 대충 예상한다 해도 사오백의 일류무사가
광한방에 존재한다는 말이었다.

그중 일류 상급에 다다른 무사들도 상당수가 될 터였다.

그간 알려진 바에 의하면, 신검장에 비해 두 배 이상의 전력
이라 했는데 틀린 말은 아닌 듯했다.

'절정의 고수가 삼십여 명 된다고 했지?'

문제는 그들이었다. 절정의 경지라 해도 다 같은 경지가 아
니다. 비무가 아닌 생사결(生死決)에선 약간의 차이가 승부에
결정적인 영향을 미친다.

정보대로라면 그들 중에서도 절정의 경지를 넘어 초절정의
경지에 이른 자가 서너 명 정도 된다고 했다.

특히 전대 방주이며 구마(九魔) 중 한 사람인 광한마존 섭궁

안은 이미 십 년 전에 절대의 초입에 들었고, 현 방주인 천혼신마 섭정산도 절대의 경지에 근접한 고수라 했다.

물론 지금이라도 구포방의 무사들이 일제히 공격한다면 충분히 이길 수 있다. 섭궁안과 섭정산을 자신이 맡으면 될 테니까.

그러나 피해 역시 적지 않게 날 게 분명하다. 그것은 바라는 바가 아니었다.

자신이 직접 온 이유는 두 가지.

광한방의 뜻을 알아보는 것도 있지만, 정면 대결이 벌어졌을 경우 피해를 줄일 방법을 찾기 위해서였다.

한데 보이는 대로라면, 피해를 줄일 방법은 오직 한 가지밖에 없었다.

절정고수들의 숫자를 줄이는 것!

물론 전격적인 공격 이전에 광한방을 손들게 할 수 있다면 그것이 더 나을 테지만, 아무리 봐도 쉽게 고개를 숙일 것 같지는 않았다.

'피를 보자고 하면 어쩔 수 없지.'

두강호가 사람들을 객당에 남겨놓고 안으로 들어간 지 반 시진이 지났다.

지금쯤이면 어떤 소식이 전해져야 하는데 아무도 오지 않는다.

장원영의 제자인 원진평이 답답한지 조심스럽게 입을 열

었다.

"사부님, 시간이 너무 오래 걸리는 것 같습니다."

적진에 들어와 있는 상황. 그러잖아도 신경이 쓰이던 터였다. 하지만 나가서 그를 찾기도 어정쩡한 상황이었다.

장원영이 굳은 표정으로 제자를 다독거렸다.

"조금만 더 기다려 보자."

그때 좌소천이 일어나 창가로 다가갔다.

살짝 열린 창문 밖으로 저만치서 다가오는 사람들이 보인다.

굳은 표정들. 게다가 숫자가 삼십여 명이나 된다. 굳은 표정이야 사태의 심각성을 생각해서 그럴 수 있다지만, 말을 나누기 위해서 오는 사람들치고는 지나치게 많은 숫자다.

좌소천 곁으로 다가온 공손양이 담담히 말했다.

"범인을 순순히 내놓을 생각이 없나 봅니다."

어느 정도는 예상했던 일이었다.

아마 많은 이야기가 오갔을 것이다. 범인을 내주고 사과할 것인지, 아니면 힘으로 밀고 나갈 것인지.

"입 안에 들어왔으니 자신들이 주도권을 쥐고 있다 생각하고 있는 것이겠지요. 이곳에 있는 사람들을 제압해 놓으면, 나중에 그만큼 싸워야 할 적이 줄어들 테니까 말이오."

나직한 좌소천의 말에 장원영이 눈살을 찌푸렸다.

"광한방이 본 파와 전쟁이라도 벌일 생각을 하고 있단 말인가? 본 파의 제자들을 죽인 자 몇 명을 보호하기 위해서?"

잠시 생각에 잠긴 듯 입을 다물고 있던 좌소천이 천천히 고개를 돌렸다.

"저들에게 그럴 수밖에 없는 사연이 있을지도 모르는 일이지요."

"그럴 수밖에 없는 사연이라니?"

"범인이 누군지 알았는데, 내놓을 수 없는 사람이라면 충분히 가능한 일이 아니겠습니까?"

그 말에 장원영의 표정이 굳어졌다. 미처 생각하지 못한 부분이었다.

그때 문득, 장원영은 이상한 생각이 들었다.

제일 나이가 어린 사람이 나서서 자신과 이야기를 나누는 동안 누구 하나 끼어들지 않는다.

게다가 조금 전에는 서른에 가까운 자가 공손한 말투로 존대를 하지 않던가.

'이상하군. 양 대협이나 소 대협의 제자가 아니면 수하라 생각했는데, 아니었나?'

하지만 더 생각할 시간도 없이 방문이 열리더니, 두강호가 딱딱하게 굳은 표정으로 들어왔다.

"조금 늦었소이다."

장원영은 좌소천에 대한 의문을 접고 두강호를 직시했다.

"표정을 보니 모든 것을 다 알아낸 것 같은데, 범인은 밝혀졌는가?"

두강호가 천천히 고개를 끄덕였다.

"누군가?"

"그건 지금 말씀드릴 수 없소이다."

"말할 수 없다? 흥! 범인이 소방주라도 되나?"

좌소천의 말에 일리가 있었기에 그냥 해본 말이었다.

형산과 정면 대결을 하는 한이 있어도 내놓을 수 없는 사람이 누굴까, 그런 생각을 하다 보니 무심코 나온 게 방주의 아들이었다.

한데 그 말에 두강호가 지그시 이를 악문다.

풀숲에 돌을 던졌는데 잠자던 개구리가 맞은 꼴.

장원영의 표정도 굳어졌다. 그는 자신이 다 알고 있는 것처럼 두강호를 몰아쳤다.

"내 말이 틀렸는가?"

두강호가 엉겁결에 되물었다.

"어떻게… 알았소?"

"그건 중요한 것이 아니네. 어떻게 할 생각인가? 소방주를 내놓겠나, 아니면 본 파와 한바탕 전쟁을 벌이겠나?"

그에 대한 대답은 문 쪽에서 들려왔다.

"그럴 수 없다는 걸 장 형도 잘 아시잖소?"

대답과 함께 한 사람이 들어왔다. 오십대 초반의 청삼인이었다.

그를 본 장원영의 손에 힘이 들어갔다.

광한방의 서열 오위이자 방주인 섭정산의 셋째 아우이며, 광한방의 머리라는 유마(儒魔) 섭양산이 바로 그였다.

"소방주는 방주님께서 어렵게 얻은 하나뿐인 아들이외다. 그리고 이번 일은 소방주만의 잘못으로 일어난 일이 아니라 하더구려. 그러니 우리로선 소방주를 내드릴 수 없다는 결론을 내리지 않을 수 없었소."

이러나저러나 소방주인 섭은수를 내줄 수 없다는 말이다.

"설마 본 파의 제자 다섯을 죽이고도 없던 일로 하겠다는 거요?"

"어찌 모른척할 수가 있겠소? 본 방에선 소방주를 제외하고, 그 일에 나섰던 네 명의 무사를 내놓겠소. 그리고 소방주를 내주지 않는 대신 황금 일천 냥을 보상비로 드리겠소."

장원영이 눈을 치켜떴다.

"돈으로 본 파 제자들의 죽음을 무마하겠다는 것이오?"

"한 명의 무사가 아까운 판에 넷을 내주겠다고 했소. 그 정도면 우리 역시 최선을 다한 것이오."

말로는 최선을 다했다면서, '너희들이 받아들이지 않으면 어떻게 할 것이냐' 하는 눈으로 바라본다.

능글능글한 섭양산의 태도에 장원영의 입에서 냉랭한 코웃음이 터져 나왔다.

"흥! 만약 본 파에서 끝까지 소방주를 원한다면?"

"그럼 할 수 없이 싸우는 수밖에."

갑자기 팽팽한 긴장감이 방 안을 짓눌렀다.

"본 방은 일처리를 할 때 후환을 남겨놓지 않소. 우리의 제안이 끝까지 거부된다면, 미안하지만 그대들은 본 방을 나갈 수 없소이다."

섭양산이 장원영과 양화천을 거쳐 좌소천 일행을 둘러보더니, 마치 독 안에 든 쥐를 보는 듯한 표정을 지었다.

밖의 상황으로 봐서는 이미 들어올 때부터 그럴 생각이었던 듯하다.

그때였다. 소광섭이 음울한 목소리로 입을 열며 섭양산을 바라보았다.

"그전에 한 가지 확인할 일이 있는데, 대답해 주겠나? 그대라면 알지 모르겠는데 말이야."

처음 보는 자가 아랫사람에게 문득 반말을 한다. 섭양산이 눈살을 찌푸리고는 짜증나는 투로 되물었다.

"뭘 말이오?"

"세운산장을 칠 때 그대도 갔나?"

"세운산장? 아! 통성의 그 장원?"

대답을 하던 섭양산이 의아한 표정으로 소광섭을 바라보았다.

"그런데 당신이 왜 그걸……?"

"갔나 보군."

소광섭이 절룩이며 한 걸음 앞으로 나섰다.

뭔가 심상치 않음을 느낀 두강호가 소광섭의 앞을 막았다.

"무슨 일인데……."

찰나였다.

소광섭의 소매에 들어가 있던 손이 밖으로 나오는가 싶더니 두강호를 향했다. 어차피 저들의 생각을 안 이상 망설일 것도 없었다.

퉁! 픽!

소리는 거의 들리지 않을 정도로 작았다. 그러나 그 결과는 사람들을 놀라게 하기에 충분했다.

"컥!"

한 발의 가느다란 화살이 두강호의 목을 뚫어버린 것이다.

두강호가 목을 부여잡고 비틀거린 순간, 또다시 소광섭의 손에 들린 탈혼궁이 퉁겨졌다.

퉁!

하지만 두강호가 비틀거리는 것을 본 섭양산은 이미 몸을 낮춘 채 뒤로 몸을 날린 후였다.

그래도 완전히 피하지는 못했는지 짧은 신음이 흘러나왔다.

"윽!"

섭양산이 가느다란 화살을 어깨에 꽂은 채 방문을 박차고 밖으로 날아간다.

그 뒤를 따라 좌소천 일행이 방을 나섰다.

장원영도 멍하니 서 있는 제자들을 데리고 그 뒤를 따라갔다.

밖에는 이미 수십 명의 무사가 객당을 완전히 감싸고 있는 상황이었다.

좌소천은 밖으로 나가자 재빨리 상황을 살펴보았다.

섭양산이 신음을 토하며 밖으로 날아가자, 객당을 둘러싸고 있던 무사들이 놀란 표정으로 일제히 무기를 빼 든다.

적들 중 절정의 경지에 달했을 것으로 추정되는 자는 서넛. 예상했던 것보다는 적지만, 싸움이 격렬해지면 곧 더 많은 고수들이 나올 것이었다.

그때 도유관과 공손양과 능야산이 앞장서고, 그 뒤로 좌소천이 소광섭, 양화천과 함께 천천히 걸음을 옮겼다.

눈앞에 있는 자들쯤은 안중에도 없다는 태도.

"놈들을 쳐라!"

섭양산이 악에 받쳐 소리쳤다.

둘러싸고 있던 자들 중 십여 명이 전면으로 나서며 태연히 걸음을 옮기는 도유관 등을 공격했다.

동시에 도유관의 두 손에 은빛도끼가 들리고, 공손양의 검도 검집에서 빠져나왔다.

하지만 선공은 능야산의 손에서 시작되었다.

능야산의 두 손이 허공을 털듯이 휘저은 순간, 두 줄기 번개가 달려드는 광한방의 무사들을 향해 날아갔다.

"컥!"

"헉!"

일수일살(一手一殺)!

뭐가 뭔지도 모르는 사이에 두 명의 무사가 힘없이 무너져 내린다.

뒤이어 도유관과 공손양이 공격을 시작했다.

쉬익!

벼락처럼 떨어진 은빛도끼가 상대의 검과 이마를 한꺼번에 가르고, 공손양의 검에서 뿜어진 붉은 기운이 두 명의 무사를 뒤덮는다.

츠츠츠츠!

"어헉!"

"조심……. 크억!?"

삼 초가 지나기도 전에 다섯의 무사가 쓰러졌다.

피범벅이 된 섭양산이 대경해서 뒤쪽에 서 있던 중년 무사들을 앞으로 나서게 했다.

"자네들이 나서야겠네!"

그의 명이 떨어짐과 동시 일곱 명의 중년 무사가 앞으로 나섰다. 광한방의 최정예 무사들인 광한단의 삼십육 인 중 일곱이었다.

일반적으로 알려진 철립객들보다 한 수 위의 고수들.

개개인으로는 도유관이나 공손양, 능야산의 상대가 되지 못했다. 더구나 세 사람은 상대의 실력을 엿보기 위해 전력을 쏟지 않는 상황. 그런 터에 두세 명이 합공을 하자 승부가 바로 나지 않고 길어진다.

"안 되겠다. 우리도 나서자!"

그제야 장원영을 비롯한 형산의 제자들과 소광섭과 양화천이 싸움에 합류했다.

섭양산도 즉시 십여 명의 수하를 더 투입했다.

"모두 나가서 놈들을 죽여라!"

모두가 일류고수들이다. 하나 장원영이나 양화천의 상대는 되지 못했다. 그들도 그걸 알고 두셋이 장원영과 양화천을 합공했다.

그때 소광섭이 탈혼궁의 활시위를 당겼다.

섭양산이 뒤늦게 소광섭의 손에 들린 작은 활을 알아보고 다급히 외쳤다.

"서, 설마, 탈혼궁? 모두 저자의 손에 들린 궁을 조심해!"

투둥!

섭양산의 외침이 끝나기도 전, 소광섭의 손에서 탈혼궁이 튕겨졌다.

"헉!"

도신이 넓은 도를 휘두르며 달려들던 무사 하나가 헛바람을 집어삼키며 눈을 부릅떴다.

부릅뜬 두 눈 사이에 틀어박힌 화살 하나. 술에 취한 듯 비틀거리는 그는 보지도 않고 소광섭이 소리쳤다.

"섭정산을 나오라고 해라, 섭양산!"

탈혼궁이 섭양산을 향하자, 섭양산이 급급히 뒤로 물러났다.

그즈음에는 이미 백여 명의 무사가 달려나와 싸움이 벌어진 정원을 둘러싼 후였다.

그리고 마침내, 절정의 경지에 오른 고수들 셋이 앞으로 나섰다.

그들 중 하나가 장원영을 노려보며 소리친다.

"장원영! 진정 죽으려고 환장했구나! 형산의 이름에 본 방이 겁먹을 줄 알았더냐?!"

섭양산이 그들을 향해 다급히 외쳤다.

"장원영보다 저자의 활을 더 조심하게, 구 장로! 저 궁이 바로 탈혼궁이네!"

광한방의 장로인 웅혈마검 구연상이 눈을 크게 뜨고 소광섭의 손에 들린 활을 응시했다.

그의 눈빛이 탐욕과 긴장으로 일렁였다.

"그럼 저자가 세운산장의 생존자란 말인가?"

그 말에 소광섭의 활이 구연상을 향했다.

탈혼궁에 대해 알고 있다는 것. 그리고 탈혼궁이 세운산장에 있었다는 것을 안다는 것은 한 가지를 의미했다.

그 역시 세운산장의 참사에 관여되었다는 말이다.

"세운산장에 갔던 놈들은 한 놈도 살려두지 않을 것이다!"

소광섭이 냉랭하게 소리치며 탈혼궁을 튕겼다.

한줄기 빛살이 소광섭과 구연상을 일직선으로 이었다.

"헛!"

구연상이 본능적으로 몸을 틀며 검을 휘둘렀다.

텅!

절정의 고수답게 탈혼시를 튕겨내는 구연상이다. 그러나 소광섭의 공격은 한 번으로 끝나지 않았다.

투둥!

다시 두 발의 탈혼시가 구연상을 향해 날아갔다.

활시위 튕겨지는 소리와 동시 구연상의 몸이 허공으로 솟구쳤다.

그러나 탈혼궁의 위력은 구연상이 생각하는 것보다 훨씬 강력했다.

퍽!

제대로 쳐내지 못한 한 발의 탈혼시가 구연상의 허벅지에 비스듬히 틀어박혔다.

"이런, 개 같은……!"

구연상이 얼굴을 일그러뜨린 채 비틀거리며 물러선다. 그사이 바라보고만 있던 자들 중 십여 명이 몸을 낮추고 일제히 달려 나왔다.

"저희들이 맡겠습니다, 장로!"

순간 맑은 현음이 울리며 탈혼궁의 활시위가 연달아 튕겨졌다.

투두두둥!

달려들던 자들 중 네 사람이 달려들던 자세 그대로 꼬꾸라진다.

하지만 칠팔 명은 조금도 머뭇거리지 않고 소광섭의 지척까지 다가왔다.

이십여 명의 무사와 혼전이 벌어진 상황. 게다가 절정의 고수들이 끼어든 마당이다. 유리한 싸움을 하면서도 소광섭을 도울 여유가 없는 좌소천 일행들이다.

하지만 좌소천의 일행 누구도 소광섭을 걱정하지 않았다.

오히려 장원영이 다급한 마음에 소리쳤다.

"소 형! 물러서시오!"

바로 그때였다. 좌소천이 소광섭의 앞으로 나서더니, 달려드는 자들을 향해 주먹을 휘둘렀다.

콰과광!

일순간 북 터지는 소리와 함께 세 명의 무사가 비명도 지르지 못한 채 뒤로 날아갔다.

뒤이어 번쩍! 허공에 검은 선 한 줄기가 그어지는가 싶더니, 네 명의 무사가 초점없는 눈을 뒤집어 깐 채 그대로 무너졌다.

화아악!

무너지는 무사들의 몸에서 하늘로 쭉 뿜어지는 시뻘건 핏줄기!

좌소천은 단숨에 일곱 명의 무사를 처리하고는 조용히 서서 섭양산을 바라보았다.

광한방의 전력에 대해선 얼추 답이 나온 상태다.

광한방의 일처리 방식에 대해서도 대충은 알 듯했다.

대화보다는 힘을 중시하는 자들. 강자존(强者存). 강호의 철칙을 따르는 자들이다.

이런 자들을 굴복시키기 위해선 말로 하기보다 힘을 보여주는 것이 빠른 법이었다.

"안타깝군. 대화로 풀어나갔으면 했는데."

좌소천의 목소리가 나직이 흘러나왔다. 작은 목소리인데도 섭양산의 귀청에는 한마디 한마디가 또렷이 들렸다.

"네놈은 누구냐?!"

섭양산은 머리만 좋은 사람이 아니었다. 무공 역시 절정에 달한 고수였다. 하기에 좌소천이 조금 전에 펼친 권과 도가 얼마나 무서운 것인지 잘 알았다.

일류라 할 수 있는 무사 일곱이 한순간에 쓰러졌다.

자신은 흉내도 낼 수 없는 가공할 무위!

과연 방주가, 태상 방주가 저렇게 할 수 있을까?

답이 나오지 않는다.

그때 장내의 상황을 주시하던 절정의 고수 둘이 좌소천을 향해 몸을 날렸다.

"우리가 놈을 맡겠네!"

오십대의 중년 무사. 열세 명의 광한방 장로 중 두 사람이었다.

그들은 소광섭의 탈혼궁을 예의주시하면서 좌소천을 향해 달려들었다.

섭양산이 그들을 우려의 눈빛으로 바라보며 경고를 보냈다.

"조심하게! 보기보다 무서운 놈이네!"

그 말에 광한방 무사의 이마를 쪼개고 돌아서는 도유관의 입가에 조소가 매달렸다.

공손양과 능야산은 아예 신경도 쓰지 않고 달려드는 적들만 몰아쳤다.

'무서운 놈' 정도가 아니다.

공포의 존재라 해야 맞을 것이었다.

그걸 모르는 이상 광한방은 피의 회오리를 비켜갈 수 없을 터였다.

끼이이!

좌소천의 무진도가 비틀린 순간, 기괴한 소음이 일고 묵광이 일직선으로 뻗어나갔다.

찰나,

쾅!

먼저 좌소천을 공격한 팔면귀창 염지곽이 부러진 창대를 부여잡고 뒤로 훌훌 날아간다.

쉐엑!

이어 허공이 길게 갈라지는가 싶더니 귀령마도 동화민이 어깨를 부여잡고 급급히 물러선다.

"크윽!"

조금만 늦었으면 어깨가 아니라 가슴이 갈라졌을 것이다.

하지만 결과는 크게 다르지 않았다.

단 두 번의 칼질로 두 명의 절정고수를 튕겨낸 좌소천이 앞으로 나아간다.

한 걸음에 삼 장을 쭉 미끄러진 좌소천이 도를 들어 하늘과 땅을 사선으로 갈랐다.

쩌적! 쾅!

일격에 한 뼘 넓이 귀두도의 허리가 부러졌다.

"끄억!"

눈을 흡뜨고 비칠거리는 동화민의 얼굴이 공포로 물들었다.

"동 장로를 구하라! 놈은 혼자다! 두려워할 것 없다!"

고래고래 소리치며 수하들을 독려하는 섭양산의 목소리가 가늘게 떨려 나왔다.

어찌 그러지 않으랴!

절정의 고수라는 염지곽과 동화민이 두어 수 만에 회복 불능의 상태가 되어버리지 않았는가 말이다!

"모두 합공해서 놈을 죽여라!"

"맞아! 제아무리 강해도 놈은 혼자다! 모두 공격해!"

여기저기서 합공을 외치는 목소리가 터져 나왔다. 그렇게 해서라도 두려움을 떨치기 위함이었다.

우르르, 수십 명의 무사가 좌소천 일행을 에워싼 채 접근했다.

하지만 오롯이 서서 그들을 바라보는 좌소천의 표정은 일말의 변화도 없었다.

절정고수 중 대여섯 명이 부상을 입고 힘을 쓰지 못한다. 거기다 일류고수들 중 벌써 이십여 명이 회복 불능의 상태가 된 상황.

본격적인 싸움은 아직 시작도 되지 않았거늘, 광한방의 전력 중 적어도 일 할이 반 각도 되지 않는 짧은 시간에 무너졌다.

지금까지는 모든 것이 생각대로 진행되고 있었다.

그때 안쪽에서 고함 소리가 터져 나오더니 십여 명이 격전장으로 날아들었다.

"감히 본 방에서 소란을 피우다니! 네놈들이 죽으려고 작정했구나!"

그들을 바라보는 좌소천의 눈이 차갑게 가라앉았다.

십여 장을 날아 깃털처럼 가볍게 내려서서 자신을 죽일 듯이 노려보는 자. 장로라는 자들에 비해 훨씬 강한 기운을 지니고 있다.

'저자가 섭정산?

하얀 얼굴에 너무 길어서 귀에 닿을 것 같은 눈썹. 오십대 중반으로 보이는 나이. 소광섭이 그를 보고는 이를 갈며 외친다.

"섭정산! 마침내 네가 나왔구나!"

그렇다. 그가 바로 광한방의 방주인 천혼신마 섭정산이었다.

그와 함께 나타난 자들은 장로들과 방주의 최측근 호위들인 팔대호법, 광한팔마(廣寒八魔)였다. 드디어 광한방의 진정한 고수들 중 반 이상이 모인 것이다.

상대적으로 외곽의 공격에 대항할 고수들이 적어졌다는 말. 광한방에는 저주일지 몰라도 상황은 예정대로 흐르고 있었다.

"모두 뒤로 물러나서 놈들을 넓게 포위해라!"

그때 섭양산이 외쳤다.

공손양 등에게 밀리던 무사들이 일제히 뒤로 물러선다.

그들이 물러섬으로 인해 전장은 정원에서 넓은 연무장으로 옮겨진 상황. 장소가 넓어진 만큼 광한방의 무사들도 더 넓게 포위망을 구축했다.

적어도 다섯 겹으로 구축된 포위망이다. 한 번에 이십여 장을 날아갈 수 없다면 빠져나가는 것이 불가능해 보일 정도다.

포위망이 완벽하다 생각했는지, 섭정산이 분노로 이글거리는 눈을 번들거리며 좌소천을 향해 천천히 걸어갔다.

섭양산이 다급히 경고하듯이 말했다.

"형님, 저쪽에 다리병신이 바로 세운산장의 소광섭입니다. 놈의 손에 들린 것이 바로 탈혼궁이니 조심하십시오!"

섭정산의 눈이 소광섭을 향했다.

"훗, 보물을 들고 제 발로 들어오다니. 그건 반가운 일이군."

순간이었다.

"이놈!"

투두둥!

소광섭의 손에서 번개처럼 탈혼궁이 튕겨졌다.

섭정산을 향해 날아가는 세 발의 탈혼시!

쏘아졌다 싶은 순간에 이미 섭정산의 전신을 노리고 가히 눈에 보이지도 않는 가공할 빠름이다.

거의 동시, 섭정산이 양손을 휘둘러 화살을 쳐냈다.

따다당!

쇠끼리 부딪치는 소리가 나면서 세 발의 탈혼시가 사방으로 튕겨진다.

섭정산이 코웃음을 치며 조소를 머금었다.

"흥! 어림없는 짓이다, 소광섭!"

"어디 이것도 받아봐라!"

순간 소광섭이 다섯 발의 탈혼시를 한꺼번에 탈혼궁의 활시위 위에 걸고 다시 튕겼다.

투웅!

설마 그렇게 빨리 연사할 줄은 몰랐던지 섭정산이 흠칫 뒤로 물러나며 양손을 크게 저었다.

그러나 한두 발이 아닌 다섯 발의 탈혼시다. 그것도 각기 다른 곳을 향해 날아든다.

섭정산이 제아무리 강심장이라도 그대로 서서 받지 못했다. 그는 얼음 위에서 미끄러지듯 옆으로 석 자가량을 비켜나며 시퍼런 강기가 서린 두 손으로 화살을 걷어냈다.

그나마도 그가 절대에 근접한 고수이기에 가능한 일이었다.

"크윽!"

"허억!"

하지만 그 바람에 탈혼시가 섭정산의 뒤쪽에 있던 무사 둘을 꿰뚫어 버렸다.

찰나 섭정산의 몸이 둘 셋으로 나누어지는 것처럼 보이더니 소광섭을 향해 날아갔다. 두 손에서 시퍼런 수강을 뻗어내며!

"이놈!"

작심한 듯한 공격!

소광섭도 이를 악물고 탈혼궁을 들어 섭정산을 향했다. 허리를 스친 왼손이 시위를 잡는다 싶더니, 어느새 세 대의 탈혼시가 하늘을 향해 독아를 내밀었다.

쉬쉬쉭!

시위 튕기는 소리도 나지 않았는데 세 발의 탈혼시가 삼각의 형태를 이루며 섭정산을 향해 날아간다.

무음사(無音射)와 삼재탈혼(三才奪魂).

탈혼궁을 사용해 펼칠 수 있는 다섯 가지 궁술 중 하나가 소광섭의 손에서 수백 년 만에 펼쳐진 것이다.

소리없이 날아드는 탈혼시에 섭정산도 이를 악물고 번개처럼 손을 휘둘렀다.

전력을 다한 천혼수의 손 그림자가 그의 전면에 시퍼런 막을 형성했다.

찰나간에 이 장의 거리가 되었다.

세 대의 탈혼시가 강기의 막을 뚫긴 했지만, 위력이 약해지는 바람에 섭정산을 스쳐 지나간다. 그나마 한 대가 허리를 스치며 섭정산의 이마를 찡그리게 했을 뿐이다.

제아무리 궁술이 뛰어나다 해도 너무 가까운 거리.

소광섭은 재빨리 뒤로 물러나며 탈혼궁에 한 대의 탈혼시를 걸었다.

그러나 눈 깜짝할 순간에 다가온 섭정산이 먼저 득의의 표정을 지으며, 물러나는 소광섭을 향해 손을 뻗었다.

쾅!

순간 갑작스런 굉음이 일더니, 섭정산이 인상을 찡그린 채 뒤로 물러났다.

마침내 좌소천이 나선 것이다.

복수는 소광섭의 몫이다. 그래서 소광섭이 섭정산을 이길 수 없다는 것을 알면서도 나서지 않았다.

그러나 소광섭의 한계가 드러난 이상 이제는 자신이 나서야 할 때였다.

"네놈은 누구냐?!"

눈을 부릅뜬 섭정산이 좌소천을 노려보며 소리쳤다.

뒤늦게 나온 그는 좌소천에 의해 두 명의 장로가 부상을 당한 과정을 보지 못했다. 하기에 젊은 좌소천이 자신의 공격을 막아내고, 그것으로도 모자라 자신을 물러서게 했다는 것에 경악하지 않을 수 없었다.

더구나 좌소천의 뒤에 늘어선 자들도 형산의 젊은 제자 둘을 빼면 모두가 절정의 고수들이다.

평소라면 일단 때려눕혀 놓고 이야기를 나누었을 그가 싸우기 전에 먼저 입을 연 이유였다.

좌소천도 곧바로 손을 쓰지 않고 무심한 눈으로 그를 보며 대답했다.

"구포방에서 온 사람."

이제 진정한 목적을 위해 판을 벌여야 할 때였다.

"구포방? 악양의 그 하오문 말인가?"

"그렇소. 얼마 전 귀 방이 본 방의 배를 탈취하고 사람들을 죽였거늘, 우리가 왜 왔는지 정말 모르겠소?"

"뭐라?!"

전혀 모르는 눈치다. 하지만 상관없었다. 이미 상황은 시위를 떠난 화살이었다.

"모르고 있었나 보군. 하나, 귀하가 알든 모르든 상관없소. 당시 본 방의 배에 실렸던 물건이 광한방 사람들에 의해 상양의 상가에 풀렸다는 것을 확인했으니까."

"기껏 그런 일 때문에 본 방에 시비를 걸겠다는 것이냐?"

"시비라……. 뭘 모르고 있군. 우리는 시비를 걸자고 온 것이 아니오. 본 방의 사람들을 해한 대가를 받고자 하는 것이지."

섭정산이 슬쩍 눈을 돌려 섭양산을 바라보았다.

"양산, 알고 있는 일이더냐?"

형산과의 문제로 시작된 일이 이상한 방향으로 흐르고 있다.

그러나 이미 커질 대로 커진 상황. 게다가 상대의 행동을 보니 구차한 변명을 한다고 통할 것 같지도 않다.

연무장 주위는 광한방의 무사 수백에 의해 완벽히 포위된 상태. 거기다 방주가 장로들과 광한팔마를 대동하고 나섰다.

상대가 아무리 강하다 해도 포위망을 뚫을 수는 없을 터. 섭양산은 별것 아니라는 투로 가볍게 입을 열었다.

"상강을 지키던 수경당의 아이들이 악양에서 오던 배 한 척을 귀마문의 배로 알고 친 적이 있습니다. 아마 그 일 때문인 듯합니다."

"그래?"

이마를 찡그린 섭정산이 좌소천을 바라보았다.

"대가라 했나? 그럼 나도 묻지. 그대들에 의해 본 방의 무사들도 제법 많은 수가 죽었다. 그건 어떻게 할 거지?"

좌소천의 입가에 잔잔한 웃음이 맺혔다.

자신감 때문인지 순순히 시인하는 섭양산이다.

광한방의 모든 무사들이 들었고, 형산의 장원영이 들었다. 그것으로 명분은 섰다.

"일단 먼저 빚을 받고 나서 생각해 보겠소."

담담히 말하던 좌소천이 갑자기 소광섭을 불렀다.

"소 대협."

탈혼궁에 한 대의 탈혼시를 건 채, 섭정산을 노려보던 소광섭이 입술을 씹으며 품속에 손을 집어넣었다.

그의 손에 딸려 나온 것은 자그맣고 기다란 통이었다.

소광섭은 그 통 끝에 매달린 줄을 문질러 삼매진화로 발화시키고는, 연기가 이는 통을 탈혼시 끝에 달고 하늘을 향해 시위를 당겼다.

그제야 섭양산이 하얗게 변한 얼굴로 소리쳤다.

"형님! 놈이 화살을 쏘지 못하게 막으십시오!"

섭정산도 소광섭이 화살을 쏘려는 의미를 알고 황급히 몸을 날렸다.

"멈춰라, 이놈! 모두 놈들을 쳐라!"

동시에 광한팔마와 장로들이 달려나왔다.

그러나 섭정산의 앞에는 좌소천이 있었다.

하늘 높이 쳐들린 좌소천의 무진도가 땅을 향해 그어진다.

쩌쩌적!

대기가 쩍 갈라지며 시커먼 묵선 한줄기가 일직선으로 뻗는다.

"헉!"

갑자기 눈앞이 캄캄해졌다.

거대한 도 하나가 하늘에서 떨어져 내린다.

전력을 다한다 해도 막을 수 있을지 모를 가공할 도세다.

섭정산은 건곤을 가르는 도세를 벗어나기 위해 안간힘으로 몸을 튕겼다.

그사이 하늘 높이 화살 하나가 솟구쳤다.

쉬이이익! 펑!

이십여 장 높이에서 화살 끝에 달린 통이 터지더니, 붉고 진한 연기가 넓게 퍼져 나간다.

"적들이 침입할지 모른다! 조장들은 수하들을 이끌고 외곽을 지켜라!"

섭양산이 다급히 명을 내렸다. 그러고는 포위망을 구축한 고수들에게 좌소천 일행을 공격하게 했다.

"이놈들을 먼저 죽여야 하오! 체면 보지 말고 합공을 하시오!"

시기적절한 명령이었다. 그러나 문제는, 좌소천 일행이 그의 생각보다 훨씬 강하다는 데 있었다.

전호와 육부경을 비롯한 구포방의 무사들이 붉은 연기를 발견한 것은 광한방을 오 리가량 남겨놓았을 때였다.

붉은 연기가 치솟자 무사들의 걸음도 빨라졌다.

당장이라도 비가 쏟아질 것 같은 먹구름 아래, 삼면에서 달려가는 일천오백 무사들이다. 그 위용은 가히 해일이라 해도 부족함이 없었다.

육부경을 수장으로 전만추, 용수강, 소리승문, 차조양, 연자호가 오백의 무사를 이끌고 먼저 남쪽 정문으로 달려가고, 시은형을 수장으로 북궁창, 낙소교, 염상적, 무등혁, 조공인 등이 오백의 무사를 이끌고 서쪽 담장으로 접근한다.

그 모습을 바라보며, 전호가 이끄는 전마성에서 온 신월맹의 무사들, 적사웅과 황신양의 패천단 이백 무사, 신검장의 두 장로가 이끄는 신검장의 무사들은 동쪽 담장을 향해 다가갔다.

쩌정! 차차창!

선두에 선 무사들이 각자의 무기를 잡아 뽑았다.

그 소리에 자극을 받았는지 무기를 뽑는 소리가 끊이지 않고 뒤로 이어졌다.

광한방의 거대한 장원이 점점 가까워진다.

열다섯 자 높이의 담장이 천정산 자락에 길게 드리워져 있다.

한때는 경외의 대상이었던 담장이다. 그러나 지금은 칼로 내려치면 단번에 끊어질 것 같은 허리띠 정도로 보일 뿐이다.

"잊지 마라! 최대한 빨리 치고 들어가서 놈들을 굴복시켜야 한다!"

"무사가 아닌 사람은 죽이지 마라!"

"가자! 광한방이 저기에 있다!"

들불이 강풍을 타고 번져 간다.

해일이 밀려간다.

그 누구도 막을 수 없는 태풍이 천정산 자락을 덮쳐 간다!

한편, 좌소천은 무진도를 옆으로 늘어뜨리고 상황을 살폈다.

"세운산장의 원혼들을 위해 네놈을 죽일 것이다, 섭정산!"

물러선 섭정산을 향해 소광섭이 다시 탈혼궁을 날린다. 자신으로 인해 소광섭을 함부로 공격하지 못하는 섭정산이다.

공손양과 도유관과 능야산도 광한방의 장로들과 치열한 접전을 벌이며 어우러진 상황.

장원영과 양화천 역시 마찬가지다.

도, 검, 편, 창 등 갖가지 무기에서 이는 기운이 방원 이십여 장 안에서 휘몰아친다.

절정고수들의 싸움판에 일반 무사들은 아예 끼어들 생각도 못하고 있다.

그러나 광한방의 무사들 중에는 아직도 남아 있는 절정의 고수가 이십여 명이나 되었다.

그들이 합세하기 위해 앞으로 나선다.

적지 않은 숫자다. 시간이 지나면 곤경에 처하는 사람이 나올 것이 분명한 상황.

'일단은 숫자를 먼저 줄여야겠군.'

마음이 움직임과 동시 몸도 움직였다.

좌소천은 광한팔마를 향해 한 걸음 내딛으며 무진도를 휘둘렀다.

유령처럼 흐르는 신형에서 묵빛 도강이 넘실댄다.

쉬쉬쉬쉭!

대기가 잘게 갈라지며 묵광이 층층이 밀려간다.

숨쉬기조차 힘든 압박감을 참지 못하고 광한팔마 중 두 사람이 좌소천을 향해 쇄도했다.

"우리가 상대해 주마!"

"쉽지 않을 것이다, 이놈!"

좌소천은 달려드는 두 사람을 보면서 무진도를 비틀었다.

땅!

묵광과 부딪친 검이 부러지고, 검을 부러뜨린 무진도가 그대로 상대의 목을 긋고 지나간다.

"컥!"

단말마의 여운이 사라지기도 전, 좌소천은 무진도의 방향을 틀어 또 다른 자를 덮쳤다.

쾅!

귀청을 찢을 듯한 굉음!

광한팔마 중 삼마, 웅혈마 석광이 뒤로 훌훌 날아갔다.

"마, 맙소사!"

거짓말 같은 광경이 연이어 벌어진다. 빤히 보고서도 자신이 잘못 본 것이 아닌가 의문이 들 지경이다.

그러나 눈앞에서 벌어지는 광경은 현실이었다. 그리고 아직 멈춘 것이 아니었다.

고오오오오!

좌소천의 도세가 방향을 틀어 남은 여섯을 향한다.

광한팔마 중 남은 여섯은 감히 대항할 엄두도 못 내고 피하기에 급급했다.

하지만 그들은 섭정산이 아니었고, 섭정산만큼 강하지도 못했다.

먹구름처럼 밀려간 좌소천의 도세가 그들을 뒤덮자 비명과 신음이 연달아 울려 퍼졌다.

따다당! 쩌정!

"커억!"

"으헉!"

그것은 공포였다.

묵광이 번뜩일 때마다 절정의 고수들이 피분수를 뿜어내며 쓰러진다.

겨우 피한다 해도 연이어 밀려드는 도세가 파도처럼 덮친다.

도검을 들어 막으면 도검이 부러지고, 설령 부러지지 않는다 해도 손아귀가 찢어져 도검을 들 수 없을 지경이다.

그러니 부딪친다는 자체가 두려움일 수밖에 없다.

순식간에 광한팔마 중 다섯이 제대로 대항조차 해보지 못한 채 무너졌다.

나머지 셋은 체면도 아랑곳하지 않고 두려움에 질려 멀찌감 치 물러선 상태.

"여기도 있다!"

뒤늦게 여섯 명의 장로가 달려들었다.

그러나 좌소천의 도는 옆에서 보던 것보다 훨씬 강력하고 무서웠다.

주욱, 그어진 묵선이 소용돌이처럼 와류를 일으키며 휘돌 때마다 소름 끼치는 도강이 그들을 휘감는다.

"헉!"

"이, 이런! 조심해! 물러서!"

몇 수를 나누기도 전에 피하기에 바빠진 장로들이다.

기호지세!

좌소천은 금환비영을 펼치며 광한방의 장로들 사이로 스며 들었다.

가가가각!

쩌정! 쩽!

작정하고 구성의 내력을 끌어올린 좌소천의 무진도가 대기 를 찢어발긴다.

하늘이 온통 시커먼 묵빛 도강에 난자되며 그물처럼 갈라진 다.

피가 튀고, 잘려진 팔다리가 바닥을 뒹굴고, 부서진 도검이 허공으로 튕겨진다.

뒤이어 신음 섞인 비명이 목구멍을 비집고 여기저기서 흘러나왔다.

"끄윽!"

"흐억!"

"피, 피해! 놈은 우리 상대가 아니다!"

결국 장로들도 공포에 질려 정신없이 물러섰다.

그때, 소광섭의 공격을 피한 섭정산이 좌소천의 등을 향해 신형을 날렸다.

호남의 제왕처럼 군림하던 그가 남의 등을 공격한다는 것은 지금까지 생각도 못했던 일이었다. 그러나 지금은 체면 따위는 아무런 문제도 되지 않았다.

오제 중 하나가 인피면구를 뒤집어쓴 것이 아닌가 의심이 들 정도로 강한 적이다.

그를 죽여 광한방을 구하는 것! 지금은 그것만이 지상 최대의 목적이었다.

찰나의 순간, 섭정산은 좌소천의 등 뒤로 다가가서 극성으로 일으킨 천혼수를 내려쳤다.

강철조차 우그러뜨리는 천혼수다.

시퍼런 손 그림자가 일 장의 거리를 둔 채 뻗어나가는데 바람 소리조차 들리지 않는다.

피한다는 것 자체가 불가능해 보이는 상황!

섭정산의 입가에 득의의 웃음이 매달렸다.

쭉 뻗어나간 시퍼런 수강이 좌소천의 등에 틀어박히는 것이다.

'죽어라, 괴물 같은 놈!'

한데 이상했다. 분명히 눈앞에 있는 놈의 등에 손바닥이 틀어박혔는데 아무런 느낌도 없다.

스스스……

안개처럼 흐트러지는 잔영.

"헛!"

그제야 섭정산은 자신의 손이 상대의 허상을 쳤을 뿐이라는 것을 깨닫고 다급히 상대의 공격을 대비해 몸을 돌렸다.

바로 그때!

허공이 사선으로 갈라지며 거대한 도 하나가 섭정산을 덮쳤다.

금환비영으로 다섯 자가량 좌측으로 몸을 이동시킨 좌소천이 무진도로 허공을 가른 것이다.

구성의 금라천황공이 실린 무진칠도 중 벽뢰참광(劈雷斬光)이다.

진저리치며 갈라지는 대기!

허공에 걸쳐진 시커먼 묵빛 도강이 섭정산의 몸을 스치고 지나간다.

일순간, 붉은 선혈이 허공으로 치솟고, 억눌린 신음이 섭정산의 입술을 비집고 새어 나왔다.

"크으윽!"

툭!

몸을 트는 섭정산의 몸에서 팔 하나가 뚝 떨어진다.

비틀거리며 물러서는 그의 얼굴이 악귀처럼 일그러진다.

팔이 잘린 곳에서 분수처럼 뿜어지는 선혈!

그 모습을 바라보던 모든 광한방 무사들의 가슴이 얼어붙었다.

좌소천은 비틀거리는 섭정산을 무심한 눈으로 바라보았다.

좀 더 빠른 결정을 내기 위해 섭정산의 공격을 알고도 모른 체한 좌소천이었다.

그 결과로 섭정산의 팔 하나를 잘라냈다.

참담하게 일그러진 표정. 절망에 물든 눈빛. 섭정산의 그 얼굴에서 패자의 마음이 그대로 투영된다.

좌소천은 천천히 고개를 돌려 소광섭을 바라보았다.

소광섭이 탈혼궁을 들어 섭정산의 가슴을 가리키고 있다. 당장이라도 활시위를 놓을 것만 같다.

그러나 아직 섭정산이 죽어서는 안 되는 상황.

"소 대협, 잠시만 참으시지요."

좌소천의 말이 떨어진 순간, 소광섭의 입술을 뒤덮은 수염을 파르르 떨렸다.

망설임이 가득한 표정이다. 하지만 좌소천의 말을 무시하지 못하고, 소광섭은 끝까지 끌어당긴 탈혼궁의 시위를 느슨하게 늦췄다.

그제야 좌소천은 섭정산을 향해 눈을 돌렸다.

"결정을 내리시오."

그때 외곽 쪽에서 함성과 함께 격전음이 들렸다.

"쳐라!"

"구포방을 건드린 대가가 어떤 것인지를 알려주마!"

마침내 구포방의 무사들이 사방에서 광한방의 담장을 넘어 공격을 시작한 것이다.

"와아아!"

쩌저정! 콰광!

"오늘부로 광한방은 사라질 것이다!"

"막아! 놈들을 들어오지 못하게 해!"

"으악!"

"크억!"

잠시의 시간이 흐르기도 전에 비명과 신음이 터져 나오기 시작했다. 그러더니 격전을 벌이는 소리가 급격히 가까워졌다.

그만큼 광한방의 무사들이 빠르게 밀리고 있다는 소리였다.

연무장에 있던 무사들은 어쩔 줄을 모르고 섭양산을 바라보았다.

외곽으로 달려갈 수도, 좌소천 등을 향해 달려들 수도 없는 형국이었다.

한데 바로 그 순간, 전각 쪽에서 커다란 외침이 들리며 네 명의 노인이 장내로 날아들었다.

"모두 멈춰라!"

허연 수염을 휘날리며 날아든 노인들은 급살이라도 맞은 표정으로 섭정산을 바라보았다.

그들 중 가슴까지 수염이 늘어진 노인이 섭정산을 노려보며 소리쳤다.

"대체 어찌 된 일이냐, 정산! 밖의 고함 소리는 뭐고, 지금 네 꼴은 또 뭐란 말이냐?!"

이를 악물고 있던 섭정산이 천천히 고개를 돌려 노인을 바라보았다. 그의 입에서 처연한 목소리가 흘러나왔다.

"죄송합니다, 아버님. 제가 미진해서 오늘 본 방이 위기에 처했습니다."

섭정산이 아버지라 부르는 자. 중원구마 중 한 사람, 광한마존 섭궁안이 바로 그였다.

당대의 방주인 섭정산까지 나선 마당. 섭궁안은 아무리 중요한 일이라 해도 다 늙은 자신이 나설 이유가 없을 거라 생각했다.

한데 자신의 생각을 비웃듯이 단 일각 만에 광한방이 나락으로 떨어진 상태가 되었다. 더구나 한 팔을 잃고 패기마저 사라진 섭정산이다.

분노가 일었다.

"그따위 약한 말은 하지 마라! 우리 광한방이 어디 한두 번 이런 일을 당했단 말이더냐!"

버럭 고함을 지른 섭궁안이 주위를 둘러보며 다그쳤다.

"뭐 하느냐! 침입자들을 치지 않고! 방주의 팔이 잘렸는데 왜 구경만 하고 있는 것이더냐! 삼로! 이곳은 내가 맡을 테니 자네들은 외곽으로 가서 쳐들어온 놈들을 치게!"

광한방은 이백 년 역사의 문파다. 당연히 나이 먹은 노고수들도 많다. 그러나 당장 싸움에 끼어들 만큼 체력이 뒷받침되는 사람은 열 명도 되지 않았다.

그중 가장 강한 자들이 바로 광한삼로였다.

"알겠소이다, 태상!"

광한삼로, 세 명의 노인이 딱딱하게 굳은 얼굴로 몸을 날리려 할 때다. 좌소천이 소광섭을 불렀다.

"소 대협."

순간 좌소천의 말뜻을 깨달은 소광섭의 손에서 세 발의 탈혼시가 벼락처럼 튕겨졌다.

투웅!

"허억!"

"헛! 조심!"

몸을 날리려던 세 명의 노인은 구르다시피 몸을 돌려 탈혼시를 피했다.

겨우 중심을 잡은 그들은 경악한 눈으로 소광섭의 손에 들린 탈혼궁을 주시했다.

그때 좌소천이 한 걸음 앞으로 나섰다.

"귀하들은 이곳에서 떠날 수 없소."

섭궁안은 분노의 불길이 활활 타오르는 눈으로 좌소천을 바라보았다.

"건방진……!"

그러다 고요히 밀려드는 좌소천의 기운을 느끼고 얼굴이 굳어졌다.

나락으로 떨어지는 기분. 끝 모를 심해 속으로 빨려드는 느낌.

섭궁안은 두 손을 움켜쥐고 좌소천에게 다가가며 잇새로 물었다.

"네놈은 누구냐?!"

섭정산이 다급히 말했다.

"그에게 제 팔을 잃었습니다, 아버님. 조심하십시오!"

천하의 광한마존에게 조심하라고 말한다.

섭궁안은 어이가 없는 한편으로 손안에 땀이 찼다.

싸움이 벌어진 것은 일각가량. 그나마 섭정산이 나선 것은 반 각 정도에 불과할 것이다.

그사이에 장로들 칠팔 명과 광한팔마. 그리고 자신과 큰 차이가 나지 않는 섭정산이 당했다.

섭정산이 그냥 하는 소리가 아니라는 말이다.

섭궁안이 좌소천을 뚫어지게 바라보는 사이, 외곽에서 들려오던 격전음이 연무장 바로 옆쪽의 건물 뒤에서 들려온다.

상황이 그만큼 좋지 않게 흐르고 있음이다.

섭궁안은 노안을 부릅뜬 채 좌소천을 직시했다.

이제 겨우 이십대의 청년이다. 그러나 광한방의 방주 얼굴에 두려움을 새긴 자다.

자신의 경험이 잘못되지 않았다면, 눈앞에 있는 청년은 결코 남의 아래에 있을 사람이 아니었다.

"네가 저들을 이끌고 있느냐?!"

"그렇다고 봐도 무방하오."

"그럼 결판을 내자! 너와 내가 싸워서 지는 사람이 모든 것을 넘기기로 하는 게 어떻겠느냐?! 자신이 있다면 남자답게 승부를 보자!"

노회한 강호인다운 제안이었다.

사실 상대가 그 제안을 받아들일 확률은 일 할도 되지 않았다. 그럼에도 그가 그런 제안을 한 것은, 절망에 가까운 상황을 되돌릴 수 있는 마지막 수단이 오직 그것뿐이기 때문이었다.

섭궁안의 제안에 좌소천의 눈이 깊게 가라앉았다.

그로서는 굳이 섭궁안과 조건을 걸고 싸울 이유가 없었다. 이미 상황은 자신의 생각대로 흐르고 있다. 시간이 지나면 광한방이 무너지는 것은 여반장이나 다름없다.

하거늘 섭궁안과 싸울 이유가 뭐란 말인가.

그런데도 좌소천은 순순히 섭궁안의 조건을 받아들였다.

"그것도 괜찮은 생각이군요. 좋습니다."

사람들이 의외라는 눈으로 좌소천을 바라보았다. 설마 그런 조건을 받아들일 줄은 몰랐다는 표정이었다.

하지만 좌소천이 섭궁안의 조건을 받아들인 데는 이유가 있었다.

'쳐서 없애는 것만이 최선은 아니지.'

그때 섭궁안이 못 미더운지 좌소천의 결정을 다시 확인했다.

"남아일언 중천금일세. 설마 나중에 딴소리를 하지는 않겠지?"

좌소천은 대답할 가치도 없다는 듯 연무장 저편을 바라보며 담담히 말했다.

"그런 말할 시간에 수하들이나 물러나게 하시지요. 다 죽기 전에."

틀린 말이 아니었다. 두 사람의 격전이 얼마나 갈지는 몰라도, 그 시간이면 수십, 아니, 수백 명이 더 죽어나갈 것이었다.

좌소천을 바라보던 섭궁안이 뒤를 향해 소리쳤다.

"삼로! 가서 싸움을 멈추라 하고 방도들을 불러들이게! 다친 사람들은 속히 상처를 치료하고!"

"예, 태상!"

광한삼로가 부리나케 뒤쪽으로 몸을 날리고, 그나마 몸이 성한 호법들이 나와 섭정산을 보호한 채 뒤로 물러난다.

"모두 싸움을 멈추고 물러서시오."

좌소천은 그때까지도 서로를 향해 원수처럼 달려들던 사람들을 물러서게 하고는, 소광섭을 향해 고개를 돌렸다.

"소 대협."

소광섭이 다시 품속에서 기다란 통을 하나 꺼내더니 탈혼시에 매달았다.

곧 하늘 높이 탈혼시가 솟구치고, 펑, 소리와 함께 파란 연기가 넓게 퍼졌다.

숨을 두어 번 쉴 정도의 시간이 지났을 때다. 여기저기서 싸움을 멈추라는 외침이 들렸다.

얼마 지나지 않아 수많은 무사들이 연무장을 향해 밀려들었다.

처음에는 광한방의 무사들이 밀려들더니, 그들의 뒤를 따라 구포방의 무사들이 나타났다.

건물의 지붕 위는 물론이고, 장원을 통째로 둘러싼 구포방의 무사들을 보고 섭궁안의 얼굴이 딱딱하게 굳었다.

숫자가 많아서가 아니었다.

무기를 든 채 고요히 서 있는 그들의 기세가 광한방 전체를 짓누르는 듯하다. 호남제일세라는 광한방을!

대체 어디서 저렇게 많은 고수들이 몰려왔는지 의문일 정도다.

한데 그때 문득, 지붕 위를 바라보던 섭궁안의 노안이 거세게 흔들렸다.

지붕 위에 고요히 서 있는 두 사람. 자신이 알고 있는 자들이었다.

"설마… 전호와 육부경?"

월영신마 전호와 백월신마 육부경.

한때 신월맹 최강의 고수들이었던 칠대신마(七大神魔) 중 두 사람이다.

하나라면 자신이 이길 수 있다. 그러나 둘이라면 이야기가 달라진다. 지지는 않겠지만 이긴다는 보장도 없다.

문제는 그들이 주인으로서가 아니라 수하로서 나타난 것 같다는 것이다. 그것은 한 가지를 의미했다.

섭궁안의 경악한 눈이 좌소천을 향했다.

"저들이 전부 구포방의 사람들인가?"

"그렇습니다."

"설마 구포방이 신월맹의 후신은 아니겠지?"

"구포방의 무사들 중 과거 신월맹에 있었던 사람이 제법 많이 있긴 하나, 구포방은 구포방일 뿐입니다."

섭궁안의 두 눈이 격하게 흔들렸다.

이름없는 중소 문파 정도로 알았다. 그런 구포방에게 당했다는 것이 어이없었다.

한데 그것이 아니었다.

전호와 육부경만이 아니다. 신검장의 장로인 설수문과 진청호도 보이고, 이름을 알지는 못하지만, 절정의 경지에 오른 고수가 적어도 이십여 명 이상이다.

광한방의 전성기 때에 비해 조금도 못하지 않은 전력.

"자네, 이름은 뭔가?"

섭궁안은 진정 좌소천이 누군지 궁금했다. 그러나 좌소천은 아직 자신의 이름을 알려줄 마음이 없었다.

"나중에 알게 될 것이오."

이름이 알려지면 순식간에 호남 전체로 퍼질 것이었다.

며칠 사이 혁련무천의 귀에 들어갈 것은 분명한 일. 아직 남은 일이 있는 이상은, 설령 알려지더라도 시일을 늦춰야 했다.

"하긴… 이름이 중요한 것은 아니지."

섭궁안은 더 이상 묻지 않고 천천히 장포 자락을 잡아 허리에 맸다. 그러자 장포 안에 차고 있던 한 자루 검이 모습을 드러냈다.

광한마존의 애병인 광혼검이 십여 년 만에 세인들 앞에 모습을 보인 것이다.

스르르릉.

검을 잡고 뽑는 순간, 그의 전신에서 가공할 기운이 피어올랐다. 그가 절대의 경지에 이르렀다는 광한마공을 극성까지 끌어올린 것이다.

"조건을 받아준 것은 고맙게 생각하지. 어쨌든 후회없는 대결이 되길 바라겠네."

마기조차 다스리는 극마의 경지에 이른 섭궁안이다. 그래서인지 마공을 익힌 사람처럼 느껴지지 않는다.

전신에서 일렁거리는 마기만 아니라면 정파의 노고수라 해도 될 정도의 엄중한 기품마저 보인다.

신녀와 사도철군. 그 두 사람에 비하면 약할지 모르지만, 생사결은 단순히 무공의 고하로만 승부가 결정 나는 것이 아니었다.

그걸 잘 알기에, 좌소천은 섭궁안을 경시하지 않고 금라천황공을 구성까지 끌어올렸다.

세맥의 기운을 얻기 이전과 비교하면 능히 십성의 공력을 끌어올린 것과 같은 상태.

일순간, 시커먼 묵룡이 꿈틀거리며 무진도를 휘감았다.

하지만 그것도 잠시, 무진도의 도신이 영롱한 묵광에 휩싸이며 죽 늘어났다.

시간이 멈춘 듯 모든 것이 정지했다.

사람들의 눈은 연무장 가운데를 향한 채 미동도 하지 않았다.

그러던 어느 순간, 한줄기 실바람이 두 사람 사이를 쓸며 지나가다 회오리치며 하늘로 치솟았다.

찰나였다!

고요히 서 있던 두 사람이 서로를 향해 한 발을 내딛으며 도검을 내밀고, 이 장의 간격을 둔 채 시커멓고 파란 벼락이 얽혀들었다.

콰앙!

고막이 먹먹할 정도의 굉음과 함께 두 사람 주위의 청석이 들썩였다.

두 걸음 밀려난 좌소천이 여전한 표정으로 앞을 바라본다.

세 걸음 물러선 섭궁안이 이를 악다물고 좌소천을 노려본다.

그도 잠시, 손해를 만회하겠다는 듯 섭궁안이 앞으로 죽 미끄러져 나아갔다.

동시에 그의 손에 들린 광혼검에서 광포한 청룡이 꿈틀거리며 피어났다.

찰나였다. 좌소천의 무진도가 허공으로 들리고, 한 걸음 앞으로 나아간 좌소천이 천천히 허공을 그었다.

밤도 아닌데 앞이 캄캄해졌다.

암천의 허공을 그어 내리는 거대한 도!

섭궁안의 눈에 보인 것은 오직 그것뿐이었다.

콰르르릉!

뇌음이 일고, 목이 잘린 청룡이 비명을 토했다.

들썩인 청석이 터져 나가며 먼지구름이 둥글게 원을 그리며 넓게 퍼져 나갔다.

세 걸음 물러선 좌소천은 내려친 무진도를 다시 들어 올렸다. 그러고는 일 장 이상 물러서서 눈을 부릅뜨고 있는 섭궁안을 향해 나아갔다.

순간, 무진도의 도첨이 미미하게 흔들리는가 싶더니, 묵빛 도강이 회오리처럼 휘돌며 대기를 잘게 찢어발겼다.

천망회류참(天網回流斬)!

찰나간에 거대한 묵빛 회오리가 온몸을 속박한다. 그것이 상대의 도첨에서 흘러나온 강기의 회오리라는 것을 알고도 섭궁안은 피할 수가 없었다.

그가 취할 수 있는 방법은 오직 하나! 정면 대결뿐이었다.

"차아아앗!"

섭궁안은 공력을 모조리 끌어올린 채 검과 하나가 되어 묵빛 회오리를 향해 몸을 날렸다.

살아생전 마지막으로 펼치는 일검이라는 마음이 실린, 자신의 칠십수 년 삶이 녹아 있는 검이었다.

그래서일까. 그가 그렇게 소원했던 검이 너무도 자연스럽게 펼쳐졌다.

언뜻 그의 입가로 희열이 떠올랐다. 상대가 죽여야 할 적이라는 것조차 잊은 것마냥.

우우웅웅!

소리는 크지 않았다. 먹먹한 고막이 미처 소리를 제대로 전하지 못했는지 사람들은 그저 미간을 찡그렸을 뿐이었다.

그럼에도 누구 하나 고개를 돌리지 않고 연무장의 한가운데에서 눈을 떼지 못했다.

구름처럼 피어올랐던 먼지도 가라앉은 상태였다.

반경 오 장여가 반 자 가까이 움푹 파여 있다.

그 한가운데 좌소천과 섭궁안이 도와 검을 맞대고 있다.

어떻게 된 걸까? 누가 이긴 걸까?

단 삼 초에 불과했다.

하지만 어느 정도 경지에 달한 고수들은, 눈앞에서 벌어진 삼 초의 싸움이 어떤 것이었는지 알기에 다문 입을 열지도 못하고 장내만 주시했다.

그때 좌소천의 무진도가 먼저 천천히 아래로 내려가고, 얼굴이 창백해진 그의 입에서 진심 어린 탄성이 나직이 흘러나왔다.

"정말 기막히게 멋진 검이었습니다."

섭궁안의 볼이 씰룩였다. 조금 전의 희열이 아직 가시지 않은 표정이었다.

"정말 그렇게 생각하나?"

"솔직히 제가 만나본 사람들 중에는 노선배보다 강한 사람
도 있었습니다. 그러나 그 사람들도 노선배처럼 멋진 검을 보
여주지는 못했습니다."

섭궁안의 입꼬리가 슬쩍 말려 올라갔다.

"그런가? 고맙군."

주위에서 서서히 웅성거림이 일었다.

처음에는 몇 사람이, 그러다 잠깐 사이 수십 명이 소리치듯
이 말했다.

웅성웅성!

"우리가 이긴 건가? 태상께서 저자를 이긴 거 아냐?"

"그런 것 같지? 마지막 일검으로 태상께서 이기신 거 맞지?"

"맞아! 우리가 이겼다! 태상 방주께서 이겼다!"

그러나 막상 절정에 달한 고수들은 입을 다물고 상황을 더
지켜보았다.

그때였다.

"웩!"

섭궁안이 한 움큼의 피를 토하며 허리를 구부렸다.

동시에 웅성거림이 갑자기 가라앉고 질식할 듯한 침묵이 장
내를 내리눌렀다.

섭궁안이 무너진 것은 그 한 사람의 일로 끝나는 것이 아니
다.

광한방이 끝장났다는 말이다.

묘한 것은, 피를 토한 섭궁안의 입가에 여전히 웃음이 매달려 있다는 것이었다.

침묵이 길어지자, 그가 천천히 고개를 들고 좌소천을 바라보았다.

"그래, 뭘 원하나?"

잠시 후.

공손양과 도유관이 '광한방'이라 쓰인 거대한 현판을 들고 왔다.

길이만 이 장에 이르는 현판이었다.

어느 순간, 현판을 바라보던 좌소천이 손을 들어 휘둘렀다.

일필휘지. 광한방이라 쓰인 글자 밑에 일곱 자의 글이 더해졌다.

"이 현판을 매달 것인지, 아니면 현판을 부술 것인지는 노선배의 선택에 달려 있습니다. 어떻게 하시겠습니까?"

섭궁안의 노인이 파르르 떨렸다.

단순히 현판의 문제만이 아니다.

눈앞의 현판을 매단다면, 광한방은 현 상황에서 유지될 것이다.

그러나 현판을 부순다면, 광한방이라는 이름도 호남에서 사라지게 된다.

둘 중 하나의 선택.

너무나 힘든 결정 앞에 섭궁안의 주름진 입술이 한참 동안 달라붙어 떨어지지 않았다.

떨리는 그의 눈이 천천히 현판을 쓸었다.

용사비등한 글씨 일곱 개가 선명히 눈에 들어온다.

구포방 상양 지부.

호남에서 이백 년을 군림해 온 광한방이 일개 방파의 지부가 되어야만 한단 말인가?

참담한 자괴감이 그의 마음을 짓눌렀다.

그때 좌소천 곁에 서 있던 공손양이 조용히 입을 열었다.

"그 현판도 얼마 지나지 않아 바꿔야 할 것입니다."

섭궁안의 미간이 꿈틀거렸다.

"무슨 뜻인가?"

"주군께서 천하를 내려다보는 날, 앞에 있는 글자가 바뀔 겁니다. 그럼 각 지부의 현판들이 모조리 바뀔 수밖에 없지요."

섭궁안이 그 말을 이해하는 데는 그리 오랜 시간이 필요없었다.

좌소천과 직접 겨루어본 그다.

천하에 좌소천을 이길 수 있는 자가 몇이나 될 것 같으냐며 누군가 묻는다면, 그는 자신있게 대답할 수가 없었다.

있을지도 모른다. 오제, 육기, 구마 중에는 자신보다 강한 사람이 적지 않으니까.

그러나 콕 집어 누구라고 말할 수가 없다.

그것은 한 가지를 의미했다.

자신 앞에 있는 청년이 이미 하늘이라는 것. 그것도 천하를 향해 나아가는 자!

섭궁안은 갑자기 광한방이 작게 느껴졌다.

천천히 주위를 둘러보는 그의 눈에 참담한 표정으로 고개를 숙인 사람들이 보였다.

개중에는 자신의 아들들도, 손자들도 있었다. 모두가 분노에 찬 표정들이었다.

그런데 이상하다. 그 표정이 마음에 와 닿지 않는다. 마치 남이 손에 쥐어준 월병을 빼앗긴 철부지들의 표정만 같다.

섭궁안은 그제야 무엇이 잘못되었는지를 깨달았다.

'보아라! 너희들이 조상들께서 이루어놓은 것을 누리며 만족하고 있을 때, 눈앞의 이 사람은 천하를 향해 나아가고 있었다. 나는 너희들의 잠든 꿈을 깨우기 위해서, 오늘 모든 것을 내던질 생각이니라.'

그의 눈이 좌소천을 향했다.

"현판을… 달겠네. 앞으로 광한방은 그대를 따를 것이네."

3

신녀는 오연히 서서 주위를 둘러보았다.

눈물을 머금은 채 이십여 명의 정한녀를 골짜기에 남겨놓고 떠났는데도 하루 만에 다시 꼬리를 잡혔다.

자신들을 둘러싼 채 다가오는 천외천가의 추적대는 모두 이 백여 명 정도였다. 문제는 그들이 모두 고수들이라는 것이었다.

더구나 그들을 이끄는 자가 바로 천해의 유사와 십암이다.

다행이라면 사방이 터진 넓은 산등성이에서 마주쳤다는 것이었다. 그러나 그 정도로는 오늘의 위기를 벗어나기가 쉽지 않을 듯했다.

신녀는 처음으로 하늘을 향해 빌어보았다.

'하늘이여, 한 많은 여인들을 도와주소서!'

한편 신녀를 중심으로 뭉친 백여 명의 여인은 죽음을 각오한 표정으로 각자의 무기를 꼬나들었다.

그녀들은 안다. 자신들이 아니라면, 신녀 혼자라면 얼마든지 적들의 추적을 뿌리칠 수 있을 것이라는 걸.

하기에 죽음은 그리 두렵지 않았다.

"이곳은 저희들에게 맡을 테니 먼저 떠나시옵소서, 신녀!"

십이정한녀를 이끄는 일한녀의 비감에 찬 목소리가 메아리치며 산을 울렸다.

한령파파도 고개를 들어 하늘을 보고는 천천히 신녀를 향해 고개를 돌렸다.

"신녀, 그러시구려. 이 늙은이도 이곳에서 저놈들을 한 놈이라도 더 죽이고 죽겠소이다."

"파파! 그건 안 될 말이에요!"

신녀의 입에서 날카로운 목소리가 흘러나왔다.

한령파파는 담담한 눈으로 신녀를 바라보며 전음을 보냈다. 죽기 전, 천외천가의 놈들과 싸움을 하기 전 한 가지 사실만은 알려줘야 했다.

"신녀, 혹시라도 중원으로 가거든 좌소천이라는 이름을 지닌 청년을 찾아보시구려."

갑자기 신녀의 면사가 파르르 떨렸다.

그 이름을 알기 때문이 아니었다. 모르는 이름인데도, 그 이름을 듣는 순간 가슴 깊숙한 곳에서 알 수 없는 떨림이 전해진 것이다.

"그, 그게 누군가요? 누군데 제 가슴이 이렇게 아픈 거죠?"

그날의 일이 생각나는지, 한령파파의 눈에 잔잔한 웃음이 떠올랐다.

"천외천가의 애송이가 신녀를 한탄곡에 던졌는데, 그때 죽음을 무릅쓰고 몸을 날려서 신녀를 단애의 튀어나온 곳에 던지고 한탄곡에 빠진 청년이라오."

천외천가라는 말을 들을 때마다 분노에 찼던 이유가 그래서였던가?

신녀는 얼어붙은 듯 몸이 굳었다.

한령파파는 신녀의 내심을 짐작하고 마저 말을 이었다.

하지만 그녀가 어찌 알랴. 무당에서 마주친 청년이 좌소천이었다는 걸.

그 사실을 모르는 그녀가 신녀에게 말해줄 수 있는 것은 그리 많지 않았다. 그리고 지금은 아는 것조차 자세히 말해줄 여유도 없었다.

"살았을지는 나도 모른다오. 하나, 그를 찾다 보면 신녀의 신세 내력도……."

바로 그때였다.

천외천가의 추적대 중에서 백발을 허리까지 늘어뜨린 노인이 흐느적거리며 앞으로 걸어나왔다.

그가 바로 천해의 사사 중 하나, 유사였다.

"켈켈켈켈, 죽기에는 아주 좋은 곳이군."

그는 거리가 십여 장으로 가까워지자 걸음을 멈추고 신녀를 노려보았다. 사이한 광망이 그의 눈에서 하늘거리며 흘러나왔다.

"정말 대단한 계집이야. 노부로 하여금 긴장을 느끼게 하다니. 하나, 그것도 오늘로서 끝이다, 계집!"

유사로선 자존심 상하는 일이었다.

천하에 적수가 없을 거라 생각한 그다. 그런 자신이 기껏 여자 하나를 죽이지 못해 며칠간이나 잠도 못 자고 추적을 하다니!

설령 신녀가 한천빙백소수공을 익히고 있다 해도 그게 말이 되는가 말이다.

그러나 세 번의 대결에서 조금의 우세도 보이지 못하자 생각을 바꾸지 않을 수 없었다.

그는 자존심을 접고 신녀를 자신과 동등하게 여기기로 했다. 하기에 이제 더는 혼자서 신녀를 죽일 생각을 하지 않았다.

혹암으로 하여금 자신을 돕도록 말해둔 것도 그 때문이었다. 오늘 반드시 신녀를 죽이기 위해서!

그는 자신의 말에도 신녀가 아무런 반응을 보이지 않자, 눈살을 찌푸리며 짧게 입을 열었다.

"하나도 남기지 말고 모두 죽여라!"

신녀의 입에서 광기에 가까운 웃음소리가 터져 나온 것은 바로 그때였다.

"오호호호호호! 내 하늘에 맹세하노니, 천외천가의 씨를 말려 버릴 것이다!"

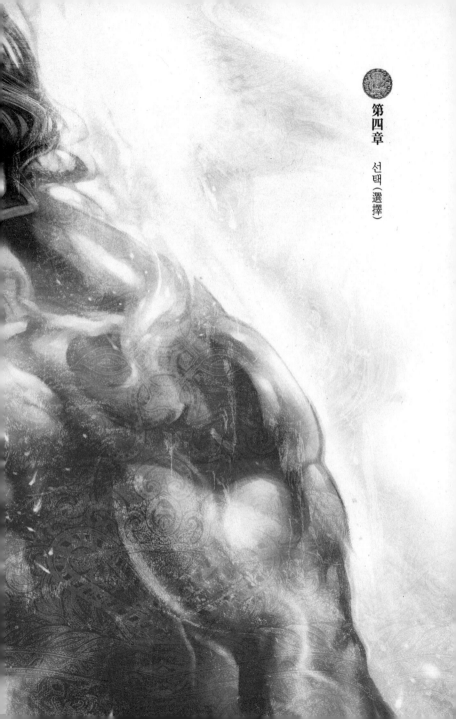

第四章

선택（選擇）

—광한방이 악양의 구포방에게 무너졌다!

—광한방주 섭정산이 구포방의 무사에게 한 팔을 잃고 패배한 것은 물론, 구마 중 한 사람인 광한마존 섭궁안이 무공을 잃고 겨우 목숨만 건졌다.

—광한방이 무너진 것은, 그들이 구포방의 상선을 탈취하고 구포방의 무사들을 죽였기 때문이라고 한다.

—무슨 일 때문인지 갑자기 산을 내려온 형산파의 제자들조차 그 소식을 듣고 장사에서 발길을 돌렸다고 한다.

지진이라도 난 듯 호남이 뒤흔들렸다.

와중에도 사람들은 그 말을 쉽게 믿지 않았다. 사실 믿는다는 것 자체가 우스운 일이었다.

"뭐? 광한방이 구포방에게 무너져? 구포방이 뭐 하는 곳인 데?"

"낄낄낄, 농담도 가려가며 해야지. 그러다 광한방의 무사들 귀에 들어가면 치도곤을 당해, 이놈들아!"

"차라리 동정호가 하루아침에 사라졌다고 해, 그럼 믿어줄 테니까! 사람 웃기지 말고 술이나 퍼마셔!"

하지만 그 일이 형산파에 의해 사실인 것으로 알려지자, 한 여름인데도 호남의 강호문파들은 얼음물을 뒤집어쓴 것처럼 입을 다물고 잔뜩 긴장했다.

그럴 수밖에 없었다.

구포방의 공격에 광한방의 무사 육백이 죽었다고 한다.

천정산에서 흐른 피가 상강을 붉게 물들였다고 한다.

오죽하면 상양 인근의 아낙네들이 천정산에서 흘러내린 냇가에서는 사흘간 빨래를 하지 않았다고 한다.

거기에 더해, 비무에서 패한 섭궁안이 항복하지 않았다면 광한방 자체가 사라졌을 것이라는 말도 나돌았다.

구포방!

우기가 절정에 이르렀을 때, 호남을 강타한 태풍의 눈은 너무 강력했다.

그에 비하면 사흘간 이어진 비바람은 아무것도 아니었다.

광한방의 현판 아래에 일곱 글자가 추가된 지 열흘. 호남 일대 삼십여 문파의 사자가 악양을 찾았다.

새로운 강자에 대한 예를 갖추기 위해서였다.

그리고 보름이 지나자 강서성의 북서부 쪽에 위치한 문파들조차 악양으로 사자를 보내기 시작했다.

광한방이 무너진 것은 단순히 호남의 일로 그치는 것이 아니었다.

그럴 수밖에 없는 것이, 악양에서 강서성의 북서부는 하루면 이동할 수 있는 거리. 언제 구포방의 무사들이 강서로 몰려올지 모르는 일이었다.

특히 강서성 제일의 세력이자 천하사패 중 하나인 사천련은 행여나 구포방이 강서성으로 넘어올까 봐 신경을 바짝 곤두세우고 악양을 주시했다.

그렇게 그해 칠월은 유난히 뜨겁고도 시끄러웠다.

하지만 그것은 이제 시작일 뿐이었다.

2

태양이 이글거리는 칠월 말.

좌소천은 폭풍을 가슴에 안고 이십칠 일 만에 만월평으로 돌아왔다.

한데 그가 돌아옴과 동시 십이 개 지부의 지부장들도 일제히 만월평으로 모였다. 좌소천이 악양을 떠나기 전, 사람을 보내 그들을 소집한 것이었다.

이유는 단 하나.

이제 내부 정리를 더 이상 미룰 수 없기 때문이었다. 때가 다가오고 있었으니까.

좌소천은 앉아 있는 사람들을 내려다보았다.

장만학과 관악, 엽풍 등 총지부의 간부들은 물론이고, 긴급히 불러들인 각 지부의 지부장들이 각각의 표정을 지은 채 앉아 있었다.

개중에는 황창안이나 악청백, 벽수양처럼 좌소천이 자신들을 부른 이유를 아는 사람도 있었고, 장만학이나 엽풍처럼 아무것도 모른 채 소집 명령에 따라 들어온 자들도 있었다.

끼이익.

거친 소음을 내며 진월각의 문이 닫히고, 좌소천이 천천히 자리에서 일어났다.

모두의 눈이 좌소천을 향했다.

좌소천은 그들을 찬찬히 둘러보고는, 한마디, 한마디에 만근의 무게를 담아 입을 열었다.

"내가 오늘 여러분들을 모두 불러들인 것은, 이제 여러분도 알아야 할 것이 있기 때문이오."

왠지 모를 무거운 분위기에 사람들은 침도 제대로 삼키지 못했다. 심장의 고동 소리가 천둥처럼 들리는 듯했다.

좌소천의 입이 다시 열렸다.

"아마 여러분들도 소문을 들어 알고 있을 것이오. 얼마 전부터 본인과 궁주 사이에 금이 가기 시작했소. 그리고 어떤 연유

로든, 본인은 몇 차례의 암살 기도에 노출되어 하마터면 죽을 뻔하기도 했소. 삼화의 사건은 모두가 알고 있을 테니 굳이 더 말하지 않겠소."

사공은환의 죽음 이후 수많은 소문이 돌았다.

심지어 좌소천과 혁련무천이 완전히 갈라서서 곧 새로운 세상이 열릴 거라는 소문조차 돌고 있던 터였다. 물론 공손양의 지시에 따라 패천단의 수하들이 퍼뜨린 소문이었지만.

어쨌든 좌소천이 황파를 떠나 있는 사이, 그러한 소문은 가랑비에 젖듯이 사람들의 가슴을 파고들어 기정사실처럼 변질되어 있었다.

하기에 사람들은 누구도 놀라지 않고, 좌소천의 입에서 어떤 말이 나올지 그것만 주시했다.

긴장과 초조, 기대감이 뒤섞인 눈빛이 자신을 주시한다. 좌소천은 그러한 눈빛을 쓸어보며 결론을 내리듯 말했다.

"본인은 천외천가와 불구대천의 원한 관계가 있으면서도, 궁의 사정을 생각해서 개인의 원한에 사사로이 궁의 무력을 쓰지 않겠다고 약속했소. 강호인으로서 신의는 목숨보다 소중한 것! 본인은 그 약속을 지켜왔소! 한데… 사공은환과 천외천가는 사람을 보내 나를 죽이려 했고, 궁주는 그러한 천외천가와 손잡고 무림맹과 맞서며 북벌을 계획하고 있는 판이오. 신의를 궁주가 먼저 깨뜨린 이상! 나는 더는 궁의 위엄을 인정하지 않을 것이오!"

마침내 올 것이 왔다는 표정들이다.

알고 있던 자들도, 모르고 있던 자들도 한결같이 눈을 부릅 뜨고 표정을 굳혔다.

　"하면, 소문대로 정말 새로운 세력이라도 만드시겠다는 말씀이오?"

　장만학이 참지 못하고 물었다.

　"못할 게 또 뭐 있겠나?"

　벽수양이 놀랄 것 없다는 듯 되물었다.

　엽풍이 이를 악물고 악을 쓰듯 소리쳤다.

　"그건 배신하겠다는 말이 아니외까?!"

　"배신? 배신이란 말뜻이 무엇인가? 신의를 저버리는 것을 뜻하는 말이 아니던가? 하면 누가 신의를 저버렸는가? 복수에 궁의 무력을 이용하지 않겠다고 약속한 총지부장인가, 아니면 그런 총지부장을 거추장스럽게 생각하고 암살하려 한 궁인가?"

　"그거야……."

　"나는 솔직히 지금까지 참아온 총지부장이 정말 대단하다고 생각하네. 천하의 모든 강호인들에게 물어보게. 누가 옳고 누가 그른지."

　대부분의 사람들이 고개를 끄덕인다.

　주위를 둘러보며 눈치를 보던 간부들은 입을 닫고, 열한 명의 지부장은 어찌 되든 상관없다는 태도로 돌아가는 상황만 주시했다.

　그럴 수밖에 없었다.

황창안과 악청백 등 서부 쪽 지부장들은 이미 좌소천의 사람이었고, 동부 쪽 지부인 홍안, 마성, 영산, 희수 지부장은 처음부터 제천신궁의 사람이 아니었다.

특히 동부 쪽 지부는 한때 신월맹의 지부였으나, 신월맹이 망하자 제천신궁의 지부로 현판만 바꿔 단 곳. 그들은 검인보주 벽수양이 좌소천의 편에 서자 자연스럽게 좌소천 쪽으로 기울었다.

장내가 다시 조용해지자, 좌소천의 목소리가 낭랑하게 울려 퍼졌다.

"본인이 여러분 앞에서 이런 말을 하는 것은 여러분의 동의를 얻고자 함이 아니오. 이미 본인의 마음은 굳어졌소. 본인을 따를 것인지, 아니면 돌아설 것인지, 여러분은 그것만 결정하면 되오."

관악이 굳게 다문 입을 열었다.

"궁주가 가만히 있지 않을 것입니다. 그에 대한 대책은 있습니까?"

"혁련 궁주는 결코 우리를 어찌할 수 없소. 그것만큼은 나 좌소천이 장담하겠소!"

좌소천은 강하게 말을 맺고 옆을 바라보았다.

옆에 서 있던 공손양이 한 걸음 앞으로 나섰다.

"제가 그 이유를 말하기 전에 여러분으로부터 다짐을 받아야 할 것이 있습니다. 당분간은 오늘의 일이 알려져서는 안 되는 만큼, 문밖을 벗어나는 순간부터 오늘 일에 대해 절대 입을 열지 않겠다는 맹세를 해주시기 바랍니다. 무사의 명예를 걸고."

여기저기서 몇 사람이 웅성거렸다.

그러나 사안이 사안인만큼 공손양의 말은 잘못된 것이 아니니 뭐라 할 수도 없는 상황이었다.

"나 벽수양이 먼저 맹세하겠소."

"본인 역시 총지부장의 명이 있기 전에는 절대 입을 열지 않겠소."

벽수양에 이어 악청백과 황창안이 맹세를 한다.

곧이어 지부장들이 일제히 맹세를 했다. 그리고 단청호와 관악도 무거운 표정으로 맹세를 했다.

남은 사람은 장만학과 엽풍뿐.

그러나 맹세를 하지 않으면 어떤 결과가 올 거라는 걸, 두 사람은 너무나 잘 알고 있었다.

그들로서는 삶을 보장받을 수 있는 최선의 선택을 해야만 했다.

"나 장만학, 무사의 명예를 걸고 오늘의 일에 대해 입을 닫겠소."

"나 역시……."

장만학과 엽풍마저 입술을 씹으며 맹세를 하자, 공손양이 좌중을 둘러보며 입을 열었다.

"총지부장께서 궁주의 공격에 대해 걱정하시지 않는 것에는 이유가 있습니다."

웅성거림이 잦아들었다.

공손양이 말을 이었다.

"얼마 전, 광한방을 복속시킨 구포방을 아실 겁니다. 이름도 알려지지 않은 구포방으로 인해 호남 일대는 태풍이라도 몰아친 듯 난리가 났지요."

그 일에 대해 모르는 사람이 누가 있을까.

십 년 전 신월맹 멸망 이후 강호 최대의 사건이거늘.

장만학이 눈살을 찌푸렸다.

"그게 오늘 일과 무슨 상관이라고……?"

공손양이 조용히 웃었다.

"상관이 있습니다. 구포방 역시 총지부장님을 따르고 있는데, 어찌 상관이 없는 일이겠습니까?"

처음에는 무슨 말인지 몰라 모두가 어리둥절한 표정을 지었다.

하지만 곧 엽풍이 말을 더듬으며 눈매를 가늘게 떨었다.

"서, 설마… 구포방이 총지부장께서 거느린 세력이라는 말이오?"

공손양이 조용히 웃으며 말했다.

"광한마존 섭궁안을 물리칠 고수가 강호에 흔한 것은 아니지요."

"마, 맙소사!"

정말 '맙소사!' 라는 말이 나올 일이었다.

장내의 사람들 중 그 사실을 알고 있는 사람은 벽수양과 악청백, 황창안뿐이었다.

나머지 사람들은 튀어나올 것처럼 눈을 크게 뜨고, 입을 반쯤 벌린 채 좌소천을 주시했다.

그때 표정을 굳힌 공손양이 엄숙한 목소리로 입을 열었다.

"곧 천하제일의 세력이 탄생할 겁니다. 천하에서 가장 큰 배를 함께 타고 갈 것이냐, 아니면 신의를 저버린 혁련 궁주의 명령을 따를 것이냐 하는 것은 전적으로 여러분의 마음입니다. 하나, 이것만은 알아주시기 바랍니다. 한 번 신의를 저버린 사람은 두 번도 저버릴 수 있다는 걸."

만근 무게가 머리를 짓누른다.

장내에 있던 사람들은 그 무게를 견디기 위해 혼신을 다해 목에 힘을 주어야만 했다.

"괴물 같은 놈."

동천웅이 힐끔거리며 좌소천을 바라본다.

그뿐이 아니다. 다른 사람들도 좌소천을 사람이 아닌 이상한 괴물을 바라보듯 쳐다본다.

"입도 크지. 순찰 간다더니 그사이에 광한방을 꿀꺽하고 와? 저게 어디 사람이야?"

무영자도 질렸다는 듯 한마디 거들었다.

그러지 않을 수 없었다.

그들은 구포방에 대해 누구 못지않게 잘 알고 있는 사람들이었다. 하기에 소문을 듣고 그럴 수도 있겠다 생각했다.

다만 순찰을 간다고 해서, 좌소천과는 상관없이 벌어진 일인 줄 알았다.

그런데 자신이 광한방에 직접 갔단다. 가서 항복을 받아내고, 광한방의 현판에 직접 구포방 상양 지부라는 글자를 써주고 왔단다.

단 며칠 만에 산구석의 작은 중소 문파도 아니고 광한방을, 그것도 자신들과 비슷한 실력인 섭궁안을 누르고 깨끗이 집어삼킨 것이다.

동천웅과 무영자가 좌소천을 사람처럼 보지 않는 게 당연한 일일지도 몰랐다.

그때 위지승정이 신중한 표정으로 물었다.

"이제 어떻게 할 셈이냐? 광한방을 쳤을 때는 뭔가 생각이 있어서 그랬을 거라 본다만. 혹시 그 일 때문에 간부들과 지부장들을 불러모은 것이더냐?"

그제야 뭔가를 눈치 챘는지 사람들의 눈이 일제히 좌소천을 향했다.

좌소천이 담담한 목소리로 입을 열었다.

"간부들과 지부장들에게는 제 뜻을 밝혔습니다. 이제 궁주를 만나 담판을 짓는 일만 남았습니다, 스승님."

쿵!

마침내 올 것이 왔다.

이런 날이 올 거라는 걸 알고 있었으면서도, 막상 그 말이 좌소천의 입에서 나오자 사람들은 가슴이 먹먹해졌다.

심지어 항상 밝은 표정이던 동천웅조차 얼굴이 굳어졌다.

"그럼 이제 제천신궁과 완전히 갈라서는 것이냐?"

"갈라서는 것과는 조금 다르게 될 겁니다."

"설마… 제천신궁을 치겠다는 말은 아니겠지?"

"그리하지는 않을 것입니다."

많은 사람들과 약속을 했다. 하기에 다른 방법을 취할 것이다.

피는 적게 흘리고, 좀 더 완벽한 하늘이 될 방법을.

좌소천이 담담한 표정으로 제천신궁을 치지는 않을 거라 하자 네 노인의 표정이 조금 풀어졌다. 이러나저러나 그들 역시 제천신궁의 그늘에서 수십 년을 보낸 사람들이 아니던가.

비록 지금은 좌소천이 좋아 그 곁에 있기로 했지만, 제천신궁을 치는 것이 반가울 리는 없었다.

"네 마음이 그렇다니, 그건 다행이구나. 마음에 걸렸었는데…….."

"뭐, 약간의 다툼은 피할 수 없겠지. 하지만 전면적인 싸움은 서로에게 해가 될 뿐이다. 잘 생각했다."

위지승정과 등소패는 내심 안도하며 고개를 끄덕였다.

한데 그렇게 가라앉은 분위기가 조금씩 살아날 때다. 마음에 여유가 생겼는지, 동천웅이 좌소천을 빤히 바라보며 물었다.

"뭐, 그거야 네가 알아서 할 일이고……. 그래, 벽가 아이는 어떻게 할 것이냐?"

난데없는 물음에 담담하던 좌소천이 당황한 표정을 지었다.

"예? 뭘… 말입니까?"

"어차피 같이 살 거면 올해를 넘기지 않는 것도 괜찮을 것 같다만."

"저… 그게……."

"그럼 내년쯤 아이가 생길 텐데……. 아이야 우리가 잘 키워 주마."

불도 안 땠는데, 밥부터 푸는 동천옹이다.

다른 세 명의 노인도 눈을 반짝반짝 빛내며 쳐다본다. 광한 방에 대한 것, 혁련무천과의 갈등에 대한 것은 까마득히 잊었다는 듯.

자신이 없는 동안 대체 무슨 이야기들을 나눈 걸까?

덜컹.

좌소천이 입도 뻥긋 못하고 있는데, 문이 열리고 벽여령이 차를 가지고 들어왔다.

찻잔을 탁자에 내려놓은 그녀가 차를 따라 주며 물었다.

"무슨 이야기를 그렇게 재미있게 나누고 계세요?"

"천하를 얻는 것보다 더 중요한 이야기를 나누었지."

"그럼요. 중요하고 말고요."

"내년이면 늦을 것 같은데 말이죠."

"쌍둥이를 낳으면 더 좋을 텐데……."

듣다 못한 좌소천이 다급히 말했다.

"별일 아니오. 어르신들께서 그냥 농담을 좀……."

한데 벽여령이 홍조를 띤 얼굴로 밝은 웃음을 지었다.

"어머, 저도 쌍둥이를 낳고 싶은데. 굉장히 귀여울 거예요. 그렇죠, 조부님?"

동천옹이 당연하다는 듯 고개를 끄덕였다.

"그럼, 그럼. 역시 우리 령아 생각은 이 할아비와 똑같구나."

문득 의아한 생각이 들었다.

언제부터 벽여령이 동천옹을 조부라고 부른 걸까?

조개로 만든 노리개를 벽여령에게 주었다는 것은 알고 있었다. 그러나 자신이 떠나기 전까지만 해도 조손으로 부르며 지내지는 않았었다.

'하긴 한 달이나 지났는데…….'

그때 벽여령이 싱긋 웃으며 몸을 돌렸다. 의미 모를 묘한 눈빛을 지은 채.

"저는 나가 있을게요. 재미있는 이야기 많이 나누세요."

그 말이 꼭 '좌 공자를 더 강하게 압박해 주세요' 하는 말처럼 들렸는가 보다. 네 노인은 그 후로도 반 시진 동안 합공해서 좌소천을 빈사 지경까지 몰고 갔다.

그러다 좌소천이 쉽게 무너지지 않자 다음을 약속하고 일단 방을 나갔다.

"쉬어라. 그 이야기는 나중에 다시 하자꾸나."

한쪽 눈까지 깜박이는 등소패의 말에 좌소천은 차마 안 하겠다는 말을 하지는 못했다.

"알겠습니다, 스승님."

근 한 시진 만에 방 안이 조용해졌다.

결사적으로 자신의 의지를 지켜낸 좌소천은 의자에 깊숙이 몸을 묻고 고개를 설레설레 내저었다.

'후우, 절대고수 네 사람의 합공을 받는 것보다 더 힘든 시간이었어.'

한데 문득 묘한 마음이 들었다.

'그냥 어르신들 말대로 할까?'

하도 듣다 보니 당연한 것처럼 생각이 되었다.

자신도 벽여령을 싫어하지 않고, 벽여령도 자신을 싫어하지 않는다. 거기다 좌가의 맥을 이어야 한다는 절대적인 이유도 있었다.

강호에서 살아가다 보면 언제 무슨 일이 생길지 아무도 모르는 일. 어르신들 말대로, 천하를 쥐기 이전에 후손을 먼저 보는 것도 나쁘지 않을 듯했다.

다만 항상 그렇듯이 가슴에 가득 차 있는 소영령이 마음에 걸렸다.

'하아…… 일단 올해까지 찾아보고 나서 생각해 보자.'

3

손으로 이마를 짚은 혁련무천의 미간에 깊은 골이 파였다.

천이당의 정보원이 호남에서 보내온 한 장의 서신 때문이었다.

앞쪽에 시립해 있는 종효민과 호연금은 입도 벙긋 못하고 혁련무천의 입이 떨어지기만을 기다렸다.

그러기를 일각여.

혁련무천이 옆에 서 있는 여가릉을 바라보았다.

"어찌 생각하느냐?"

언젠가부터 혁련무천은 스스로 결정 내리는 것을 주저했다. 전이었다면 나름대로 결정을 내리고 참고하기 위해 묻는 정도였다.

그러나 지금은 그것이 뒤바뀌어 다른 사람의 말을 듣기 전에는 쉬이 결정을 내리지 못했다. 눈빛만 봐도 자신의 마음을 알아 움직이던 사공은환이 죽은 후부터였다.

좋게 말하면 다른 사람의 말을 신중하게 경청한다 할 수 있었다.

하지만 그간 단호한 결정을 내리던 혁련무천이 아니었던가. 하기에 다른 사람들의 눈에는 결단력이 없어졌다는 것으로밖에 보이지 않았다.

더구나 잘못된 대답을 했을 경우, 그 뒷감당을 해야 한다는 생각에 질문을 받은 사람은 부담이 될 수밖에 없었다.

그나마 혁련무천의 질문에 큰 부담을 느끼지 않고 대답할 수 있는 사람은 현재 여가릉밖에 없었다.

"호남의 일은 사실이라 봐야 할 것 같습니다, 주군."

"사실이라……. 광한방이 겨우 정보나 취급하던 중소 방파에 무너진 것이 사실이란 말이지?"

"천이당과 밀천단이 같은 내용의 정보를 가져왔습니다. 일단은 그 일이 사실이라는 전제하에 대책을 세워야 할 거라 생각합니다."

"구포방이 악양에 있다 했던가?"

"예, 주군."

혁련무천의 눈이 호연금에게로 향했다.

"그들에 대해 알고 있는 게 얼마나 되지?"

호연금의 이마가 번들거리며 땀방울이 맺혔다.

"몇 년 전부터 출현한 방파이온데, 정보를 사고팔며 나름대로 악양에서 기반을 다진 곳으로 알고 있습니다."

"그런 곳이 호남제일이라는 광한방을 무너뜨렸단 말이지?"

호연금이 급히 몇 마디를 추가했다.

"비록 정보 문파라 하나, 제법 고수라 불릴 자도 몇 있다고 했습니다. 그러다 최근 몇 가지 정보가 들어왔는데, 그 정보대로라면 그들이 과거 신월맹의 잔당들을 흡수하고 있는 것 같습니다."

혁련무천의 눈이 치켜떠졌다.

"신월맹?"

"예, 궁주. 정확한 숫자는 모르오나, 흩어져 있던 신월맹의 잔당들이 얼마 전부터 악양에 모습을 보이고 있다 합니다."

혁련무천의 눈이 종효민을 향했다.

"신검장에 밀천단의 비찰이 있지? 그들은 그 사실을 감지하지 못했다 하던가?"

"그, 그게……."

종효민은 이를 지그시 악물고, 그간 말하지 못했던 사실을 꺼내놓았다.

"사실… 얼마 전부터 호북 쪽에 나가 있는 비찰들의 연락이 많이 끊겼사옵니다, 궁주."

"그게 무슨 말이냐?"

"단주께서 살아 계실 때부터 벌어진 일이옵니다. 단주께서 사실을 확인할 때까지 보고를 미루라 하셔서……."

"뭐야?!"

혁련무천이 이마에서 손을 떼고 노성을 내질렀다.

"그럼 지금까지 호북의 상황은 어떻게 알아냈단 말이냐?!"

"따로 사람들을 보내 밀탐을 했사옵니다."

"이런, 이런! 그렇게 해서야 어디 중요한 정보를 얻을 수 있겠느냐?!"

혁련무천의 표정이 서서히 굳어졌다.

호북의 일에 대해, 정확히는 좌소천의 일거수일투족을 하나에서 열까지 감시하고 있다 생각했다.

한데 그것이 아니다. 종효민의 말대로라면, 지금까지 눈먼 봉사였다는 말이 아닌가 말이다.

그가 급히 물었다.

"황파의 비찰들과도 연락이 끊겼느냐?"

"…예, 궁주. 하여 세 명의 밀천단원을 급히 파견했사온데, 지난번 암살 미수 사건과 지부 순찰을 나간 것 외에 별다르게 특별한 소식은……."

"갈!"

혁련무천이 일성을 내지르고 벌떡 일어섰다.

"소천이가 누구더냐? 좌유승의 아들이다! 단시일 내에 서벌을 해치우고 패천단의 단주가 된 사람이 바로 소천이란 말이다. 그런 소천이를 밀천단의 단원 몇으로 감시할 수 있다 생각했단 말이냐?!"

그때 듣고만 있던 혁련호정이 굳은 표정으로 입을 열었다.

"그 말을 듣고 보니 몇 가지 마음에 걸리는 일이 있습니다, 아버님."

"마음에 걸리는 일? 말해봐라."

"전마성과의 싸움이 아직 완전히 해결된 것이 아닌데도 호북이 쥐 죽은 듯이 조용합니다. 게다가 전 같으면 총단에 지원을 요청하거나, 이런저런 일을 핑계로 총단에 소식을 전하던 지부장들이 갑자기 소식을 전하지 않고 있습니다. 그런데… 거기에 더해 밀천단의 비찰들이 일시에 연락이 끊겼다 합니다. 그게 무엇을 뜻하겠습니까?"

혁련무천의 표정도 딱딱하게 굳어졌다.

"무슨 말을 하고 싶은 것이냐?"

"호북 전체가 이상합니다. 지나친 생각일지 모르겠습니다만, 마치 호북이 한 덩어리가 되어 움직이는 것처럼 느껴집니다."

혁련무천과 혁련호정의 눈이 마주쳤다.

잠시 두 사람 다 입을 열지 못했다. 주위에 서 있던 여가릉과 호연금과 종효민도 얼굴이 창백하게 굳었다.

그 말이 무엇을 의미하는지 알기 때문이다. 그것은 진정 두려운 일이었다.

"너는… 호정이 너는, 호북의 지부들이 소천이를 중심으로 뭉쳤다는 말을 하고 싶은 것이더냐?"

혁련무천이 알면서도 물었다.

혁련호정이 고개를 끄덕였다.

"아직 확실한 것은 아닙니다. 그러나 사실일 경우, 만일 신검장의 비찰과도 연락이 끊겼다면, 신검장도 소천이의 손아귀에 들어갔을지 모릅니다."

갈수록 태산이다. 문제는 틀린 말이 아니라는 것이다.

신검장은 호북 총지부와 관계가 없는 곳이다. 제천신궁과 한 배를 타기는 했지만, 주고받는 관계일 뿐이다. 비찰이 사라질 이유가 없다는 말. 설령 비찰에게 무슨 일이 생겼다면 다른 연락이라도 와야 했다.

혁련무천이 호연금과 종효민을 바라보았다.

"광한방이 무너진 게 문제가 아니다. 즉시 사람들을 파견해서 상황을 알아보아라. 하나에서 열까지, 자세히 알아봐!"

으르렁거리듯 흘러나오는 목소리다.

그러나 말끝에 가서는 가느다랗게 떨리는 듯 느껴지는 목소리였다.

그날 천이당과 밀천단에서 각기 다섯 명씩의 최정예 요원이 황파로 출발했다.

그들이 떠난 지 한 시진 후, 천이당주 호연금은 한 장의 서신을 작성했다.

호연금은 자신이 작성한 서신을 한참 동안 바라보고는, 깊은 한숨을 내쉬며 자그마한 전서통에 집어넣었다.

그리고 얼마 지나지 않아 한 마리의 비둘기가 천이당의 전각을 박차고 남쪽을 향해 빠르게 날아갔다.

4

아침이 밝기도 전에 한 마리 전서구가 황파의 만월평에 날아들었다.

전서구의 다리에서 떼어낸 서신에는 그리 많은 글이 쓰여 있지는 않았다. 그러나 그것만으로도 무슨 일이 벌어지고 있는지 충분히 알고도 남았다.

궁주께서 좌 단주에 대한 전격적인 조사를 지시했소. 천이당과 밀천단의 수하들이 그 일을 위해 신양을 떠났소. 궁주와 대공자께선 비찰들의 연락이 끊겼다는 종효민의 말을 듣고, 좌 단주가 호북의 지부들을 모두 수하로 만들고 반역을 꿈꾸지 않나 의심하고 있소. 조심하시오.

추신：많은 사람들이 좌 단주를 염려하고 있소.

서신을 내려놓은 좌소천이 담담한 표정으로 입을 열었다.

"생각보다 늦게 알았군."

"사공은환이 살아 있었다면 며칠은 더 빨리 알았을 것입니다."

좌소천은 눈을 들어 공손양을 바라보았다.

"조금은 알려지는 게 낫지 않을까 생각하는데, 공손 형은 어찌 생각하오?"

"그리하면 나중에 모든 것이 알려져도 충격이 덜하겠지요. 기정사실처럼 되어 있는 상태일 테니까요. 하지만 주군께서 제천신궁에 갈 경우 그만큼 위험 부담이 많아질 겁니다."

"이미 칼날 위에 마주 서 있는 상태요. 두려울 것은 없소."

"차라리 먼저 새로운 하늘이 등장했음을 선포하고, 훗날 대등한 위치에서 만나는 게 어떻겠습니까?"

"그전에 한바탕 전쟁을 치러야 할 거요. 혁련 궁주가 순순히 인정할 리는 없으니까 말이오."

"지금의 전력이라면 밀리지 않습니다. 아니, 호남의 전력까지 올라오게 한다면, 신양까지 내처 달릴 수도 있습니다."

"그럼 나를 믿고 있었던 사람들과 약속을 어기는 것이 되오. 약속을 어기면 신의에 금이 가고, 믿음이라는 기둥이 무너지면, 제아무리 튼튼한 집도 사상누각일 뿐이오."

공손양도 모르지 않았다. 제천신궁이 작금의 상황이 된 것도, 혁련무천과 좌소천 사이의 신의에 금이 갔기 때문이 아니던가.

그럼에도 그가 그런 말을 한 것은, 좌소천의 생각대로 한다는 것이 얼마나 위험한 일이라는 것을 알기 때문이었다.

잠깐 눈을 감고 밀어붙일 것이냐, 아니면 위험해도 모든 것을 완벽하게 처리할 것이냐.

첫 번째 방법은 단순하고 힘만 강하면 얻기도 쉽다. 그러나 오래가지 못하고 무너질 수가 있다.

두 번째 방법은 복잡하고, 잘못되면 공염불이 될 수도 있다. 그러나 완성되면 쉽게 무너지지 않는다.

자신이라면 첫 번째 방법을 택한다. 한데 좌소천은 두 번째 방법을 선택했다.

어쩌면 그것이 자신과 좌소천의 차이일지도 몰랐다. 그리고 자신이 일인자가 될 수 없는 이유이기도 할 것이었다.

공손양은 걱정스런 표정으로 고개를 숙였다.

"조심하셔야 합니다. 지금은 패기가 많이 누그러들었지만, 혁련 궁주는 누가 뭐라 해도 천하제일패라 불린 제천무제입니다."

좌소천이 조용히 웃으며 찻잔을 집어 들었다.

"그에 대해선 내가 공손 형보다 잘 압니다. 어릴 때, 그와 마주 앉았던 적이 있지요. 그때 찻물에 비친 그의 눈을 본 적이 있습니다. 영원히 잊히지 않을 눈빛이었지요. 그는 무서운 사람입니다. 나는 지금까지 한 번도 그를 약하게 생각한 적이 없습니다. 물론 지금도 마찬가지지요."

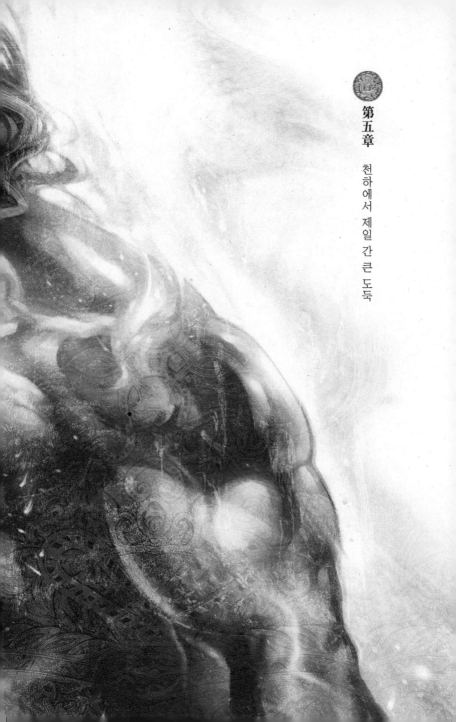

第五章

천하에서 제일 간 큰 도둑

絶對天王

섬서의 일이 자세히 전해진 것은 팔월이 시작될 무렵이었
다.

한중에서의 싸움은 간간이 들려와 이미 모르는 사람이 없었
다. 그리고 천외천가가 정한궁의 뒤를 쫓는다는 소문도 계속
들려왔다.

하지만 어떻게 결말이 났는지는 아무도 알지 못했다. 무엇
때문인지 천외천가가 철저히 입단속을 한다는 소문조차 있었
다.

그러던 차에 한중의 양가장에서 이런저런 말이 새어 나왔
다.

—닷새에 걸친 추적 끝에 정한궁의 여인들이 거의 대부분 죽임을 당하고, 살아난 사람은 신녀를 비롯한 몇십 명의 여인들뿐이다.

　—추적대도 수백 명의 희생자가 났다. 양가장에서 죽은 사람까지 합하면 희생자가 오백에 이르러서 천외천가도 커다란 타격을 받았다.

　—천외천가에서 몇 명의 신비한 고수들이 나와 신녀를 막지 않았으면 추적대가 오히려 당했을 것이다.

　—싸우던 중에 신녀의 면사가 벗겨지면서 천외천가의 고수들이 넋을 잃고 손을 멈추는 바람에 희생이 더 커졌다. 신녀와 삼십여 명의 여인이 살아서 도망칠 수 있었던 것도 그 때문이었다.

　무림맹은 그 결과에 대만족했다.

　정한궁이나 천외천가나 그들에게는 적이라 할 수 있는 세력이었다.

　그런 두 세력이 부딪쳐서 한쪽은 망하다시피 하고, 한쪽은 엄청난 피해를 봤으니 만족하지 않을 수가 없었다.

　그러나 생각이 있는 사람들은 그걸 반기지만은 않았다.

　천외천가에서 나왔다는 몇 명의 신비한 고수, 바로 그들 때문이었다.

　"천해의 고수들이 세상에 나온 것이 분명하네."

　현우자의 말에 제갈진문의 표정이 어둡게 변했다.

　"그들이 진정 그렇게 무서운 자들입니까?"

"들었지 않은가? 그들 중 하나가 신녀를 막았다 했네. 신녀가 얼마나 강한지 자네는 실감하지 못할 것이네만, 우리 무당의 사람들은 너무나 확실하게 겪어봤지. 오죽하면 장문인께서 신녀의 무위가 오제에 버금갈 거라 하셨겠는가?"

의문부호로 말을 맺는 현우자의 눈빛이 잘게 흔들린다.

천해라는 미지의 단체에 그러한 고수가 한둘도 아니고 여러 명이라 했다. 천외천가만 해도 가공할 무력을 지녔는데, 그들조차 천해라는 곳의 일부라 했다.

일전에 그 말을 들었을 때, 제갈진문은 의문이 일었지만, 대놓고 믿을 수 없다는 말을 하지 못했다.

무당이 신녀와 정한궁에 당하자, 자존심 때문에 이런저런 옛날이야기를 하는 것이 아닌가 하는 생각마저 들었다.

한데 돌아가는 상황으로 봐서는 결코 헛된 말 같지가 않았다. 물론 완전히 믿지도 않지만.

"음, 일단 맹주님과 상의를 해봐야 할 것 같습니다. 사실일 경우 대비책을 세우려면 저 혼자서 결정할 수 있는 일이 아닐 것 같군요."

현우자라 해서 제갈진문의 마음을 모르지는 않았다.

자신 역시 장문인에게 그 말을 들었을 때 반신반의했거늘, 한 단계 건너 들은 제갈진문은 오죽할까.

그나마 맹주께 말하고 대비책이라도 세워보겠다는 말이라도 하는 게 다행이었다.

"그들이 나오기 전에 대비해야 하네. 늦으면 그만큼 피해가 커질 것이야. 그들이 정말 장문인 말씀대로의 전력을 지녔다면, 종남과 화산도 안심할 수 없다네."

"알겠습니다. 바로 말씀드리지요."

말하는 거야 그리 어렵지 않은 일이었다.

문제는 화산의 어른이며, 검제라 불리는 맹주 우경 진인이다. 그가 과연 천해라는 곳이, 백 년 이래 최강의 성세를 자랑하는 화산에게 위협이 될 거라 생각하느냐 하는 것이었다.

현우자는 대답하는 제갈진문을 바라보며 답답하지 않을 수 없었다.

언뜻 스친 그의 눈빛이 평온하다. 아직도 상황의 심각함을 느끼지 못하고 있는 듯하다.

'불길이 섬서를 태우기 전에 준비를 해야 하거늘. 허어⋯⋯.'

그는 씁쓸한 마음이었지만, 겉으로 드러내지 않고 마저 말을 꺼냈다.

"그리고 장문인께서 한 사람을 천거하셨네. 천해와 싸우게 될 경우 많은 도움이 될 거라 하시더군."

뜻밖이었는지 제갈진문의 눈에 의문이 떠올랐다.

"누굽니까? 누군데 무당의 장문인께서 직접⋯⋯."

"무진이라 하네. 얼마 전에 등선하신 영허 진인의 의손자이지."

"검성께서 돌아가셨다는 말을 언뜻 듣긴 했습니다만, 그 의손자가 그리도 대단합니까?"

"듣기로는 본 파가 정한궁에게 당했을 때, 신녀를 쫓아가 싸웠다고 하더군. 정확한 무위에 대해선 모르네만, 들은 것의 반만 되어도 상당한 도움이 될 것이네."

"호오, 그렇다면 정말 도움이 되겠군요. 한데 그가 지금도 무당에 있습니까?"

"아니네. 아마 군사도 아는 이름일지 모르겠구만. 무진의 속세 이름은 좌소천이라고 하는데, 지금은 제천신궁에 있다고 하더군."

순간 제갈진문의 표정이 딱딱하게 굳었다.

'좌소천이라고?'

현우자는 그의 표정이 변한 것을, 좌소천이 제천신궁의 사람이라는 것 때문인 것으로 생각했다.

하기에 넌지시 말을 이었다.

"무진이 비록 제천신궁에 있다지만, 무당에서 부탁하면 거절하지 못할 거네."

제갈진문은 표정을 아무런 말도 하지 않고 잠시 앞에 놓인 찻잔을 바라보았다.

좌소천!

그가 왜 그 이름을 모를까. 제갈세가에 치욕을 안겨준 이름이거늘.

형인 제갈진우뿐 아니라 적지 않은 조카들이 그에게 죽었다. 그러고도 복수를 미루지 않을 수 없었다.

가주인 제갈황은 그에게 복수하지 못함을 통탄하며 사흘간

식음을 전폐했다고 했다.

'그가 무당의 사람이었단 말인가?'

정보에 의하면, 단 사흘 만에 전마성의 지부 두 곳을 빼앗고 호북무림의 풍운아로 등장한 신성이 바로 그라 했다.

제천신궁의 전설적인 군사 신유 좌유승의 독자이며, 패천단의 단주를 거쳐 지금은 제천신궁의 호북 총지부장이 된 자.

가히 새로운 전설을 쓰고 있는 자가 바로 좌소천인 것이다.

그런데 요즘은 궁주인 혁련무천과 사이가 벌어져, 심상치 않은 분위기가 흐르고 있다고 말도 들렸다.

제갈진문의 눈빛이 음울하게 가라앉았다. 뭔가 괜찮은 그림이 그려질 듯했다.

당장 피를 뿌리는 복수는 할 수 없을지 모른다.

그러나 무당과 천해라는 이름을 이용해 적절히 이용하면서 기회를 노리다 보면, 언젠가는 틈이 보일지도 몰랐다.

'절호의 기회는 앉아서 기다린다고 오지 않는 법이지.'

그는 현우자를 바라보며 천천히 고개를 끄덕였다.

"그를 한번 만나봤으면 싶군요. 바빠서 만나줄지 모르겠습니다만."

"군사가 만날 마음만 있다면, 내 일단 의향을 물어보겠네."

2

좌소천은 천이당을 통해 섬서의 소식을 들었다.

호연금이 천이당의 정보원에게서 들어온 소식을 이틀에 한 번씩 전서구를 통해 전해주는데, 섬서의 일에 대해 제법 자세한 내용이 적혀 있었던 것이다.

좌소천은 서신을 내려놓고 눈을 감았다.

마음 한구석에서 묘한 느낌이 꿈틀거렸다.

멸악천도를 알아본 노파, 그리고 신비한 느낌의 신녀.

조금 전, 섬서의 소식을 듣기 전까지만 해도 그녀들에 대해 별다른 생각을 가지지 않았다.

정한궁이 무당을 치긴 했지만, 그녀들에게 맺힌 원한의 감정도 없었다. 영허 진인에게 들은 대로라면 그녀들에게도 그리할 만한 이유가 있었으니까.

한데 신녀가 집요한 추적 끝에 위기에 몰리고, 결국 신녀를 비롯한 삼십여 명만이 천외천가의 포위망에서 탈출했다는 대목을 읽다 보니 자신도 모르게 심장이 뛴다.

동병상련의 마음인가?

그런 마음도 없지는 않았다. 하지만 꼭 그런 것만은 아닌 것 같았다.

신녀가 정말 사람의 마음을 홀리는 마녀인 걸까?

하지만 면사가 벗겨지고 신녀의 얼굴이 드러나자, 천외천가의 고수들이 넋을 잃었다 했다. 그게 사실이라면 신녀의 얼굴이야말로 세상에서 가장 무서운 무기일지도 몰랐다.

신녀가 마녀라면 왜 그런 얼굴을 무기 삼지 않았을까?

하기에 오히려 그 일은 그녀가 마녀가 아니라는 반증이기도 했다.

'그때 봤으면 좋았을 텐데.'

문득 엉뚱한 생각이 들었다.

무당에서 봤던 그녀의 신비한 모습. 면사가 펄럭이며 턱끝이 드러났었다. 조금만 더 올라갔으면 그럭저럭 얼굴의 반은 봤을 것이었다.

과연 어떤 얼굴이기에 사람들이 넋을 잃을 정도일까?

벽여령이나 혁련미려보다 아름다울까?

피식, 좌소천은 가벼운 웃음을 흘리며 눈을 떴다.

당장 문제는 그것이 아니었다. 섬서의 혈전으로 인해 뜻하지 않았던 정보를 얻었다. 일단은 그것에 집중해야 했다.

'신녀가 살았다면 천해에서 나온 자가 그녀를 이기지 못했다는 말이다. 반면에 정한궁이 전멸에 가까운 피해를 입었다면 신녀 또한 천해에서 나온 자를 이기지 못했다는 말……'

그것이 말해주는 것은 간단했다.

천해에서 나온 고수와 신녀의 무위가 비슷하다는 뜻.

문제는 이번에 천해에서 나온 자가 천해제일의 고수는 아닐 것이라는 점이다. 또한 그런 정도의 고수가 적어도 둘 이상이라는 것이다.

자신의 무위는 신녀와 싸울 때에 비해 반수 정도 올라가 있다. 사도철군과의 내력 다툼 덕에 세맥의 내력이 자신의 것이 되었고, 섭궁안과의 삼 초 대결 덕에 절대경지의 초식을 보는 눈이 달라져 있다.

그럼에도 확신을 할 수가 없다.

'내가 천해제일의 고수를 이길 수 있을까?'

좌소천이 묵묵히 생각에 잠겨 있는데, 문이 열리고 벽여령이 차를 가지고 들어왔다.

"무슨 생각을 그렇게 깊게 하세요?"

좌소천이 눈을 들어 바라보자 벽여령이 장난스럽게 눈을 가늘게 뜨며 말했다.

"설마 제 생각한 건 아니죠?"

안 한 것은 아니다. 신녀와 비교를 해봤으니까.

하지만 사실대로 말할 수도 없었다.

대신 서신을 내밀었다.

"한번 읽어보시오."

벽여령은 공손양 못지않게 판단력과 지혜가 뛰어난 여인. 생각을 들어보는 것도 괜찮을 듯했다.

"피이……."

벽여령이 입을 삐죽이더니 서신에 눈을 주었다.

그녀는 한자한자 눈에 새기듯이 서신을 읽더니 천천히 눈을 들었다.

"하아, 비록 결과가 좋지 않게 나왔지만, 정말 대단한 여인이네요."

신녀에 대한 안타까움과 감탄의 눈빛이 어우러진 표정이다.

같은 여인이어서 그런지 흘러나오는 한숨에 진심이 배어 있다.

"나 역시 그리 생각하고 있소."

"천외천가를 곤경에 빠뜨리고, 천외천가의 배후라는 천해의 절대고수와 대등한 대결을 펼치다니. 천하에 여인의 몸으로 절대지경에 도달한 고수가 몇이나 있을까요?"

절정에 이른 고수는 제법 된다. 그러나 최근 절대지경에 도달한 여인이 있다는 말은 들어보지를 못했다.

전에는 있었다. 동해 보타산의 보타 신니가 그런 경지에 들었다고도 했고, 황산 검각의 검후가 절대의 검을 얻었다고도 했다.

하지만 모두가 칠팔십 년 전의 이야기일 뿐이었다.

"아무래도 그녀가 마녀라는 소문은 잘못된 것 같소."

벽여령이 말도 안 된다는 표정을 지었다.

"마녀는 무슨. 신녀가 정말 마녀였다면 얼굴을 드러내 놓고 다녔을 거예요. 그럼… 좌 공자 같은 분도 흘러서 그녀를 따라 다녔을지 모르잖아요?"

은근히 쳐다보는 눈빛에 장난기가 가득하다. 자신이 아는 벽여령이 맞는지 의아할 정도다.

그녀가 다시 목소리를 나직하게 깔고 물었다.

"혹시 무당에서 신녀의 얼굴을 보지 못했어요?"

"보지 못했소. 턱끝만 조금 봤을 뿐이오."

벽여령의 눈빛이 반짝였다.

"어땠어요? 전설 속의 미인들은 맨 살결도 만지면 분이 묻어 나올 것처럼 곱다던데요."

그때라도 말을 돌렸어야 했다. 별로 중요한 이야기도 아니었으니까.

한데 벽여령의 말을 듣다 보니, 언뜻 신녀의 신비하리 만치 곱던 살결이 눈앞에 보이는 듯했다.

"백옥에 분을 바른 듯했는데, 사람의 살결로 보이지 않았소."

벽여령은 입술을 두어 번 삐죽거리더니 눈웃음을 치며 좌소천을 놀렸다.

"봐요. 턱끝만 보고도 이렇게 오랫동안 잊히지 않는데, 얼굴을 다 봤으면 꿈에서도 나타났을 거예요."

"그게 아니라……."

"아마 저 같은 여인과는 비교도 안 될 거예요. 하아, 이제야 알겠어요. 왜 좌 공자가 저를 멀리하려는지."

짐짓 한숨까지 흘리는 벽여령이다.

좌소천은 처음 보는 그녀의 그런 모습에 마땅히 대답할 말이 없었다.

"그녀에겐 그녀 나름대로의 모습이 있고, 벽 낭자에겐 벽 낭자 나름대로의 아름다움이 있소. 내가 왜 잘 알지도 못하는 여인 때문에 벽 낭자를 멀리한단 말이오?"

겨우 입을 연 좌소천의 말에 벽여령의 표정이 거짓말처럼 바뀌었다.

"정말 제가 아름답게 보여요?"

"무, 물론이오."

여자의 천변만화하는 모습을 알지 못하는 좌소천으로선 그녀의 변화가 뜻밖일 수밖에 없었다.

"저를 멀리하지 않는다는 것도 정말이죠?"

"그야 당연한 말 아니오. 내가 언제 벽 낭자를 멀리하기라도 했소?"

되묻는 좌소천을 벽여령이 소곤거리듯 몰아붙였다.

"그럼 항상 좌 공자 곁에 있어도 되겠군요. 그렇죠?"

"당연히……."

급급히 대답하던 좌소천이 입을 닫았다.

말뜻이 이상했다. 항상 곁에 있어도 된다?

그 말이 뜻하는 바는 한가지였다.

─같이 살자!

"벽 낭자……?"

"고마워요, 좌 공자."

환하게 웃는 벽여령의 눈에 물기가 보이는 듯하다.

그 눈에 대고 안 된다고 말하느니, 차라리 천해에 단신으로 쳐들어가던가, 아니면 만월평 뒤쪽의 절벽에서 눈 감고 뛰어내리는 게 나을 것 같았다.

'나도 싫지는 않지만……. 후우, 도대체 여자들은 알 수가 없군. 영령이도 그렇고, 남자들 놀리는 게 그렇게 재미있나?'

좌소천은 무심코 손을 뻗어 찻잔을 집어 들고 입으로 가져갔다.

벽여령이 그걸 보더니 입을 가리고 웃었다.

"풋! 빈 잔이에요, 상공."

그리고 호칭도 한순간에 바뀌었다. 마치 그렇게 부를 날만 기다렸다는 듯.

그때였다. '상공'이라는 호칭이 떨어지자마자 회랑에 발걸음 소리가 들렸다.

좌소천은 보지 않고도 누가 오는지 알아챘다.

천하가 돌아가는 것보다 다른 일에 관심이 더 많은 노인네들이 몰려오고 있었다. 그제야 뭔가를 알 것 같았다.

'끄응, 그러고 보니 어르신들이 벽 낭자를 부추겼나 보군.'

그는 단순히 그렇게 생각했다. 그러나 진실은 그가 알고 있는 것과는 조금 달랐다.

3

안개가 구름처럼 출렁이며 태백산 자락을 휘감고 흘러간다.

유난히 짙은 안개다.

삼층 전각을 쓸며 지나가는 안개의 유동에 건물이 금방 무너질 것만 같다.

하지만 전각 안에 앉아 있는 사람들은 미동도 하지 않고 반대편에 앉은 사람들을 바라보았다.

무거운 표정. 이마를 찌푸린 사람도 몇 명이나 된다.

"의외의 일이었소. 그 어린 계집이 유사와 대등한 실력이었다니……."

칠순의 흑의노인이 칼칼한 목소리로 침묵을 깼다.

순우연은 흑의노인을 담담한 눈으로 바라보았다.

"그녀를 살려 보냈다는 것이 마음에 걸립니다, 노야."

듣는 사람의 귀에는 그것이 꼭 책망처럼 느껴졌다.

흑의노인의 눈가 반점에 가느다란 세 줄기 주름이 그어졌다.

"그 어린 계집의 실력을 정확히 알아냈다면 그런 일은 없었을 것이오, 가주."

"십암 중 셋에다가 유사 어르신까지 나오셨으니 충분할 거라 생각했지요."

그에 대해선 흑의노인도 할 말이 없었다. 자신들 역시도 그런 마음이었으니까.

순우연은 입이 닫힌 흑의노인에게서 눈을 떼고 앞에 앉은 사람들을 바라보았다.

"어쨌든 신녀도 심각한 부상을 입었고, 살아서 도망쳤다는 계집들도 모두 부상이 심하니 당분간은 얼씬도 하지 못할 것이오. 모두 각자의 위치를 지키고, 다음 단계의 계획을 수행하는데 만전을 기해주시오."

"예, 가주!"

"걱정 마십시오, 가주. 명만 떨어지면 단숨에 쓸어버리겠습니다."

순우연은 천천히 고개를 끄덕이며 다시 흑의노인을 향해 눈을 돌렸다.

"천해는 언제 움직일 계획입니까?"

흑의노인의 눈에서 사이한 빛이 번뜩였다.

"모든 준비를 마쳤소. 해주의 명이 떨어지면, 세상은 본 해의 위대함을 알게 될 것이오."

그 말에 순우연의 눈에서도 기이한 광채가 어른거렸다.

마침내 천 년의 잠을 깨고 천해가 열린다.

그간 소수의 사람들이 나온 적은 있었지만, 이번처럼 천해 전체가 봉인을 깨고 나오는 것은 처음이라 할 수 있었다.

천해의 진정한 힘을 알고 있는 순우연이기에, 그들이 나오면 어떤 결과가 벌어질지 너무도 잘 알았다.

흑의노인의 말대로, 그들이 나온 순간 천하는 경악하고 숨을 죽여야 할 것이었다.

'하지만 그 영광을 천해에게 모두 넘겨주지는 않을 것이오, 노야.'

지난 천여 년간 천외천가는 천해를 위해 제자들을 구해주고, 강호가 그들의 존재를 알지 못하도록 바람막이 역할을 해왔다. 그 대가를 받아야 했다.

순우연은 자신이 그 대가를 챙길 자격이 있다고 생각했다.

천하가 그들의 손에 들어가는 날. 그날이 대가를 받는 날이 될 것이었다.

'하늘에 떠 있는 태양은 오직 하나. 본 가는 천하에 태양처럼 군림할 것이다.'

순우연은 뛰려는 가슴을 억누르기 위해 숨을 천천히 들이쉬고 변함없는 목소리로 말을 돌렸다.

"무궁이는 어떻습니까?"

혹의노인이 주름 진 눈을 가늘게 뜨고 조금은 묘한 표정을 지었다.

"며칠 사이로 내보낼 것이오. 그럭저럭 예전의 모습을 되찾은 것 같소. 좀 더 냉정해진 것 같기도 하고."

"원래 그렇게 못난 녀석이 아니었는데, 정신을 차렸다니 다행이군요."

그러잖아도 정한궁과의 싸움으로 피해가 많아서 한 사람이 아쉬운 판이었다.

순우무궁이 본래의 모습을 되찾았다면 적잖은 도움이 될 터였다.

하지만 그는 미처 혹의노인의 묘한 표정을 깊게 생각하지 않았다. 깊은 곳에서 번뜩이던, 뭔지 모를 기대감에 찬 그의 눈빛도.

'순우연, 너는 꿈에도 모를 것이다. 네 아들에게 어떤 일이 있었는지.'

하기에 순우기정을 바라보고는 말을 돌렸다.

"기정, 혁련무천은 여전한가?"

"현재의 그는 우리에게 화를 낼 정신도 없습니다, 가주."

"흠, 좌소천 때문인가?"

"그렇습니다. 좌소천이 호북 일대를 집어삼킬지 모른다는 생각에 잠을 설칠 정도라 합니다."

"훗, 그렇다면 다행이군."

"해서 이 기회에 선물을 하나 하면 어떨까 합니다."

"선물?"

"혁련호승의 끊어진 혈맥을 이을 수 있는 방법이 저희에게 있지 않습니까?"

오랜 세월, 뛰어난 자질이 지닌 아이들을 키우기 위해 별의별 방법을 다 연구한 천외천가와 천해다. 끊어진 혈맥을 치유하는 방법을 알게 된 것도 그러한 연구의 소산이었다.

물론 끊어진 혈맥이 잇는 방법이 사법에 가까워서 몸이 낫는 대신 약간의 부작용이 있기는 하지만, 그것은 나중 문제였다.

"호오, 그러니까 혁련호승의 혈맥을 치유해 주고 모든 것을 무마하자, 그 말인가?"

"바로 그것입니다. 혁련무천은 절대 거절하지 않을 것입니다."

순우연의 고개가 천천히 끄덕여졌다.

자식의 몸을 고쳐 주겠다는데 어떤 아버지가 싫어할까.

"그것도 괜찮은 생각이군. 좋네, 즉시 혁련무천에게 서신을 보내 의향을 물어보게."

4

황파로 갔던 밀정들이 돌아온 것은 열흘 만이었다.

그들이 가져온 정보를 모아 혁련무천에게 보고하러 가는 호연금은 뛰는 가슴을 진정시키는 데 온 힘을 쏟아야 했다.

정보원들이 거의 모든 정보를 수집해 왔다.

만일 좌소천에게서, 적당한 정보를 건넬 거라는 전서를 받지 않았다면, 좌소천의 능력에 의문을 품고 마음을 바꿨을지도 모를 정도였다.

좌소천이 정보를 내주었다는 것은 한 가지를 의미했다.

때가 되어가고 있다는 것.

'후우, 설마 그 정도까지 진행되었다니⋯⋯.'

하지만 그가 모르는 것이 있었다. 거의 모든 정보라 생각한 것이 실제 상황의 반도 되지 않는다는 걸.

호연금은 제천전으로 가기 전 다른 곳을 먼저 들렀다.

그곳에는 세 사람이 모여 있었는데, 그가 은밀히 사람을 보내 청한 사람들이었다.

그가 들어가자 가운데 앉아 있던 흑염의 노인이 물었다.

"무슨 일로 보자고 한 것인가?"

"이걸 보시지요."

흑염노인은 호연금이 내민 서신을 한참 동안 바라보더니 천천히 고개를 들고 이마를 찌푸렸다.

"그가 결심을 한 건가?"

옆에 있던 노인이 수염을 꼬며 침중한 목소리로 중얼거렸다.

"아무래도 그런 것 같군."

"가능하다고 보나?"

"전혀 불가능한 것만은 아니겠지. 정말 호북이 완전히 그의 손에 들어갔다면 말이야."

"으음……."

흑염의 노인이 침음성을 흘리자, 옆의 노인이 수염을 꼬던 동작을 멈추고 물었다.

"자넨 어떻게 할 생각인가? 아무리 궁주가 처신을 잘못하고 있긴 하지만, 그래도 궁주께 충의를 맹세한 우리가 아닌가?"

"아니, 정확히는 제천신궁에 충의를 맹세했지."

"그건 그렇네만……."

"잘못된 것은 바로잡아야 한다는 것이 내 생각이네. 본 궁의 장래를 위해서, 본 궁의 모든 사람을 위해서라도. 솔직히… 태군사를 버리고 천외천가와 손을 잡은 것은 너무했어. 아주 위험한 생각이야."

"그럼 자네는 그의 손을 들어줄 생각인가?"

흑염노인은 잠시 망설이더니 이를 지그시 물고 나직이 답했다.

"그가 확실한 명분만 내놓는다면."

"명분? 그럼 지금까지 알려진 것만으로는 부족하다는 말인가?"

"물론 지금까지도 많은 것이 알려졌네만, 그 정도로는 안 되네. 그보다 더 확실한 명분이 있어야 돼. 하늘 꼭대기에 올라가 있는 제천무제를 바닥까지 끌어내릴 수 있을 정도의 뭔가가 말이야. 그러한 것이 없다면, 모든 것은 제자리에 그대로 있게 될 거네."

옆의 노인이 다시 수염을 꼬기 시작했다.

"복잡하군, 복잡해."

흑염노인이 호연금에게 서신을 건네주었다.

"아직 확정된 것은 아무것도 없다는 점을 명심하고, 자네는 자네의 임무에만 충실하게. 무슨 말인지 알겠지?"

아직 어느 편에도 서지 않았다는 말이다.

외나무다리에 한발을 걸친 호연금으로선 차라리 그 말이 더 편했다.

"예, 전주."

일각 후.

제천전에 들어간 호연금은 천이당의 수하들이 가져온 정보를 정리한 보고서를 혁련무천에게 내밀었다.

혁련무천은 말없이 보고서를 천천히 읽어갔다. 한 장 한 장 보고서가 넘어갈 때마다 혁련무천의 표정도 굳어졌다.

호연금은 혁련무천이 언제 분노를 터뜨릴지 몰라 가슴이 조마조마했다.

혁련무천의 입이 열린 것은 보고서를 건넨 지 근 이각이 지나서였다.

"소천이가 본 궁과 갈라서려 하고, 호북의 모든 지부가 소천이를 따르고 있단 말이지?"

호랑이가 으르렁거리는 듯했다.

극한의 분노를 억지로 누르고 내뱉는 목소리였다.

혁련무천의 입이 열리자, 호연금보다 반 각가량 늦게 들어온 종효민이 고개를 숙이며 마저 보고를 올렸다.

"어떤 자들은 본 궁이 남제천과 북제천으로 갈렸다는 말을 하기도 했다 합니다, 궁주."

여가릉이 노성을 내질렀다.

"그게 무슨 말이오? 남제천과 북제천이라니? 어디서 감히!"

혁련호정도 차갑게 굳은 표정으로 입을 열었다.

"그게 확실한 정보요?"

종효민이 고개를 들며 대답했다.

"총지부의 중간 간부들 입에서 흘러나온 말입니다, 대공자."

"그렇다 해도 좌소천이 직접 한 말은 아니니 십 할 확실한 것은 아니지 않겠소?"

"물론 그건 그렇습니다만, 십중팔구는 확실한 정보라 생각하고 있습니다."

"십중팔구라……."

혁련호정은 종효민의 말을 되씹으며 혁련무천을 향해 고개를 돌렸다.

"보다 더 정확한 걸 알아봐야 하겠지만, 그게 사실이라면 그대로 두어선 안 됩니다, 아버님."

당연했다.

제천신궁을 반쪽 낸 놈을 어찌 그냥 놔둔단 말인가!

'한눈판 사이에 호북을 집어삼키다니! 괘씸한 놈!'

사실이라면 전 궁도를 이끌고 황파로 달려가 좌소천의 목을 칠 것이었다.

자신이 누군가! 대제천신궁의 주인이 아니던가!

한데 손안의 노리개에 불과했던 놈이 감히 반역을 하다니!

그러나 그는 냉철한 사람이었다. 그가 감정을 앞세워 모든 일을 처리했다면 결코 지금의 제천신궁을 이루지 못했을 것이었다.

그가 아무리 이전의 혁련무천이 아니라 하지만, 그는 현재도 천하제일패 제천무제였다.

문제는 정보가 사실이고, 좌소천이 정말로 호북의 모든 지부를 완벽히 제압했을 때의 상황이었다.

패천단과 호북 전체 지부의 무사들 수가 무려 오륙천에 이른다.

물론 자신이 움직이면, 그중 일부는 돌아설 것이다.

그러나 그 수가 얼마나 될 것인지는 자신조차 짐작할 수가 없었다.

그들을 끌어들인 사람이 다름 아닌 좌소천이기 때문이다.

신유 좌유승의 자식, 어릴 적 제학전의 스승들을 감탄시킨 기재. 그런 좌소천이 파도가 치면 휩쓸릴 사상누각을 지었을 리가 없는 것이다.

어느 순간, 혁련무천의 눈에서 새파란 광채가 번뜩였다.

"열흘 동안 상황을 좀 더 살펴보고 나서… 소천이를 소환해라."

혁련호정이 의아한 표정을 지었다.

"정보가 사실이라면, 소천이가 오겠습니까?"

다른 사람들도 어림없다는 표정으로 혁련무천을 바라보았다.

그러나 혁련무천의 생각은 달랐다.

"정말 반역할 생각을 가지고 있다면 오지 않을 수도 있지. 그러면 나는 놈의 반역을 천하에 공포하고 놈을 칠 것이다. 아마 십이 개 지부 중 몇 군데는 꽁지를 말고 나를 따를 것이다."

"만일 소천이가 온다면 어쩌실 생각입니까, 아버님? 의심을 풀고 그대로 놔두실 겁니까?"

"소천이가 오는 경우에는 두 가지를 생각할 수 있다. 우리가 모르고 있을 거라 생각하고 올 수도 있고, 정말로 반역할 생각이 없어서 올 수도 있다. 하나 어찌 되었든, 나는 소천이가 오면 무조건 그의 호북 총지부장 지위와 패천단주의 지위를 박탈할 것이다."

그제야 혁련무천의 뜻을 짐작한 혁련호정이 눈을 빛내며 말했다.

"그리고 소천이를 이곳에 철저히 묶어놔야겠군요. 아니면 아예 삭초제근을 하든지요."

"바로 그것이야. 가령, 즉시 황파에 서신을 보내 소천이를 소환해라!"

여가룽이 힘차게 대답했다.

"예, 궁주!"

과거의 혁련무천을 보는 듯했다. 그것만으로도 그는 가슴이
벅찼다.

사람들이 모두 나간 제천전에 혁련무천과 혁련호정만이 남
았다.

그제야 혁련호정이 한 장의 서찰을 건네주었다.

"태백산에서 온 서신입니다, 아버님."

"그놈들이?"

혁련무천은 눈살을 찌푸리고는 서찰을 펼쳐 보았다.

그리고 곧 표정이 굳어진 채 고개를 들었다.

"순우무종이 오는 길에 호승이의 몸을 치료할 수 있는 사람
을 데려온다고? 어찌 생각하느냐?"

"받아들여도 나쁠 것은 없을 것 같습니다."

"흐음, 하긴 미려의 일도 그렇고, 언제까지 화만 내고 있을
수는 없지. 좋다, 서신을 보내 뜻을 고맙게 받아들인다 전하
라. 그리고 답례로 순우무종을 보낼 때, 그쪽 어른들께 인사를
시킬 겸 미려를 딸려 보내겠다고 해라."

"너무 빠르지 않겠습니까?"

"놈들을 위해서가 아니야. 소천이를 제거하는 데 방해가 될
지 모르기 때문이지."

"하긴……. 알겠습니다, 아버님."

"그리고 너는 당하의 무사들에게 전령을 보내서 방성까지 접수하라고 해라."

혁련호정의 눈빛이 반짝였다.

이제야 뭔가가 제대로 되는 듯했다.

'그래, 본 궁은 쉽게 무너지지 않아! 감히 소천이 같은 놈이 욕심낼 수 있는 곳이 아니야!'

그날 저녁, 사경의 북소리가 울릴 무렵이었다.

황강산 서쪽을 흐르는 강가의 절벽 중간이 무너져 내리더니 석 자가량의 구멍이 뻥 뚫렸다.

와르르르…….

먼지가 가라앉았을 즈음, 사람 머리 하나가 구멍에서 쑥 나왔다.

"후와! 겨우 다 왔네."

달빛에 비친 얼굴은 잘 봐줘도 이십대 중반 정도로밖에 보이지 않았다. 그는 사방을 두리번거리더니 입술을 말아 올리며 거칠게 웃었다.

"크크크. 그건 그렇고, 나중에 내가 없어진 걸 알면 아버지하고 형이 뭐라고 할지 모르겠군."

당연히 허락을 받지 않고 금역을 벗어난 터. 심하게 꾸중을 할지도 몰랐다. 마음대로 기관을 부수었다고 혼을 낼지도 몰랐다.

하지만 지금은 그저 바깥세상으로 나왔다는 것이 즐겁기만
했다. 나중 일은 하나도 무섭지 않았다.

"일단 나가볼까?"

그는 좁은 구멍을 넓히기 위해 주먹을 휘둘렀다.

픽, 퍼벅!

가볍게 휘둘러지는 손에 바위가 모래처럼 부서지며 구멍이
넓혀졌다.

잠시 후 구멍을 넓힌 그는 천천히 구멍에서 빠져나와 하늘
을 올려다보았다.

마치 하늘을 처음 보는 사람 같았다.

"삼 년 만에 보는 달이군."

그가 지내던 곳에도 햇빛은 들어왔다. 하지만 기관을 통
해 들어온 빛인지라 해도, 달도, 별도 볼 수가 없었다.

직접 달과 별을 본 것은 삼 년 만이었다.

정말 밝았다. 그리고 정겨웠다.

한참 동안 별과 달을 바라보던 그는 옷을 탈탈 털고는 걸음
을 옮겼다. 집으로 돌아갈 생각은 전혀! 아예 하지 않았다.

몰래 빠져나온 이유가 뭔데, 집으로 돌아간단 말인가!

풍운 강호가 눈앞에 있거늘!

"강호여, 내가 간다! 음하하하하!"

5

은은한 다향을 음미하며 생각에 잠겨 있는데 공손양이 찾아왔다.

공손양이 들어와 자리에 앉자 벽여령이 찻잔을 준비하고 차를 따랐다.

"저는 나가볼게요. 즐거운 이야기들 나누세요."

생긋 웃은 벽여령이 밖으로 나가자, 좌소천이 입에 대고 있던 찻잔을 내려놓고 나직이 입을 열었다.

"지금쯤 궁주가 보고를 들었겠군요."

"그럴 것입니다, 주군."

며칠 전 천이당과 밀천단의 밀정이 만월평에 들어왔다.

그들을 파악하는 것은 그리 어렵지 않았다. 만월평에 들어오기 위해선 두 가지 방법밖에 없다. 정문을 통해서 들어오든지, 아니면 절벽을 기어올라 들어오든지.

공손양은 그들이 올 거라 생각되는 이틀 동안 정문의 경계를 느슨하게 해두었다.

아무나 쉽게 들어갈 수 있는 정문을 놔두고 힘들게 절벽을 기어오를 바보가 누가 있을까. 들키면 적으로 간주되어 죽을지도 모르는데.

생각대로 그들은 자연스럽게 정문을 통해 들어왔다. 처음 보는 사람에게는 무조건 미행이 따른다는 것은 꿈에도 모른 채.

결국 그들은 반나절도 지나지 않아 정체가 드러났고, 그때부터 연극이 시작되었다.

그들이 만난 사람들은 대부분 공손양으로부터 미리 해줄 이 야기를 듣고 접근한 사람들이었으니까.

어지간한 사람은 어차피 상황 자체를 모르니 상관할 것도 없었다.

"궁주가 어떤 반응을 보일 거라 생각하시오?"

"분노해서 당장 무사들을 소집하든지, 아니면 좀 더 확실한 상황을 알기 위해 좀 더 철저하게 조사를 하든지 할 것입니다."

"세 번째는 없소?"

공손양이 좌소천을 직시했다.

"있습니다."

입을 여는 공손양의 표정에 염려가 가득했다.

"아마 주군을 소환하려 할지 모릅니다."

좌소천이 조용히 웃었다.

"어차피 가려 했는데, 잘되었군요."

공손양은 쓴웃음을 지으며 찻잔을 들어 입으로 가져갔다.

입술이 타 들어가는 듯했다.

제천신궁에 소환되었을 경우, 어떤 일이 벌어질지 누구보다 잘 아는 사람이 눈앞에 있는 좌소천이다. 한데도 천하태평이다.

찻잔을 내려놓은 공손양이 물기 있는 입술을 떼었다.

"아마 심하게 몰아칠 것입니다."

"그럴 것이오. 어쩌면 죽이려 할지도 모르지요."

공손양은 탁자를 쾅, 내려치고 왜 그렇게 태평하냐고 소리치고 싶었다.

'도대체가 이 사람은……'

그때 좌소천이 말을 이었다.

"하지만 궁주는 나를 죽일 수도, 억압할 수도 없을 거요. 나는 궁주에게 당하기 위해 가는 것이 아니라, 명분을 얻기 위해 가는 것이니까."

"정말… 괜찮겠습니까?"

"이렇게 말하면 자랑 같아서 말하기가 좀 뭐한데… 궁주는 나를 이길 수 없소."

제천무제가 자신을 이길 수 없단다. 그 말을 하고 쑥스러운지 차를 홀짝이는 좌소천이다.

공손양은 어이가 없으면서도 풀썩 웃음이 나왔다.

하지만 지금은 웃을 때가 아니었다.

"제천신궁에는 궁주만 있는 게 아닙니다, 주군. 주군께서 궁주보다 강하다 해도 혼자 몸으로는 빠져나오기가 거의 불가능합니다."

혼자 가는 것이 아니다. 많은 사람을 데려갈 것이다. 그러나 내궁, 그것도 제천전에 들어가는 사람은 결국 좌소천 혼자다.

공손양으로선 걱정되지 않을 수가 없었다.

"나는 아직 궁주를 향해 칼을 겨누지 않았소. 한데도 궁주가 나를 억압하려 한다면 그것은 오히려 내가 바라는 바요. 확실한 명분만 선다면 궁지에 몰리는 건 결국 궁주가 될 것이오.

모든 사실이 밝혀지면, 결국 제천신궁의 무사들은 궁주가 먼저 신의를 어겼다는 걸 알게 될 테니까."

좌소천에게는 비장의 패가 있다. 제천신궁 간부들의 마음을 돌릴 패가.

그것이 드러나면, 자신을 향해 겨누어진 제천신궁 간부들의 검 중 적어도 반은 내려질 것이다.

물론 문제가 아주 없는 것은 아니다. 그렇다 해도 제천전, 그곳을 벗어나기가 말처럼 쉽지 않을 거라는 점이었다.

하지만 그것도 그때 가서 고민해도 될 일.

좌소천은 공손양을 향해 빙그레 웃었다.

"제천신궁을 통째로 얻기 위해서 가는 거요. 그 정도 모험도 하지 않고 제천신궁을 얻으려 하면, 사람들이 나를 도둑놈이 라고 하지 않겠소?"

공손양은 좌소천의 고집을 꺾을 수 없다는 걸 알고 한숨을 내쉬었다.

'후우, 천하에서 제일 간 큰 도둑이 바로 주군일 거요.'

어쨌든 좌소천의 마음을 되돌릴 수 없다면, 그로선 자신의 역할에 충실하는 수밖에 없었다.

"고수들로만 추려서 주군의 뒤를 받치도록 하겠습니다. 그 것만큼은 거부하지 마십시오, 주군."

미리부터 못을 박고 입을 여는 공손양이다. 좌소천도 그것 까지 말릴 수는 없었다.

"그래도 너무 많은 인원을 동원하지는 마시오. 자칫 엉뚱하게 비칠 수도 있으니까."

"그리하겠습니다, 주군."

일단 허락은 떨어졌다. 나머지는 자신이 알아서 할 일. 공손
양은 내심 한 가지 결심을 굳히고 눈을 빛냈다.

'위험한 만큼 완벽한 기회가 될 수도……'

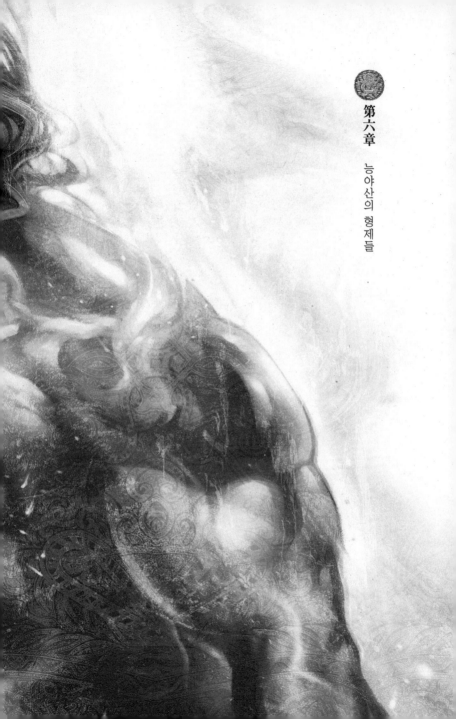

第六章

능야산의 형제들

오랜만에 구름 한 점 없는 하늘에서 황금빛 햇살이 쏟아지던 날, 무림맹에서 한 사람이 만월평으로 찾아왔다.

　"흠, 여기가 그 유명한 만월평이란 말이지?"

　청의 무복을 입은 그는 이십대로 보이는 청년이었다.

　그는 만월평에 들어선 거대한 건축물들을 바라보더니, 사람 좋은 웃음을 지으며 정문으로 다가갔다.

　"정지!"

　위사 하나가 나서더니 그의 앞을 가로막았다.

　"무슨 일로 오셨소?"

　깨끗한 청의, 등에 매달린 한 자루 검. 귀공자처럼 깨끗한 얼굴에서 조용히 피어나는 웃음.

위사는 그를 아무렇게나 대하지 못하고 나름대로 조심스럽게 물었다.

청년은 반가운 사람을 만난 것마냥 환하게 웃음 지으며 위사를 향해 다가갔다.

"잘되었소이다. 사람을 찾으러 왔는데, 좀 알려주시구려."

일반적인 무사들과는 조금 다르게 느껴지는 그의 말투에 위사의 눈이 가늘어졌다.

'뭐야? 어디 산속에서 도 닦다 왔나?'

일반적인 무복을 입은 걸로 봐서 도인은 아닌 듯했다.

그래도 한낱 위사에게 정중히 말하는 청년의 태도가 그리 싫지는 않았다. 별것도 아니면서 잘난 척하는 사람들을 어디 한두 번 봐왔던가.

"험, 내가 그래도 이곳에 사는 사람은 거의 다 아오만, 누굴 찾으시오?"

"좌소천이라고, 이곳 총지부장이라 하던데……."

위사는 한껏 커진 눈으로 청년의 위아래를 훑어보았다.

마음 같아서는 호통을 치고 싶었지만, 최근 내려온 명령도 있고, 청년의 정중한 태도가 마음에 들어 눈살을 찌푸리는 것으로 자신의 마음을 내비쳤다.

"그분을 무슨 일로 찾아오신 거요?"

청년이 또다시 사람 좋은 웃음을 지었다.

'뒤로 넘어져 뒤통수가 깨져도 웃을 것 같군.'

위사가 그런 생각을 하는데 두 사람이 다가왔다.

"무슨 일이오?"

곰처럼 커다란 덩치, 우렁우렁한 목소리. 이자광이었다.

전하련과 함께 돌아다니다 교대를 하기 위해 진월각으로 가는데, 갑자기 좌소천이라는 말이 들리자 다가온 것이다.

이자광은 청년을 빤히 쳐다보고는 놀라움을 금치 못했다.

'평범한 사람이 아니야. 나조차 크기를 잴 수 없는 힘이 담겨 있어. 누구지?'

전하련도 눈을 가늘게 뜨고 이자광의 옆에 나란히 서서 청년을 지켜보았다. 조금은 긴장한 듯, 호기심을 가진 눈빛이었다.

"누구신데, 무슨 일로 총지부장님을 찾으시는 거요?"

이자광의 굵은 목소리가 나직하니 깔렸다.

청년은 이자광과 전하련을 바라보더니, 옆집 친구를 만나러 온 것마냥 입을 열었다.

"그건 아직 말할 수 없소이다. 워낙 중요한 일이어서. 다만 나쁜 일로 온 것은 아니니 만날 수 있게 해주시구려."

그때 전하련이 청년에게 전음을 보냈다.

"우리는 총지부장님의 직속 호위무사예요. 우리에게 말할 수 없다면 그분을 만날 수 없어요. 무슨 말인지 아시죠?"

청년의 맑은 눈이 두 사람을 향했다.

상당한 고수들이었다. 게다가 맑고 흔들림없는 눈으로 봐서 거짓을 말하는 것은 아닌 듯했다.

그가 빙긋 웃으며 입술을 달싹였다.

"무림맹에서 왔소이다."

좌소천이 무림맹의 사자에 대해 들은 것은 청의청년이 만월평에 도착한 지 반 시진이 지나서였다.

공손양이 직접 무림맹에서 사람이 왔다는 사실을 전했다.

"군사의 전언을 가지고 왔다 합니다, 주군. 자세한 것에 대해선 웃기만 할 뿐 입을 꾹 다물고 있습니다. 만나보시겠습니까?"

좌소천은 의아한 마음이 들었다.

무림맹과는 무당에서 마주친 기억밖에 없었다. 그것도 그리 좋지 않은 관계로 끝났다.

한데 무림맹에서 무슨 일로 자신에게 사람을 보낸 걸까?

그것도 군사라면 제갈세가의 제갈진문이다. 그는 분명 자신과 제갈세가와의 관계에 대해서 알고 있을 것이었다.

"무림맹이 무엇 때문에 이 먼 곳까지 사람을 보냈다 생각하시오?"

"혁련 궁주와의 갈등을 알고 보낸 것이 아닐까 합니다만?"

무림맹의 정보망은 천하 곳곳에 뻗어 있다. 당장 개방의 제자들만 해도 강남북에 수만이 있지 않던가. 그들이라면 뭔가 심상치 않은 조짐에 대해 눈치를 챘을지도 몰랐다.

더구나 그걸 모른다면 자신에게 사람을 보낼 일도 없을 것이었다. 제천신궁은 무림맹과 이미 금이 간 사이니까.

"어쩌면 잘된 일일지도 모릅니다, 주군. 이 기회에 무림맹과의 관계를 정립해 놓으면 나중에 뜻밖의 원군을 얻을지도 모르지 않겠습니까?"

나직이 말하는 공손양의 표정이 의미심장하게 변한다.

좌소천도 그의 마음을 모르지는 않았다. 하지만 공손양이 미처 모르고 있는 사실이 있었다.

"그전에 공손 형이 먼저 알아야 할 일이 있소."

좌소천은 공손양에게 제갈세가와의 관계에 대해 이야기를 해주었다.

공손양의 눈이 커지더니 표정이 심각해졌다.

"그렇다면 정말 이상하군요. 무림맹의 군사가 아무리 대의를 먼저 생각하는 사람이라 해도 제갈세가의 처지를 외면할 수는 없을 텐데 말입니다."

"둘 중 하나겠지요. 잠시 원한을 접어놓아야 할 만큼 중요한 일이 있든지, 아니면 정말로 대의를 위해 원한을 접었든지."

거기에 하나를 더한다면, 원한을 잊지 않고 뭔가 수작을 부리기 위함이라 할 수 있었다.

하지만 세 번째는 굳이 말하지 않았다. 공손양이라면 말하지 않아도 짐작하고 있을 터. 자신이 말해봐야 걱정이 태산인 사람들에게 또 다른 걱정거리만 안길 뿐이었다.

좌우지간 만나보면 알 터.

"들어오라고 하시지요."

"예, 주군."

공손양이 나간 지 얼마 되지 않아 한 사람이 웃음을 지으며 공손양의 뒤를 따라 들어왔다.

그를 본 순간 좌소천은 눈을 크게 뜨고 어이없는 표정을 지었다.

"잘 있었나?"

그가 밝게 웃으며 인사한다. 마치 며칠 전에 헤어진 친구처럼.

좌소천이 풀썩 웃으며 입을 열었다.

"자네가 웬일인가?"

청의를 입고 사람 좋은 웃음을 짓는 청년. 어이없게도 무림맹의 사자는 다름 아닌 무당의 정은이었던 것이다.

"하하하, 놀라게 해주려고 왔지."

큰 소리로 웃으며 장난스레 말하는 정은이다.

그의 거짓이 없는 표정에 좌소천도 훈훈한 마음이 들었다.

"그렇다면 실패했군. 나는 별로 놀라지 않았거든."

"무슨 소리? 조금 전에 눈이 커진 것을 봤는데?"

스스럼없는 두 사람의 대화에 공손양이 어리둥절해졌다.

"아시는 분입니까?"

정은이 도복을 입고 왔다면 공손양도 눈치 챘을지 몰랐다.

그러나 정은은 도복이 아닌 평복을 입고 있었다. 그만큼 비밀을 요하는 만남이라는 말이었다.

좌소천이 빙긋이 웃으며 정은을 소개했다.

"무당의 정은이라는 친구입니다."

그제야 공손양은 정은의 정체를 눈치 채고 반가운 표정으로 고개를 숙였다.

"말씀은 들었소이다. 공손양이라 하외다."

"무량수불, 정은입니다."

좌소천이 도호를 외며 마주 인사하는 정은을 놀렸다.

"이제야 조금 도사처럼 보이는군."

"험, 진짜 도사는 도복을 입으나 평복을 입으나 표가 나는 법이지. 나처럼 말이야. 하하하하."

좌소천은 정은의 웃음이 가라앉기를 기다려 조용히 물었다.

"무당의 일은 잘 수습이 되었는지 모르겠군."

"어쩌겠는가? 슬퍼한다고 해서 시간이 되돌아가는 것도 아닌데. 그나마 일찍 물러가서 더 이상의 피해가 없었다는 게 다행일 뿐이라네."

틀린 말은 아니었다. 아마 그녀들이 물러가지 않고 죽기 살기로 싸웠다면 적어도 두 배 이상의 피해가 났을 것이다.

하나 그렇다고 해서 그날의 아픔이 어찌 말 몇 마디로 털어질까.

정은으로서는 그저 그날의 아픔을 가슴에 묻고 싶을 것이었다. 원한에 매달려 복수귀가 될 수도 없는 일이 아닌가 말이다.

"그래, 무림맹에서 무슨 일로 자네를 보낸 건가?"

그제야 정은의 표정도 조용히 가라앉았다.

"무림맹의 군사께서 자네를 만나봤으면 하시네."

"만나자 했다면, 그만한 이유가 있겠지?"

"내용에 대해 자세한 것까지는 알지 못하네. 다만 천해에 대해 하실 말씀이 있다 하시더군."

"그 말뿐이던가?"

정은이 고개를 갸웃거리더니 마저 입을 열었다.

"그러고 보니 한 가지 더 있네. 왜 그런 말을 하셨는지는 잘 모르겠는데, 과거는 잠시 덮어두자고 하시더군."

"잠시라……."

언뜻 들으면 대의를 위해 과거의 일은 거론하지 않겠다는 말처럼 들렸다.

그러나 한발 더 나아가 생각해 보면 어정쩡한 말이었다. 잠시 덮어두자는 말은 언제든 다시 문제 삼겠다는 말과도 같았다.

정은은 그 일에 대해 자세히 모르는 듯했다.

"언제, 어디서 만나자 하던가?"

"열흘 후쯤, 제갈세가에서 만났으면 어떨까 하네만. 마음에 안 들면 장소는 바꾸어도 된다 하더군."

공손양이 고개를 홱 돌려 좌소천을 바라보았다. 안 된다는 말을 하고 싶어하는 마음이 역력히 보였다.

하지만 정은을 바라보는 좌소천의 표정은 조금도 변화가 없었다.

제갈진문의 의도는 분명했다.

자신이 있으면 오라는 말이다.

자신을 시험하겠는 뜻이다.

하기에 좌소천은 오히려 마음이 편해졌다.

'제갈진문, 당신은 나를 너무 모르는군.'

제갈진문은 들은 정보만을 토대로 자신을 알고 있을 것이다. 자신이 어떤 사람인지 정확히 알고 있었다면 이따위 시험을 하겠다는 생각은 하지 않았을 터였다.

좌소천은 담담한 표정으로 정은을 바라보며 웃음이 나오려는 것을 가까스로 참았다.

'이 친구가 나와 제갈세가의 관계를 알면 어떤 표정을 지을지 모르겠군.'

생각 같아서는 휘둥그렇게 뜬 눈을 보고 싶었다. 하지만 그말을 하면 정은이 먼저 제갈세가에서의 만남을 반대할 것이었다.

"만나서 나쁠 것 같지는 않군. 알았네. 가서 그렇게 전하게. 단, 우리의 만남은 철저히 비밀이 지켜져야 하네. 아직은 궁주에게 알려져선 안 되니까 말이야."

"하하, 걱정 말게. 이 일에 대해 알고 있는 사람은 천하에 다섯밖에 없다네. 아니지, 이제 자네와 저분도 알게 되었으니 일곱인가?"

여전히 순수한 정은이다.

두 사람만 알고 있어도 비밀은 새어나간다. 하물며 무려 일곱이 밀담에 대해 알고 있다.

이미 이번 밀담은 비밀이 아니라는 말이었다.

좌소천은 정은의 순수함이 깨질까 봐 마음이 아팠다.

그러나 한편으로는, 한 번쯤 강호의 쓴맛을 맛보는 것도 그리 나쁠 것 없다는 생각이 들었다.

진정한 검성의 탄생을 위해서라도!

고난은 사람을 더욱 크게 키워준다 하지 않던가.

그때 공손양이 걱정스런 표정을 지으며 넌지시 말했다.

"주군, 너무 위험하지 않겠습니까? 아무래도 많은 사람들을 대동할 수 없을 텐데요?"

혁련무천이 신경을 곤두세우고 있는 판이다.

많은 사람이 움직이면 제천신궁의 정보망에 걸릴지 몰랐다. 천이당이야 걱정할 것이 없었지만, 지금은 밀천단도 호북으로 상당한 밀정을 내려 보낸 상황이었다.

하지만 좌소천은 애초부터 많은 무사들을 대동하고 제갈세가로 갈 생각이 없었다.

"너무 걱정하지 않아도 되오. 오히려 이 기회에 능 형의 형제들을 만나볼 생각이오."

능야산의 형제들이 은신하고 있는 곳은 신농가다. 아무리 깊은 산중이라 해도 양번까지 사나흘이면 나올 수 있을 것이었다.

능야산이 그들을 만나러 가면, 오가는 시일을 생각해 볼 때 제갈세가로 가는 도중에 만날 가능성이 컸다.

'자신과 비교될 만큼 강하다 했지.'

그렇게 말했었다.

능야산의 말이 반만 사실로 드러나도 제갈세가로 가는 일은 걱정할 것이 없었다. 물론 시일이 맞지 않아 그들을 만나지 못해도 큰 상관은 없지만.

제갈세가는 결코 자신을 어찌할 수 없을 테니까.

'만일 나를 시험하려 한다면 그대들은 후회하게 될 것이다, 제갈세가여.'

2

'절대 용서하지 않겠어!'

폭포수가 이십 장 절벽에서 떨어지며 물보라를 일으킨다.

우레와 같은 소리를 내며 못 속에 처박히는 물기둥이 자신의 가슴을 두드리는 것만 같다.

신녀는 더 이상 냉정할 수가 없었다.

빙백한천소수공을 익히며 얼어붙었던 가슴이 아파온다.

목숨을 던져 활로를 뚫어준 정한녀들과 자신을 구해준 은인을 버려둔 채 도망쳐야 했다.

포위망을 뚫고 살아서 도망친 사람은 모두 열다섯. 그나마도 대부분이 부상을 입어 한동안 움직일 수조차 없는 형편이 되었다.

자신 역시 상당한 내상을 입은 상태.

천해의 유사와 흑암의 공격은 그녀 혼자 감당하기에 무리일 수밖에 없었다.

솟구친 분노가 그녀의 내력을 한계 이상으로 끌어올리지 않았다면, 그녀 역시 그곳에서 죽었을지도 몰랐다.

'파파, 지금은 힘이 없어 도망쳤지만, 반드시 파파의 한을 풀어주겠어요.'

신녀는 폭포 옆의 동굴에서 몸을 돌보고 있는 정한녀들을 바라보았다.

자신을 비롯해 성한 사람은 다섯에 불과하다. 나머지는 모두 심각한 부상을 입어 당장 치료하지 않으면 죽든지, 불구의 몸이 될 것이었다. 솔직히 저런 몸으로 이천 리 길을 어떻게 도망칠 수 있었는지 불가사의하게 생각될 정도로, 그녀들의 부상은 심각한 상태였다.

신녀는 이를 악물고 동굴 쪽으로 다가갔다.

십이정한녀 중 살아난 여인은 둘, 이한녀와 삼한녀였다. 그녀들이 살아남은 여인들을 이끌고 있었다.

"일단 몸을 추스르고, 그대들이 먼저 궁으로 돌아가도록 하세요."

"하오면 신녀께오선……?"

"강호에 나가 알아볼 것이 있어요. 그러니 그대들은 궁에서 몸을 치료하며 기다리도록 하세요."

"신녀시여……."

"잊지 마세요. 우리를 살리기 위해 파파와 정한녀들이 어떻게 죽어갔는지."

목소리는 여전히 얼음장처럼 차갑다. 그러나 어찌 가슴까지 차가울 수 있으랴.

정한녀들은 신녀의 말에 가슴이 먹먹해져 말이 잘 나오지 않았다.

"어찌, 어찌 그 일을 잊을 수 있겠사옵니까?"

팔다리가 떨어져 나간 몸으로도 적의 앞을 가로막았다.

갈라진 배에서 흘러나오는 내장을 움켜쥐고 적을 향해 달려들었다.

비명도 억누르고, 신음 흘릴 힘도 아껴 적을 상대했다.

덕분에 포위망이 뚫리고 일부나마 살아날 수가 있었다.

어찌 잊으랴, 그날의 일을! 한을!

이한녀의 눈에서 굵은 눈물이 소리없이 흘렀다.

그녀뿐만이 아니었다. 동굴 안에서 쉬고 있던 여인들도 함께 눈물을 흘렸다.

'천외천가여! 천해여! 내 반드시 그날 흘린 피의 대가를 받아내고야 말 것이니라!'

신녀는 천천히 몸을 돌려 하늘 저편에서 떨어져 내리는 폭포수를 바라보았다.

절벽, 한탄곡. 망설임없이 몸을 던져 자신을 구했다는 사람.

'좌소천이라 했지?'

그는 자신과 무슨 관계일까?

무슨 관계이기에 죽을지도 모르는데 몸을 던져 자신을 구한 것일까?

그를 만난다면 잃어버린 세월을 찾을 수 있을지도 몰랐다.

천외천가를 찾아가기 전에 그를 찾아가 이야기를 들어보고 싶었다.

다시는 돌아올 수 없는 길을 가기 전에!

문득 폭포 너머 하늘을 바라보는 신녀의 눈이 잘게 떨렸다.

뭉게구름 속에서 한령파파가 조용히 웃고 있는 듯했다.

'파파……. 파파가 옆에 없으니, 이제야 파파가 얼마나 소중한 사람이었는지 알 것 같아요.'

하지만 언제까지 슬퍼하고 있을 수만은 없었다.

'가자, 가서 내 운명이 어디서부터 이렇게 되었는지 알아보자.'

3

끝없이 펼쳐진 원시림 속으로 들어선 지 하루가 지났다.

산길조차 보이지 않은 지 오래였다. 그런데도 능야산은 눈에 보이지 않는 길이 있는 것마냥 거침없는 발걸음을 옮겼다.

오 년을 살아왔고, 떠난 지 삼 년 만에 찾은 곳이다.

달라진 것이 적지 않지만 산의 모습만은 여전했다. 그가 거침없이 걸음을 옮길 수 있는 것도 그 때문이었다.

게다가 오랫동안 보지 못했던 사람들을 곧 만날 거라는 생각에 옮기는 발걸음도 가벼울 수밖에 없었다.

'홍강이나 종위도 이제 많이 컸겠군.'

두 아이는 그의 단 하나 있는 형인 능수산의 아들들이다. 떠날 때 열여덟, 열다섯이었으니 지금쯤 제법 청년 티가 날 것이 분명했다.

꿰에엑!

끽! 끽!

나무 위에서 털빛이 노랗고 얼굴이 하얀 금사후(金絲猴) 서너 마리가 자신을 보고 소리를 지른다. 아마 근처에도 수십 마리가 살고 있을 터였다. 놈들은 무리를 지어 사는 놈들이니까.

'저놈들이 보이는 걸 보니까, 이제 얼마 남지 않았군.'

능야산은 금사후의 환영 아닌 환영을 받으며 서쪽으로 근 한나절을 더 들어갔다.

오 리에 이르는 죽림을 지나고, 기암괴석이 양편으로 늘어선 협곡을 지나자, 갑자기 앞이 환해졌다.

저만치 산비탈을 따라 계단처럼 만들어진 농지가 보인다.

숙부들, 형제들, 조카들이 자급자족을 위해 땀 흘려 만든 삶의 터전에서 허리만큼 자란 곡식들의 열매가 고개를 내밀고 있다.

"잘 자라고 있군."

그는 산비탈을 따라 만들어진 농지를 지나 건너편의 산을 향해 눈을 돌렸다.

깎아지른 절벽 사이사이에 나무로 지은 집들이 보인다. 삼년 전과 그리 달라진 것이 없어 보이는데, 자세히 보니 서너 채정도 집이 늘어난 듯하다.

'응? 누가 혼인이라도 했나?'

그 외에는 집이 늘어날 이유가 없다.

어쨌든 가보며 알 터. 능야산은 궁금함을 누르고 숲을 벗어났다.

스스스……

그가 숲을 벗어나 모습을 드러내자마자, 바람이 부는 듯 날벌레 날갯짓 같은 소리가 들리더니 그의 주위로 세 명의 청년이 나타났다.

셋 모두 이십대 초중반의 나이.

그들을 바라보는 능야산의 입가에 잔잔한 미소가 걸렸다.

"오랜만이구나, 소청, 위산, 정평."

세 청년은 자신들의 이름을 부르는 능야산을 어리둥절한 눈으로 바라보았다. 그러다 곧 능야산의 정체를 알고 눈을 크게 떴다.

"능 숙부?"

키가 큰 청년이 앞으로 걸어나오며 급히 인사를 했다.

"소청이 능 숙부를 뵈옵니다."

"정말 오랜만입니다, 능 숙부님."

"그간 별고없으셨습니까?"

나머지 두 청년도 재빨리 능야산의 앞으로 다가와 고개를 숙였다.

"이제 완전히 청년들이 되었구나."

"돌아오신 겁니까?"

정착하기 위해 왔냐는 말이다.

능야산의 착 가라앉은 눈이 절벽에 지어진 목옥으로 향했다.

"아니다. 어른들과 상의할 게 있어 왔다."

낭소청은 뭔가 기대감을 품고 몸을 반쯤 돌렸다.

"일단 들어가시지요. 어르신들께서 아주 반가워하실 겁니다."

목옥 안은 제법 넓었다.

능야산이 왔다는 말에 목옥 안으로 이십여 명이 몰려들었다.

나이 어린 사람들과 여인들. 그리고 사냥을 위해 나간 사람들과 적들의 동향을 파악하러 나간 사람들을 제외하면, 촌락에 사는 거의 모든 사람이 모여든 것과도 같았다.

시끌벅적하니 인사들이 오가고, 잠시 시간이 지나자 열다섯 명만이 목옥에 남았다.

대부분이 촌락에서 나이가 많은 축에 속하는 사람들이었다. 그래 봐야 육순의 노인이 셋, 사십대와 오십대가 일곱, 나머지 다섯은 능야산과 비슷하거나 오히려 어려 보였다.

나이 많은 사람이 적은 데는 아픔이 있었다. 쫓기는 와중에 나이 많은 사람들은 젊은 사람들을 살리기 위해 목숨을 던져 적을 막아야만 했던 것이다.

능야산은 그들만이 남고 목옥 안이 조용해지자, 자신이 온 목적을 꺼냈다.

하늘을 닮은 한 사람을 만났다는 것. 그가 자신들의 적인 천외천가를 상대할 수 있을 만큼 강하다는 것. 그리고 그 역시 천외천가와 불구대천의 원수이며, 천외천가를 칠 생각을 가지고 있다는 것 등이었다.

그의 이야기가 이어지는 동안 장내는 쥐 죽은 듯이 조용했다.

"저는 그분에게, 천외천가를 칠 때 우리를 선봉에 세워달라고 했습니다. 그리고 그리하겠다는 약조를 받았습니다."

능야산이 말을 맺고 입을 다물었다.

선택은 자신이 하는 것이 아니었다.

상석에 앉아 있던 강인한 인상의 노인이 반쯤 감은 눈을 들었다.

"그가 정말 천외천가와 승부를 겨룰 수 있을 만큼 강하다고 보느냐?"

"이길 수 있다, 없다 자신할 수는 없습니다. 하나, 적어도 그들을 최악의 상태로 만들 수는 있다고 봅니다."

턱이 길쭉한 노인이 눈을 치켜떴다. 좌소천을 주인처럼 대하며 말하는 능야산이 조금은 못마땅한 표정이었다.

"너를 못 믿는 것은 아니다만 이제 이십대의 청년이 그렇게 강하다니, 솔직히 나는 의문일 수밖에 없구나."

그에 대해선 능야산도 마땅히 할 말이 없었다. 누구라도 그런 생각이 들 수밖에 없을 테니까.

생각 같아서는 좌소천이 오제 중 한 사람인 철혈마제와 대등한 내력 대결을 벌이고, 구마 중 한 사람인 광한마존 섭궁안을 굴복시켰다는 말을 해주고 싶었다.

그러나 그 일을 말하기 위해선 몇 가지 비밀을 털어놓아야
한다.

그건 아직 시기상조였다. 비밀로 정해진 것은 아무리 자신
들의 형제라 해도 말해줄 수가 없었다. 좌소천의 허락이 떨어
지기 전에는.

그것은 형제간의 우의를 떠나 신의의 문제였다.

능야산은 구차하니 이런저런 설명을 하는 것보다 자신의 생
각만을 말하기로 작정했다.

"훗날 만나보시면 제 말이 틀리지 않았다는 걸 아시게 될 것
입니다."

"만나면 알 테니 무조건 네 말을 믿으라고?"

"형제들의 목숨이 걸린 일입니다. 제가 어찌 숙부님께 헛소
리를 하겠습니까?"

턱이 길쭉한 노인, 증모당이 싸늘한 눈으로 능야산을 직시
했다.

능야산도 굴하지 않고 그의 눈빛을 맞받았다.

"고금을 통틀어 서른도 안 돼 절대의 경지에 오른 자가 몇이
나 된다고 생각하느냐?"

"몇이 있고 없고는 중요한 일이 아닙니다. 현재 그런 분이
있다는 것이 중요할 뿐이지요."

"흥! 완전히 그에게 넘어갔군."

증모당이 코웃음 치며 고개를 돌린다.

분위기가 이상해지자 처음의 노인이 나서서 말을 돌렸다.

"야산, 천해에 대해 모르지는 않겠지?"

천해. 그 이름이 나오자 모두의 얼굴이 딱딱하게 굳어진다. 심지어 중모당조차 짜증나 있던 얼굴이 바위처럼 굳어졌다.

능야산은 마침내 나올 이야기가 나왔다는 걸 알고 신중하니 대답했다.

"제가 어찌 그들을 모르겠습니까?"

"그럼 천해가 열려도 그가 천외천가를 상대할 수 있다고 생각하느냐?"

"그것까지 생각해서 그렇습니다, 숙부님."

단호한 능야산의 대답에 노인의 눈이 잘게 떨렸다.

조금 전, 능야산은 '적어도'라고 말했다. 이길 수 있을지도 모른다는 뜻이 내포된 말이었다.

사실이든 아니든, 생각하는 것만으로도 가슴이 떨리지 않을 수 없었다.

노인이 확인하듯 다시 물었다.

"천해까지 나와도 승부를 자신할 수 없단 말이지?"

"제가 본 대로라면, 느낀 대로라면 그렇습니다, 숙부님."

묵묵히 능야산을 바라보던 노인이 천천히 고개를 저었다.

"야산, 혹여 지금보다 더한 두려움을 줄까 봐 말은 안 했다만, 천해는 네가, 아니, 여기 있는 사람들이 모두 알고 있는 것보다 더 강하다. 비록 숫자는 적지만, 그들의 힘은 일파가 감당할 수 있는 것이 아니다. 나는 솔직히 네가 말한 사람이 천해까지 감당할 수 있다고는 생각할 수가 없구나."

능야산은 지그시 이를 악물었다.

그 말을 한 사람이 다름 아닌 목화인이다. 천외천가의 추적을 따돌리고 형제와 동료들을 지켜낸 사람.

그러나 목화인의 말을 수긍하기에는 좌소천에 거는 기대가 너무도 컸다.

"제가 모시기로 한 분도 알려진 것보다 훨씬 강합니다. 그리고 세상에 알려지지는 않았습니다만, 이미 호북의 반이 그분의 손에 들어갔습니다."

그뿐이 아니다. 비록 비밀이라 말하지는 않았지만, 이미 호남의 동북부가 좌소천의 세력이고, 전마성과도 손을 잡은 상태다.

하지만 그 말만으로도 목화인의 마음이 조금 전보다 더 크게 흔들렸다.

"호북의 반이……?!"

주위에 앉아 있던 모든 사람들이 일제히 능야산을 쳐다보았다.

나이가 이십대라 했다. 하기에 능야산의 말을 듣고도 도무지 믿을 수가 없었다.

한데 그가 정말로 호북의 반을 차지했다면 이야기가 달라진다.

"그게 정말인가?"

또 다른 노인, 기령산이 믿을 수 없다는 표정으로 물었다.

"저는 지금껏 형제들을 속인 적이 없습니다, 기 숙부님."

"으음……."

기령산이 침음성을 발하며 눈을 내렸다.

그때 입을 꾹 다물고 있던, 바위처럼 굴강해 보이는 오십대의 중년인이 나직이 입을 열었다.

"야산 말대로라면 모험을 해볼 가치가 충분할 듯합니다, 큰형님."

그의 말은 상황에 지대한 영향을 미쳤다.

목화인이 중년인을 바라보았다.

"정말 그리 생각하나?"

"어차피 언제까지 숨어 살 수만은 없는 일, 그렇다고 우리의 힘만으로는 그들을 상대할 수가 없습니다. 믿을 수 있는 사람이 있다면 손을 잡아서 나쁠 것도 없지 않겠습니까?"

목화인은 잠시 생각하는 듯하더니 고개를 끄덕였다.

"헌원 아우가 그리 생각했다면, 손을 들어 결정을 하기로 하지. 찬성하는 사람은 손을 들어보게."

오십대의 중년인. 신농가에 은신한 사람들 중에서 가장 강하다는 헌원신우가 제일 먼저 손을 들었다.

뒤이어 기령산이 손을 들고, 삼십대의 장한들이 눈빛을 빛내며 그 뒤를 따랐다.

그리고 사오십대의 중년인들이 신중한 표정으로 손을 들어 찬성을 표했다.

맨 마지막으로 못마땅한 표정을 짓고 있던 증모당마저 가세하자, 손을 든 자는 열넷 중 열둘이다. 손을 들지 않은 사람은 단둘.

사람들의 눈이 손을 들지 않은 두 사람을 향했다. 두 사람은 굳은 표정으로 자신들이 손을 들지 않은 이유를 말했다.

"야산 아우의 말을 믿기는 합니다만, 서두르는 것은 반대합니다."

"저 역시 비슷한 생각입니다. 모두가 나가면, 최악의 경우 자칫 대가 끊길지도 모릅니다. 게다가 야산이 말한 '그'가 정말 그 정도의 힘이 있는지도 아직 확실치 않습니다. 좀 더 알아보고 나서 움직였으며 좋겠습니다, 숙부님."

어쩌면 당연한 걱정이고, 이유였다. 하지만 문제는 시간이 없다는 것이었다.

능야산이 그 점에 대해 말하며 대책까지 내놓았다.

"섬서의 상황에 대해 들으셨겠지만, 언제 어느 때 본격적인 싸움이 벌어질지 아무도 모릅니다. 그전에 우리가 선봉에 설 힘과 자격이 있다는 것을 보여줘야 하는데, 나중에 나가서는 시간이 촉박합니다. 그리고 저 역시, 어차피 전부가 나갈 것이라고는 생각하지 않았습니다. 세 분 숙부님과 젊은 아이들과 여인들을 비롯해 이곳을 지킬 사람들 일부는 남겼으면 합니다."

그 말에 반대를 했던 두 사람도 어깨를 으쓱하며 입을 닫았다.

대충 상황이 마무리되자 목화인이 천천히 입술을 벌려 결정을 내렸다.

"일단 헌원 아우가 서른 명을 데리고 가도록 하게."

헌원신우까지 서른한 명이란 말이다.

일류 급 이상의 무예를 익힌 사람 중 반이 넘는 숫자. 그중 절정의 경지에 이른 사람이 반은 될 터였다. 그리고 상황이 무르익으면 나머지 사람들도 모두 나올 것이었다.

'후우, 다행이군.'

능야산은 내심 안도하지 않을 수 없었다.

솔직히, 반대하면 어쩌나 하는 우려도 있었다.

이십여 년 동안 신경을 곤두세운 채 힘들게 살아온 형제들이다. 게다가 좌소천에 대한 이야기는 자신이 들어도 허무맹랑하게 생각될 정도였다.

아마 자신을 믿지 않았다면, 그만큼 천외천가에 대한 증오가 깊고 그들을 치고 싶은 마음이 간절하지 않았다면, 이리 쉽게 사람을 내보내지는 않았을 것이었다.

그때 헌원신우가 말했다.

"야산, 이것만 알아라. 우리가 너의 말을 믿고 나가기는 하지만, 나가면 그가 정말 그 정도의 사람인지 우리 나름대로 알아볼 것이다."

그 말이 마치 좌소천을 시험해 보겠다는 말처럼 들린다.

능야산으로서도 그것까지는 말릴 수 없었다.

마음 한편으로는 은근히 기대가 되기도 했다.

'볼만하겠군.'

4

정은은 하루를 만월평에서 보내고 무림맹으로 돌아갔다.

"하하하, 아쉽지만 소식을 전해야 하니 먼저 가겠네. 제갈세가에서 보세!"

그렇게 기분 좋은 웃음을 터뜨리며.

신양에서 소환 명령이 떨어진 것은, 그렇게 정은이 떠난 지 팔 일이 지나서였다.

명령서가 도착했을 때, 좌소천은 만월평에 있지 않았다.

호연금으로부터 연락을 받고 소환 명령이 떨어질 것이라는 알았기에 미리 자리를 비운 것이다.

표면상의 이유는 전마성의 움직임이 심상치 않아 한수 일대를 돌아보기 위해 떠난 것으로 했다.

명령서를 받은 사람은 만약의 경우를 대비해 남겨놓은 공손양이었다. 그는 좌소천이 이틀 후에 돌아올 것이며, 늦어도 닷새 안에 신양으로 갈 거라는 서신을 제천신궁으로 보냈다.

물론 그 내용에 대해 좌소천도 알고 있었다. 미리 작성해 놓은 서신에 날짜만 비워놓았었으니까.

만월평에서 한 마리 전서구가 하늘 높이 날아오를 때. 좌소천은 종상의 강가에 서서 물끄러미 한수를 바라보고 있었다.

'이제 얼마 남지 않았군.'

바람에 쓸리고 강물에 쓸린 갈대가 힘겹게 버티며 흔들린다.

오 년 전, 소영령을 구하기 위해 왔던 곳.

오늘도 여전히 강물은 흐르고 있다.

'미안하다, 영령아. 내 발길로 천하를 뒤져서라도 너를 찾아야 하는데, 그렇게 하지 못하고 있구나.'

바람결에 갈대 부딪치는 소리가 마치 속삭임처럼 들려온다.

'나 여기 있어, 오빠. 왜 찾으러 오지 않는 거야. 이제 나를 잊은 거야?'

좌소천의 고개가 하늘을 향해 쳐들렸다.

'아니다, 내가 어떻게 너를 잊는단 말이냐? 찾을 거다. 꼭 찾을 거다.'

그때 뒤에서 도유관의 나직한 목소리가 들렸다.

"주군, 능 형이 돌아왔습니다."

좌소천은 소리없이 한숨을 내쉬고 몸을 돌렸다.

"함께 왔소?"

"다섯이 왔습니다. 총 서른한 명이라는데, 다른 사람들은 외곽에서 기다리고 있다고 합니다. 한데… 주군을 만난 후에 결정을 하겠다고 합니다."

이십수 년을 쫓기며 살아온 사람들이다. 그만큼 조심하고 있다는 뜻이다.

좌소천은 그들의 행동을 이해할 수 있을 듯했다. 어머니도

십수 년간 이름을 바꾸고 살아오지 않았던가.

"갑시다."

좌소천 일행이 머무는 객잔은 종상의 선창가 구석에 있었
다.

만월평에 남은 공손양을 제외하고, 여덟 명의 호위대 대주
만이 좌소천과 동행했다.

이제 능야산이 돌아왔으니 공손양을 뺀 아홉 명이 모두 모
인 셈이었다.

그리 크지 않은 객잔의 뒤쪽에는 다섯 개의 방이 있었는데,
좌소천 일행이 이틀간 다섯 개의 방을 모두 쓰고 있었다.

좌소천이 그중 제일 큰 방으로 들어가자 능야산이 고개를
숙였다.

"다녀왔습니다, 주군."

얼마 전부터 능야산도 주군이라 부른다.

그뿐이 아니다. 호위대 대주들은 모두가 그렇게 부른다. 아
마 공손양의 입김이 작용한 듯했다.

"수고했습니다."

좌소천은 능야산의 인사를 받고 고개를 돌려 한쪽에 서 있
는 흑의인들을 바라보았다.

능야산과 비슷한 삼십대 중반의 장한이 둘, 그보다 열 살 정
도 더 먹어 보이는 중년인이 둘, 그리고 이제 이십대 후반 정도
로 보이는 청년까지 모두 다섯이다.

그들 중 중년인과 장한, 넷의 무위는 능야산이 말했던 대로 능야산과 비슷해 보인다.

문제는 한 명의 청년이다. 의외로 중년인들보다도 강한 듯 느껴진다.

"좌소천입니다."

좌소천이 먼저 그들을 향해 포권을 취하며 인사를 했다.

과하지도 부족하지도 않은 좌소천의 인사에 두 중년인 중 우측에 서 있던 자가 답례를 했다.

"목영락이라 하오."

"먼 길을 오시느라 수고하셨습니다."

"수고라고 할 것도 없소. 야산에게 들었겠지만, 살기 위한 몸부림일 뿐이오."

그때 좌측에 서 있던, 얼굴이 유난히 검어 보이는 중년인이 입을 열었다.

"나는 누하진이라 하오. 듣자 하니 천외천가를 칠 거라는 말을 들었소만, 사실이오?"

조금 딱딱하게 느껴지는 말투다.

능야산이 넌지시 그에 대해 설명했다.

"누 형님은 오랫동안 오지에서만 살아와서 말투가 좀 거치니 이해하십시오, 주군."

좌소천은 별다른 기색을 보이지 않고 담담한 말투로 누하진의 질문에 대답했다.

"물론입니다."

"그들이 얼마나 강한 줄 아오?"

"하나에서 열까지 모두 알지는 못합니다. 그러나 세간에 알려진 것보다는 많이 알고 있지요."

"어정쩡하게 알아서는 그들을 칠 수가 없소. 그들에 대해선 알려진 것보다 알려지지 않은 것이 더 많소."

"천해에 대한 것 말입니까?"

누하진의 눈이 커졌다. 옆에 서 있던 목영락의 표정도 굳어졌다.

누하진이 딱딱 끊어지는 말투로 물었다.

"어떻게 천해를 아는 것이오? 야산이 알려주었소?"

"세상 사람 모두가 그들을 모르는 것은 아닙니다. 그들은 자신들을 완벽하게 감췄다 생각할지 모르지만, 세상에는 의외로 많은 것을 알고 있는 사람들이 있지요."

누하진의 미간에 주름이 졌다. 능야산이 알려주지 않았는데도 알고 있다는 것 자체가 의외였다.

"음, 정말 의외군. 천 년이 넘도록 나타나지 않은 천해에 대해 알고 있는 사람들이 있었다니."

목영락도 침중한 표정으로 좌소천을 바라보았다.

"그들이 얼마나 강한지 알고 있소?"

"어느 정도는."

"강호에서 가장 강하다는 오제 육기 구마도 그들의 수뇌인 사사나 십암을 만나면 이긴다는 보장이 없소. 그것도 알고 있소?"

좌소천이 목영락을 가만히 바라보았다.

사사와 십암에 대해 아는 것은 없었다. 하지만 추론을 할 수는 있었다.

'신녀와 싸웠다는 자들. 그들이 바로 사사와 십암에 속한 자들인가?'

충분히 가능한 일이었다. 그리고 자신의 생각이 틀리지 않다면, 그들의 무위를 짐작하는 것도 그리 어렵지 않았다.

"그들 역시 나를 이길 수는 없습니다."

누하진이 변함없이 딱딱한 목소리로 한마디 했다.

"대단한 자신감이군."

조금은 비웃는 감마저 느껴지는 말투다.

능야산이 굳은 표정으로 좌소천의 말을 거들었다.

"사실입니다, 누 형님."

"사실이라고? 야산, 나도 사사를 만나면 십 초를 감당할 수 있을지 자신할 수가 없다. 네가 보기에는 저 친구가 나를 십 초에 이길 수 있다 생각하느냐?"

그 말에 능야산이 쓴웃음을 지었다.

"누 형님은 어떨지 모르겠지만, 저는 주군의 삼 초를 받을 자신이 없습니다."

좌소천의 진정한 실력에 대해선 그저 자신과 비교할 수 없이 강하다고만 했다.

자신이 보고 느낀 것을 자세히 말해봐야 고집 센 어른들은 믿지도 않았을 것이었다. 게다가 좌소천이 옆에 없는 이상 믿지 않는 사람들을 설득시킬 방법도 마땅치 않았다.

그러나 지금은 좌소천이 옆에 있는 상황. 끝까지 믿지 않으면 좌소천이 알아서 할 것이었다.

아니나 다를까, 누하진이 눈을 좁히며 능야산을 노려본다.

능야산이 보충하듯이 한마디 덧붙였다. 같이하기로 했으니 약간의 이야기는 해줘도 괜찮을 듯했다.

"얼마 전, 구마 중 한 사람이 주군께 삼 초 만에 패배를 자인했습니다. 솔직히 말해서, 저는 그가 펼친 마지막 초식을 막아낼 자신이 없었습니다."

그러니 당신도 마찬가지다, 그 말이었다.

구마 중 한 사람을 단독으로 상대할 수 있는 사람은 일행들과 함께 외곽에 남은 헌원신우뿐이니까.

누하진의 얼굴이 씰룩였다.

능야산이 헛소리나 지껄이는 사람이라면, 한바탕 코웃음 치고 무시하면 될 일이었다.

그러나 그가 아는 능야산은 장난으로라도 그런 말을 할 사람이 아니다. 하기에 지그시 악문 입이 쉽게 열리지 않았다.

그때 옆에서 지켜보던 청년이 나섰다.

"능 형님, 형님의 말씀을 믿지 못해서가 아니라, 다른 형님들의 판단을 돕기 위해서라도 제가 좌 공자와 비무를 해봤으면 합니다."

"영운, 네가?"

목영운.

스물여덟의 그는 목화인의 아들이었다. 십 년 만 더 갈고닦으면 사사에 필적할 수 있을 거라는 말을 듣는 기재 중의 기재.

자신보다 나이 어린 좌소천이 이미 그 경지에 올랐다 하니 호승심이 생긴 듯하다. 담담히 말하는 와중에도 눈에선 강렬한 눈빛이 일렁인다.

능야산은 그의 마음을 이해할 수 있었다.

그런 한편으로는 한껏 자신감에 찬 목영운이 이 기회에 쓴맛을 보는 것도 괜찮을 것 같았다.

"정말 해볼 생각이냐?"

"얼마 전에 얻은 것이 조금 있습니다. 해서 이 기회에 제 자신을 알아볼까 합니다."

말뜻은 겸손하지만 와중에 은근한 자부심이 깃들어 있다. 하긴 이십대 후반의 나이에 초절정에 달한 무위를 지녔으니 자부심을 가지는 것도 당연한 일일지 몰랐다.

좌소천이 무심한 표정으로 입을 열었다.

"그것도 나쁘지 않겠군요. 때로는 검이 말보다 더 정확한 답을 내릴 때가 있지요."

잠시 후, 열다섯 사람이 바람 부는 강가에 마주 섰다.

한쪽은 송림, 양쪽은 갈대가 숲을 이뤄 밖에서는 보이지 않는 한적한 공터였다.

한수의 하류 쪽에는 도유관과 직속무사들이 서 있고, 상류

쪽에는 목영운의 일행 넷이 서 있다.

좌소천은 흔들리는 갈대에서 눈을 떼고, 검은 무사건으로 이마를 질끈 동여맨 목영운을 바라보았다.

검을 옆으로 눕혀놓은 듯한 눈과 짙은 눈썹, 각진 턱, 햇볕에 그을린 황동빛 피부, 단단해 보이는 균형 잡힌 체격. 굳건한 두 다리는 땅에 뿌리를 박은 듯하다.

강렬하게 느껴지는 모습!

좌소천은 내심 감탄하지 않을 수 없었다.

이곳까지 오면서 능야산에게 목영운에 대한 것을 들었다. 그 설명이 부족하지 않은 자다.

그때 염려되는지 능야산이 한마디 나섰다.

"생사를 걸고 싸울 것이 아니라면 초 수를 정해놓고 하는 게 어떻겠습니까?"

목영운은 능야산의 말을 무시하지 못하고 좌소천에게 선택권을 넘겼다.

"어느 정도면 좋겠소?"

"십 초로 하지요."

"좋소. 십 초가 넘으면 손을 멈추겠소."

말을 맺음과 동시, 목영운의 몸에서 은은한 기운이 흘러나오기 시작했다.

문득 그 모습을 바라보던 좌소천의 눈에 의아함이 떠올랐다.

목영운에게서 느껴지는 기운, 그것이 그리 낯설지 않은 것이다.

'능 형의 기운을 많이 대해서 그런가?'

당장 답은 그것밖에 없었다.

그러나 목영운의 기운이 능야산과 다르다는 것을 생각하면 그것도 아닌 듯했다.

어쨌든 지금은 그걸 따지며 고민할 때가 아니었다.

검을 빼 든 목영운의 전신이 검과 하나가 되어간다.

신검합일의 경지.

생각대로 능야산보다 한 수 위의 경지다.

'좋군.'

좌소천은 말아 쥔 주먹을 늘어뜨린 채 목영운의 공격을 기다렸다.

그 모습을 본 목영운의 눈이 가늘어지고, 미간에 주름이 잡혔다.

"허리의 칼을 뽑지 않으실 거요?"

"저에게 주먹질을 가르쳐 주신 분이 말씀하시길, 주먹이야말로 세상에서 가장 멋진 무기라 했지요. 염려 마시고 검을 쓰십시오."

어릴 적, 제학전에 세 번째 갔을 때 등소패가 그리 말했다. 그러면서 너는 손이 크니 주먹질을 열심히 배우는 게 다른 것을 배우는 것보다 나을 거라고 했다.

단 세 번 만남에 좌소천의 진가를 알아본 등소패가 좌소천을 꼬시기 위해 한 말이었다. 그러나 이유야 어찌 되었든 좌소천 역시 주먹이 괜찮은 무기라는 생각은 하고 있었다.

좌소천이 그날 생각을 하며 한 치의 변화도 없이 서 있자, 목영운은 가슴 깊숙한 곳에서 은근히 분노가 일었다.

좌소천이 자신을 무시하며 거만을 떠는 것처럼 느껴진 것이다.

'오냐, 후회나 하지 마라!'

목영운은 칠성의 공력을 팔성으로 끌어올렸다.

순간 그의 검첨에서 영롱한 검기가 흘러나오는가 싶더니, 백광이 앞으로 뻗어나갔다.

후우웅!

동시에 목영운이 한 발을 내딛으며 이 장의 간격을 찰나간에 줄였다.

좌소천은 검과 하나가 되어 다가오는 목영운을 지그시 바라보며 두 주먹을 엇갈려 내밀고는 휘돌렸다.

한 번 휘돌린 듯 보였지만, 찰나의 순간에 세 번의 주먹이 엇갈렸다.

우르릉!

벽력음이 일며 대기가 석 자 크기의 원형을 이루며 비틀린다. 태극이 허공에 그려진 듯하다.

목영운의 검첨에서 뻗은 백광이 원 안에 갇혀 함께 휘돈다.

그때였다.

좌소천은 휘돌리던 주먹을 앞으로 슬쩍 내밀었다.

목영운도 굳어진 얼굴로 검첨을 내밀었다.

일순간 두 사람의 기운이 부딪치더니 쿵! 북소리가 나며 두 사람 사이에서 먼지가 솟구쳤다.

세 걸음을 물러선 목영운은 몸을 세우자마자, 이를 악문 채 다시 좌소천을 향해 검을 겨누었다.

순간 조금 전보다 더 눈부신 빛이 검첨에서 솟구쳤다.

석 자 길이로 뻗친 기운이 완벽한 검의 형상을 갖춘다. 초절정의 경지에 올라선 완벽한 검강이다.

"헛! 영운이 벌써 저러한 경지에 올랐던가?"

옆에서 미처 몰랐다는 듯 감탄이 터졌다.

그 말에 힘을 얻은 목영운은 완벽한 검강이 솟구친 검으로 좌소천을 가리킨 채 그대로 쇄도했다.

좌소천도 한 발 앞으로 나아가며 건곤신권 중 건곤구벽세를 펼쳤다.

층층이 겹쳐진 아홉 겹의 권영이 번갯불처럼 뻗어오는 검강의 진로를 막아선다.

하지만 목영운의 검강도 결코 약하지 않았다.

한 겹 두 겹, 권영의 벽이 뚫렸다.

쩌저저적!

권영의 벽이 종잇장처럼 찢겨진다.

강력한 기운의 파편이 사방으로 비산한다.

바닥에 떨어져 있던 마른 갈대들이 갈가리 부서져 먼지처럼 휘날린다.

그러나 여섯 번째 벽에 이르자 나아가던 속도가 줄어들고,

결국 일곱 번째 벽에서 검의 진로가 막혔다.

찰나, 좌소천의 쌍권이 목영운의 검을 옆으로 비켜 쳐내며 상하로 나누어졌다.

콰아아!

두 줄기 권세가 건곤을 뒤덮으며 밀려들자, 목영운은 뒤로 물러서며 침착하니 삼 초의 검식을 연달아 펼쳤다.

쾅!

하늘에서 떨어지던 권영이 폭발하듯 터져 나가고, 유영하듯 하복부를 노리며 휘어져 들어오던 권영이 검세에 휘말려 스러졌다.

일 장의 간격을 두고서, 순식간에 좌소천의 권과 목영운의 검이 사 초의 공방을 이루며 뒤엉켰다.

우르릉, 쩌저정!

강기로 이루어진 권영과 검영이 방어벽을 뚫기 위해 서로의 빈틈을 찾아 파고들었다.

이미 단순한 형의 무공으로 승부를 가릴 단계가 아닌 두 사람이다. 내공에 차이가 없다면, 강기의 흐름 사이를 파고들어 상대의 기운을 무력화시키는 것. 거기에서 승부가 가려질 터였다.

어느 순간 두 사람의 기운이 정면으로 부딪쳤다.

콰쾅!

일 장의 간격이 이 장으로 벌어진 순간이었다.

좌소천의 쌍권이 천천히 휘도는가 싶더니, 어느 순간 하나로 합쳐졌다.

찰나, 목영운의 눈이 부릅떠졌다.

눈앞에 떠서 다가오는 주먹 하나!

그리 큰 주먹도 아니다. 강력해 보이지도 않는다. 한데도 꼼짝을 할 수가 없다.

전신이 짓눌리는 기분!

움직이면 당장 가슴을 짓뭉개고 머리를 으스러뜨릴 것만 같다.

건곤합일(乾坤合一)!

등소패조차 가슴 떨리며 바라보았던 건곤신권의 정수다.

목영운은 이가 으스러져라 악다문 턱에 힘을 주고 가까스로 검을 들어 올렸다.

그가 그러한 기분을 느낀 시간은 찰나에 불과했다. 그 찰나의 순간, 목영운의 가슴에 들떴던 자만심이 안개처럼 스러졌다.

그는 검첨을 들어 올려 권영의 한가운데를 찍었다.

그 순간 좌소천의 눈에서 보일 듯 말 듯 이채가 스쳤다.

이를 악문 목영운의 눈빛이 조금 전보다 더 강렬하다. 그러나 그 안에 떠올라 있던 자만의 빛은 이제 보이지 않는다.

좌소천은 목영운을 향해 밀려가는 건곤합일의 권세에 일성의 내력을 더 집어넣었다.

퍽!

둔탁한 소음이 울리고, 검을 앞으로 내민 목영운의 몸이 그대로 일 장가량 죽 밀려났다.

발밑에는 다섯 치 깊이로 길게 파인 고랑이 만들어진 상태.

"크윽!"

억눌린 신음을 흘리는 목영운의 눈이 파르르 떨린다.

좌소천은 한 걸음 물러서서, 신음을 흘리며 이를 악문 목영운을 바라보았다.

'공손 형하고 붙으면 볼만하겠군.'

자신이 판단하기로는 공손양이 도유관이나 능야산보다 한수 위다. 어지간해서는 전력을 쏟지 않으니 잘 드러나지 않아 그렇지.

"내가 졌소."

그때 목영운이 입술을 씹으며 패배를 자인했다.

좌소천은 군이 겸손한 말로 이러니저러니 하지 않았다.

과례는 비례라 했다. 그런 말은 오히려 목영운의 자존심만 건드릴 뿐이었다.

좌소천은 말없이 고개만 숙여 답례를 하고, 고개를 돌려 능야산에게 물었다.

"다른 분들은 어디에 있소?"

능야산은 당연한 결과라 생각했는지 무덤덤한 표정으로 대답했다.

"북쪽 야산의 골짜기에 있습니다."

*　　　*　　　*

헌원신우는 깊게 침잠된 눈으로 마주 앉은 목영락을 바라보왔다.

능야산의 말을 들었을 때만 해도 솔직히 믿지 못했다. 그럼에도 밖으로 나가자 말한 것은, 그 자신이 더 이상 산속에 숨어 살고 싶지 않았기 때문이다.

만일 좌소천이 마음에 안 들면 따로 움직일 생각까지 했다.

한데 목영운이 졌다고 한다. 그것도 십 초를 버티지 못하고.

물론 자신도 가능할지 몰랐다. 아니, 오 초에도 승부를 가를 수 있을 것이었다. 생사를 건 채 전력을 다한다면 말이다.

그러나 일반적인 비무라면, 자신이라 해도 현재의 목영운을 십 초 안에 이긴다는 것은 생각할 수가 없었다.

적어도 상대적인 실력에 있어서는 좌소천이 자신보다 강하다는 뜻.

'차라리 내가 갈 걸 그랬나?'

조카들이 말리지 않았다면 자신이 직접 만나러 갔을 것이다. 그리고 직접 실력을 알아봤을 것이다. 그랬다면 답답함이 덜했을 것이 아닌가.

하지만 이제는 늦은 일이다.

두 번에 걸친 시험은 상대를 모욕하는 일. 헌원신우는 나중을 기약하며 자리를 털고 일어났다.

"가자! 아직 정확히는 모르지만, 그 정도라면 천외천가를 치는 것이 전혀 불가능한 일만은 아닐 것 같구나."

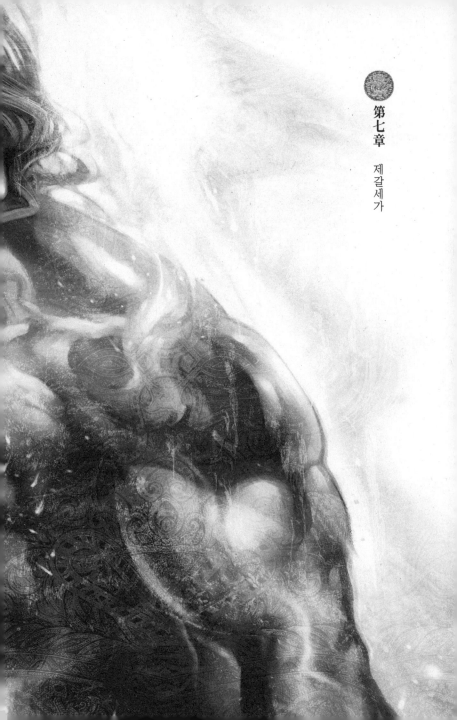

第七章

제갈세가

絶對天王

강 건너편의 양양성 너머로 제갈세가가 있는 융중산이 보인
다.

강변에 도착한 지 이각.

좌소천은 일행들과 함께 배가 건너오기만을 기다렸다.

양양 일대는 제갈세가가 제왕처럼 군림하는 곳. 자신들이
이각 동안 배를 기다리고 있는데도 제갈세가의 사람 중 누구
하나 모습을 보이지 않는다.

그들이 자신의 도착을 모르고 있다는 것은 말도 되지 않았
다.

아마 정은이 소식을 전한 이후부터 일대에 제갈세가의 세작
들이 쫙 깔렸을 것이다. 그러니 적어도 백 리 이전에 자신을

발견하고 연락을 취했을 게 분명했다.

'신경전을 벌여보자는 건가?'

아마도 자신의 행동을 지켜보면서, 상대할 대책을 마련하겠다는 생각인 듯하다.

강을 건너면 뭔가 움직임이 있을 터. 이후 그들이 어떤 행동을 하는지 살펴보면, 그들이 노리는 게 무엇인지 알 수 있을 것이었다.

분명한 것은 하나다.

지금 제갈세가가 하는 행동이 그들에게 전혀 도움이 되지 않는다는 것!

배를 타고 강을 건너자 세 사람이 다가왔다. 둘은 젊고 한 사람만이 마흔 정도의 중년인이었다.

조촐한 환영이었다.

"제갈송엽이라 하오. 좌 공자시오?"

중년인이 좌소천을 똑바로 바라보며 물었다.

적의가 가득한 눈빛. 뭔가가 못마땅한 표정이다.

하긴 좌소천에게 죽은 제갈세가의 사람들이 어디 한둘이던가? 어쩌면 당연한 반응이었다.

좌소천은 그를 마주 보며 무심한 목소리로 대답하고 되물었다.

"그렇소. 군사는 오셨소?"

"세가에서 기다리고 계시오. 따라오시오."

"잠깐, 우리는 양양에서 식사를 하고 갈 것이오. 먼저 가서 조금만 더 기다리라고 전해주시오."

막 돌아서려던 제갈송염의 이마에 주름이 졌다.

"식사는 본 가에서 하셔도 되지 않겠소?"

"신세를 지고 싶지 않소. 원한이 있는 곳에 가서 뭘 먹고 싶지도 않고. 그러니 먼저 가시도록 하시오. 그리 오래 걸리지 않을 것이니까."

제갈송염의 눈빛에 조소가 떠올랐다.

"행여나 본 가가 음식에 독이라도 탈까 봐 겁이 나는 거요?"

슬쩍 떠보듯이 좌소천을 건드리는 제갈송염이다. 하지만 좌소천은 여전히 무심한 표정으로 입을 열었다.

"나는 한 번도 제갈세가를 나의 상대라 생각해 본 적이 없소. 그러니 겁을 낼 이유가 없소."

제갈세가 정도는 내 상대가 되지 못한다, 그 말이다.

제갈송염의 이가 악다물렸다. 옆의 두 젊은이도 싸늘한 눈빛으로 좌소천을 노려보았다.

그러든 말든, 좌소천은 옆으로 고개를 돌렸다.

"갑시다. 해 지기 전에는 제갈세가에 들어가야 하니까."

그러고는 성큼성큼 걸음을 옮겨 양양으로 향했다.

도유관과 능야산이 제갈송염을 향해 피식 웃고, 이자광이 두 청년을 향해 눈을 부라렸다.

사인학이 그들의 뒤를 따라 걸음을 옮기며 중얼거렸다.

"아직 주군이 어떤 분인지 모르고 있군."

말없이 그 뒤를 따르는 사십 명의 사람.

제갈송엽의 표정이 점차 바위처럼 굳어졌다.

배에서 내린 후 가만히 서 있을 때는 몰랐다.

겨우 사십 명의 호위만 데리고 제갈세가를 찾아온 좌소천의 행동을 만용이라 생각했다.

그러나 그들이 움직이기 시작하자 거대한 해일이 밀려가는 듯 느껴진다.

'맙소사! 설마 저들 대부분이 절정의 경지에 달한 고수들이라도 된단 말인가?'

제갈송엽은 그때 문득 떠오른 생각에 고개를 들었다.

중천에 떠올라 있는 해가 보였다.

이제 겨우 미시 초. 해가 지기 전까지는 까마득했다.

'설마······?'

2

양양에서 제갈세가까지, 무사들이 빠른 걸음으로 걸으면 반 시진도 걸리지 않는 거리다.

좌소천이 제갈세가에 도착한 시각은 유시 말. 해가 융중산 너머로 모습을 감추기 직전이었다.

제갈진문을 비롯한 제갈세가의 사람들은 예정보다 두 시진을 더 기다려야만 했다.

본래의 계획은, 제갈세가에 온 좌소천을 무시한 채 객당에서 두어 시진 기다리게 할 생각이었다. 그 후 마음이 흔들린 그를 상대하며 보다 더 유리한 협상을 하려고 했다.

오는 것을 알면서 모른 척한 것도 그 때문이고, 양양의 선창가에 세 사람만 내보낸 것도 그래서였다.

한데 좌소천이 양양에서 식사를 한다면 두 시진을 늦게 오는 바람에 상황이 거꾸로 되어버렸다. 두 시진을 기다리는 사이 그들의 마음이 흔들린 것이다.

좌소천이 일행과 함께 정문으로 다가가자, 정문에 나와 있던 제갈세가의 사람들이 일제히 싸늘한 눈빛을 한 채 그를 노려보았다.

좌소천은 고향집을 찾아온 듯 태연한 걸음걸이로 그들을 향해 다가갔다.

그때 제갈진경이 앞으로 나왔다.

"오랜만이군."

"그리 반기는 분위기는 아니군요."

"반길 거라 생각하고 온 것은 아닐 텐데?"

그런 생각은 아예 하지도 않았다. 검을 들고 죽이겠다며 달려들지 않은 것만도 다행이었다.

좌소천은 무표정한 얼굴로 제갈세가의 건물을 둘러보았다.

팽팽한 긴장감이 느껴지긴 하지만 어디에서고 매복이나 암습의 조짐은 보이지 않는다. 뒤통수를 칠 계획은 없는 듯했다.

'그래도 하늘에 대고 침 뱉기는 싫은가 보군.'

좌소천의 태연한 행동에 제갈진경이 곤혹스런 표정을 지

었다.

"도무지 자네에 대해 알 수가 없군. 왜 진문의 조건을 받아들여 이곳을 협상 장소로 택한 것인가?"

"양금을 남기는 것보다는 낫지 않겠습니까?"

"감당할 수 없는 일이 벌어질지 모르는데도 말인가?"

"글쎄요, 누가 감당할 수 없을지는 아직 아무도 모르는 일이지요."

담담한 말투다. 제갈세가쯤은 자신을 어떻게 하지 못한다는 자신감이 배인 말투.

제갈진경은 그래서 더 가슴이 무거워졌다.

'가주가 엉뚱한 생각을 하지 않았으면 좋겠는데……'

하지만 모든 사람이 그의 마음과 같지는 않았다. 칠순에 가까운 노인이 카랑카랑한 목소리로 좌소천에게 물었다.

"네가 좌소천이더냐?"

좌소천은 눈을 돌려 그 노인을 바라보았다.

"그렇습니다."

"제갈모라는 이름에 대해 아느냐?"

장하경에게 들었다. 자신이 대홍산 입구에서 벤 제갈세가의 사람 중 하나의 이름이 제갈모라 했었다.

"압니다."

"너의 손에 죽은 그 아이, 내 아들이었다. 내가 왜 이 자리에 나왔는지 알겠느냐?"

툭, 말을 내뱉은 노인이 분노의 불길이 이는 눈으로 좌소천을 노려보았다.

좌소천도 무심한 눈으로 노인의 눈을 마주 보았다.

"누군가가 귀하를 죽이겠다고 쫓아와 달려들면, 그것도 원수의 집안사람이 그리한다면, 귀하는 손 놓고 보기만 할 겁니까? 만일 그렇다고 한다면, 내 잘못을 인정하지요."

노인의 주름 진 입술이 씰룩이고, 입가의 수염이 파르르 떨렸다.

"너의 실력이 정말로 진경이의 말대로라면, 굳이 죽일 필요는 없었지 않느냐?"

"그럼 대신, 대항하지 못하게 하기 위해서라도 그곳에 있던 모든 사람의 팔과 다리를 하나씩 잘랐을 겁니다. 그게 더 나았을 거라 생각하시는 겁니까?"

무사에게 있어 그것은 죽음과 다름없었다.

노인, 제갈진오라 해서 어찌 그걸 모를까.

그러나 아버지 된 사람으로서, 그는 자신의 아들을 죽인 좌소천의 말을 인정하고 싶지 않았다.

"어쨌든 내 아들과 제갈세가의 무사들을 죽인 것은 너다. 그것만큼은 변함없는 사실이지."

"웃기는군요."

"뭐야?!"

"강호에 나와 상대에게 검을 들이댄 이상, 죽고 사는 것은 오직 자신의 실력에 달린 문제입니다. 약하면 죽고, 강하면 사는 것이지요. 귀하의 아들이 나에게 검을 들이댔지만, 나는 강하기에 살아남았고, 귀하의 아들은 약하기에 죽었을 뿐입니다. 거기에 제갈세가라는 이름은 아무 소용도 없지요."

"네가 감히!"

"지금이라도 그때의 문제를 힘으로 해결하고 싶다면 얼마든지 하시지요. 제갈세가 전체가 다 덤벼도 상관없습니다."

할 말을 다 했다는 듯 말을 맺은 좌소천은 좌수로 무진도를 쥐었다.

제갈진오와 함께 분노한 표정으로 좌소천을 노려보던 자들이 어이없다는 표정을 지었다.

제갈세가의 정문 앞에서 제갈세가 전체가 다 덤벼도 상대해 주겠다는 태도다.

광오한 그의 태도에 사람들은 분노조차 잊었다.

"네가 감히 하찮은 실력으로 본 가를 능멸하겠다는 것이냐?"

푸들거리던 제갈진오의 입이 열리고 나서야 사람들의 눈에서도 다시 분노의 불길이 쏟아졌다.

"능멸이라……."

좌소천은 나직이 제갈진오의 말을 되뇌며 좌수 엄지로 무진도를 밀어 올렸다.

순간, 금방이라도 달려들 것처럼 발톱을 세운 제갈세가의 중견 고수 십여 명이 급살이라도 맞은 듯 주르륵 뒤로 물러섰다.

자신들이 원해서가 아니었다. 좌소천의 기운이 그들을 밀어

낸 것이었다.

좌소천은 그들을 밀어내고는, 몸을 약간 돌려 정문 옆에 서 있는 고목을 바라보았다.

제갈세가와 운명을 같이한 수백 년 된 고목이었다.

한데 옆으로 뻗은 팔뚝 굵기의 가지 하나가 병에 걸린 듯 푸르름을 잃고 말라간다.

스윽, 움직이는 것 같지도 않았는데 좌소천의 몸이 고목을 향해 미끄러져 나아갔다.

찰나였다.

번쩍! 한줄기 묵선이 가지를 스치며 사라졌다.

"헛!"

그 광경에 제갈진경이 몸을 떨었다.

단 일도에 제갈모의 몸을 갈랐던 그때의 광경이 눈앞에 생생히 떠오른 것이다.

보는 것만으로도 숨이 막힐 것 같던 도세!

'하늘이 갈라지는 것 같았지.'

털썩!

나뭇가지 떨어지는 소리가 심장을 울린다.

그제야 정신을 차린 제갈진경의 눈이 좌소천을 향했다.

그때 어느새 제자리로 돌아온 좌소천의 나직한 목소리가 제갈세가의 사람들 귓전을 파고들었다.

"누구든, 저 나뭇가지를 저렇게 자를 수 있는 사람이 제갈세가에 있다면 내 오늘 한 말에 대해 무릎 꿇고 사과하겠소."

그 말에 누군가가 코웃음 쳤다.

"흥! 나뭇가지 하나 잘랐다고 자랑이라도 하겠다는 건가? 나뭇가지와 사람은 엄연히 다른……."

얼굴이 벌게져 있던 제갈진오가 버럭 소리쳤다.

"멍청한……! 입 다물어라!"

"숙부님?"

한소리 내지른 제갈진오의 입에서 가래 끓는 목소리가 흘러 나왔다.

"오상, 네가 가서 저 나뭇가지를 가져와라."

좌소천은 곤혹해하는 그들에게서 눈을 돌려 제갈진경을 바라보았다.

"군사께선 어디 계십니까? 설마 밤이 올 때까지 이곳에서 기다리라는 말은 아니겠지요?"

제갈진경은 달려가서 잘린 나뭇가지를 보고 싶었다. 그러나 주어진 상황이 그걸 허락하지 않았다. 당장은 눈앞에 벌어진 일부터 마무리 짓고 봐야 했다.

"안에서 기다리시네. 들어가지. 숭, 앞장서라."

제갈진경 뒤에 말없이 서 있던 중년인이 앞으로 나섰다.

"나를 따라오시오."

무정효 제갈숭, 바로 그였다. 곡성에서 만났던 자.

일순간, 돌아서는 그의 눈 깊은 곳에서 끈적끈적하면서도 차가운 눈빛이 일렁였다.

'그냥 넘어갈 성격이 아닌 것 같군. 하긴 그래서 나쁠 건 없

지. 장 형을 위해서라도.'

좌소천의 눈 깊은 곳에서도 싸늘한 한기가 맴돌다 스러졌
다.

제갈세가의 장원은 너무 넓어 어디가 끝인지 보이지도 않았
다.

오랜 세월 정성을 다해 꾸며놓은 수십 채의 건물과 곳곳에
오밀조밀하게 꾸며진 정원은 무턱대고 지어진 것이 아니었다.

하나하나가 진세에 따라 정교하게 만들어지고 다듬어져, 비
상시 진세를 발동시키면 장원 전체가 하나의 진처럼 맞물려
돌아가게 되어 있었다.

'과연!' 이라는 말이 절로 나오는 설계였다.

하지만 그것도 알아볼 수 있는 사람이나 알아볼 수 있지, 모
르는 사람에게는 그저 평범한 장원일 뿐이었다.

하기에 뒤따라오는 직속무사들이나 능야산의 형제들은 유
유자적, 놀러온 사람들마냥 태연한 표정이었다.

'때로는 모르는 게 나은 법이지.'

아마 그걸 알면 순식간에 태도가 돌변해 이를 드러낸 호랑
이처럼 변할 터였다.

그건 지금 상황에서 아무런 도움도 되지 않았다.

그때 앞서 가던 제갈승이 이층으로 된 전각 앞에서 걸음을
멈추고 고개를 돌렸다.

"숙부께선 저곳에서 그대를 기다리고 계시오."

잠시 후.

좌소천과 제갈진문, 두 사람이 마주 앉았다.

넓은 방에는 오직 두 사람만이 있을 뿐이었다. 제갈세가와의 문제 때문에 온 것이 아니기에, 좌소천이 제갈세가의 사람들이 방에 들어오는 것을 거부한 것이다.

그것 역시 제갈세가의 사람들이 생각지 못했던 일이었다. 제갈진문은 왠지 모르게 휘말려드는 것처럼 느껴졌지만, 좌소천의 말이 잘못된 것이 아니니 그리할 수밖에 없었다.

"오래 기다리시지 않았나 모르겠군요."

좌소천의 담담한 인사말에 제갈진문은 입꼬리를 비틀었다.

"본 가는 손님으로 불러들인 사람에게 독을 쓸 정도로 무지한 사람들이 모여 있는 곳이 아니네, 좌 공자."

"뭔가를 오해하셨군요. 독이나 암습이 무서워 밖에서 식사를 한 것이 아닙니다. 마음이 편치 못할 것 같아서 그런 것일 뿐이지요."

"왜? 본 가의 사람들을 죽인 것이 마음에 걸렸나?"

"그거야 어쩔 수 없이 벌어진 일인데, 마음에 걸리고 말 것이 뭐 있겠습니까?"

제갈진문이 인상을 찌푸렸다.

조카들을, 손자들을 죽여놓고 아무것도 아니라는 듯 말한다.

흔들려서는 안 된다는 걸 알면서도, 가슴속에서 분노가 끓어오르는 것은 그도 어쩔 수 없었다.

"너무 지나친 말이라는 생각이 들지 않는가?"

좌소천의 눈빛도 무저의 심해처럼 가라앉았다.

"지나친 말이라 하셨습니까? 아는지 모르겠습니다만, 먼저 저의 가슴에 한을 심어놓은 곳이 제갈세가입니다. 그나마 그 정도로 그친 것을 다행으로 알아야 할 것입니다."

제갈진문도 그 이야기를 듣기는 했다.

제갈진우가 무엇 때문에 천외천가를 도왔는지는 지금도 의문이었다. 분명한 것은 그가 천외천가를 도와주었기에 선우궁현이 죽었다는 것이다.

제갈진문의 이마에 가느다란 줄이 그어졌다.

"으음……."

"그 이야기는 그만 하지요. 저는 제갈세가와 싸우기 위해 이곳에 온 것이 아닙니다. 그걸 잊지 않으셨으면 좋겠군요."

입술을 두어 번 씰룩이던 제갈진문이 천천히 고개를 숙여 찻잔을 잡았다.

"좋네. 그 일에 대해선 그만 이야기하고 다른 이야기를 해보도록 하지."

첫 번째 기세 싸움은 좌소천의 승리였다.

그러나 곧이어 제갈진문의 반격이 시작되었다.

"먼저 한 가지 확인할 것이 있네. 실력을 떠나, 제천신궁의 호북 총지부장이라는 자네가 과연 혁련 궁주의 눈을 속이고 우리와 같은 길을 갈 수 있겠나?"

"그거야 두고 보면 알 일이지요."

제갈진문이 이때라는 듯 좌소천을 몰아쳤다.

"그런 어정쩡한 대답을 바라는 것이 아니네. 확실한 답을 해 주게나."

"그렇다고 하면, 무조건 믿으실 겁니까?"

"그건 아니지만……."

"제가 이곳까지 놀러 왔다 생각하시는 건 아니겠지요? 지금 중요한 것은 손을 잡을 것이냐 마느냐가 아니라, 적을 어떤 방식으로 상대할 것이냐 하는 것처럼 보입니다만. 그걸 알아야 손을 잡아도 될 상대인지 아닌지 알 수 있지 않겠습니까?"

방식이 마음에 들지 않으면 손을 잡지 않을 수도 있다는 말. 선택을 하는 건 자신이지 당신이 아니라는 뜻이다.

그 말에 제갈진문이 좌소천의 깊이 모를 눈을 빤히 바라본 채 입을 열었다.

"천외천가를 상대하기 위해선 많은 무사들이 필요하네. 혁련 궁주의 허락 없이 많은 무사들을 동원하기 위해선 자네의 결단이 있어야겠지. 내가 묻고자 하는 것은 바로 그것이네. 혁련 궁주의 허락이 없어도 무사들을 움직일 수 있는가 하는 것 말이야."

좌소천은 찻잔을 집어 들었다.

생각대로다. 제갈진문은 자신이 혁련무천과 갈등을 빚고 있다는 걸 알고 있다. 아니라면 저러한 질문을 던질 리가 없다.

반면에, 제갈진문이 아직 정확한 것은 알지 못하고 있다는 말과 같았다.

집어 든 찻잔을 입술에 댄 좌소천은 잠시 생각에 잠긴 듯 눈을 반쯤 감았다.

한데 그 행동이 제갈진문의 눈에는 망설이는 것처럼 보인 듯했다. 그가 냉랭한 말투로 좌소천을 몰아쳤다.

"그 정도도 못한다면 아무리 좋은 계획이 있어봐야 무슨 소용이 있겠는가?"

찻잔을 내려놓은 좌소천이 눈을 들어 제갈진문을 직시했다.

"가지고 계신 계획이나 말씀해 보시지요."

그런 것쯤은 아무런 문제도 아니라는 표정.

너무 자신에 찬 좌소천의 말에 좀 더 강하게 몰아치려던 제갈진문의 입이 꾹 닫혔다.

"무림맹에선 어느 정도의 세력을 동원하실 생각입니까?"

거꾸로 좌소천이 나직이 입을 열어 제갈진문을 압박했다.

제갈진문은 갑자기 욱한 마음에 한 소리 내지르고 싶었다. 하지만 그는 수많은 사람을 부리는 무림맹의 군사답게 숨을 한 번 쉬는 사이 평정심을 유지했다.

"무림맹은 자네가 생각한 것보다 거대하지. 적이 얼마나 강하느냐에 따라 적절히 인원을 동원할 거네."

"적도 군사께서 생각하는 것보다 강합니다. 그들에 대한 판단을 한 번 잘못하면 무사들의 피가 강이 되어 흐를 겁니다."

끝내 제길진문의 눈썹이 꿈틀거렸다.

"자넨 무림맹의 힘을 너무 무시하는 것 같군."

"그만큼 적이 강하다는 것입니다. 무림맹조차 조심해서 상대해야 할 정도로."

"천해 때문에 말인가?"

"천해에 대해 얼마나 아십니까?"

"자세히는 몰라도 알 만큼은 아네."

"그 정도로는 안 됩니다."

"자넨 많이 안다는 말처럼 들리는군."

"말씀을 들어보니, 적어도 제가 군사보다는 많이 아는 거 같군요."

좌소천은 천해에 대해 자신이 알고 있는 바를 말해주었다.

그들의 강함을 설명하기 위해 그는 신녀의 무위에 대한 것부터 설명했다.

그러자 제갈진문이 코웃음 치며 믿지 못한다는 투로 말했다.

"신녀가 강하다는 말은 들었네. 그러나 그녀의 무위가 오제와 버금간다는 것은 믿을 수 없군."

"제 말을 믿을 수 없다면, 오늘의 이야기는 없던 것으로 하지요."

좌소천은 더 이야기할 것 없다는 듯 자리에서 일어났다.

뜻밖이었는지 제갈진문이 엉겁결에 손을 내밀며 변명하듯이 말했다.

"나뿐 아니라, 강호의 어느 누구에게 말해도 믿지 않을 것이네."

"그 말은 잘못되었습니다. 나를 따르는 사람들은 모두 나의 말을 믿지요. 나는, 나를 믿지 않는 사람과는 손을 잡지 않습니다."

무를 칼로 자르듯 말을 맺고 돌아서는 좌소천이다.

예상치 못한 상황.

제갈진문은 멍하니 좌소천의 등을 바라보았다. 그러다 좌소천이 망설임없이 걸음을 떼자 쓴웃음을 지으며 나직이 말했다.

"일단 앉게. 이야기는 아직 시작도 하지 않았는데, 벌써 가면 어떡하나?"

그 말에 걸음을 멈춘 좌소천이 등을 보인 채로 입을 열었다.

"그럼 돌아서는 조건으로 한 가지 협상을 더 하도록 하지요."

"협상을 한 가지 더 하자?"

"그렇습니다."

돌아서는 게 뭐 그리 어렵다고 무림맹의 군사인 자신의 앞에서 조건 운운한다.

한데도 제갈진문은 화를 내지 않았다.

그는 우둔한 사람이 아니다. 한때는 제갈세가의 지낭이었으며, 현재 무림맹의 군사가 바로 그다.

그런 제갈진문이기에, 좌소천의 말속에 자신이 미처 예상치 못한 뭔가가 있다는 것을 감으로 느낀 것이다.

"어디 말해보게. 들어보고 결정하지."

좌소천이 천천히 돌아서며 나직이 말했다.

"제천신궁에 대한 것입니다."

제갈진문의 눈이 살짝 커졌다.

"제천신궁?"

"정확히는, 궁주인 혁련무천에 대한 것이라 해야겠지요."

제갈진문은 자신도 모르게 탁자 위에 놓인 손을 거머쥐었다.

가슴 깊숙한 곳에서 알 수 없는 떨림이 인다. 묘한 기분이다.

'오랜만에 이런 기분이 드는군.'

본능이 말하고 있다.

좌소천의 입에서 나올 이야기가 결코 천외천가의 일 못지않은 중요한 것이라는 걸.

그제야 제갈진문은 좌소천이 왜 자신을 만나러 이곳까지 왔는지 어렴풋이 알 것 같았다.

"일단 앉게. 한번 이야기를 들어보세."

좌소천이 돌아선 그 시각.

제갈세가 깊은 곳의 전각 안에선 십여 명이 탁자 위에 놓인 나뭇가지를 바라보며 말을 잃었다.

모두가 오십이 넘은 제갈세가의 장로와 칠십이 넘은 원로들이었다. 그들 중에는 강호에 나가지 않은 지 이십 년이 넘은 사람도 있었고, 아예 강호 활동을 하지 않아 세상에는 알려지지 않은 사람조차 있었다.

하지만 그들 중 누구도 좌소천처럼 탁자 위에 놓인 나뭇가지를 자를 수 없었다.

문제는 그것이었다.

침묵이 버거운지 손에 턱을 괴고 있던 육순의 노인이 입을 열었다.

"오래전, 맹주이신 우경 진인의 검을 본 적이 있었습니다."

검제 우경 진인. 현 무림맹의 맹주.

그에 대해 모르는 사람이 누가 있으랴.

사람들은 모두 입을 연 노인을 바라보며 그의 말이 이어지기를 기다렸다.

제갈세가에서 무(武)에 관한한 제일인이며, 지난바 무예가 육기와 비등할 거라 여겨지는 존재. 지검자(智劍者) 제갈진유가 바로 그였던 것이다.

"이십 년 전이었지요. 당시 오십 초반이었던 그분께서 천천히 바위를 내려치는데, 검이 닿기도 전에 바위가 소리없이 갈라졌습니다. 한데 잘린 면이 거울처럼 매끄럽더군요."

이십 년 전이라면 우경 진인이 오십대 초반일 때다.

당시 우경 진인의 무위는 절대의 경지 초입에 이르러, 그때부터 강호인들이 그를 검제라 부르기 시작했다.

만일 좌소천이 자른 나뭇가지와 우경 진인이 자른 바위의 흔적이 같은 경지를 보이는 것일 경우, 그것은 한 가지를 의미했다.

좌소천의 무위가 절대의 경지에 들어섰다는 뜻.

다만 두 혼적이 같은 경지인지를 판단하기가 쉽지 않았다. 심지어 제갈진유조차 확신을 하지 못했다.

하나 그 정도만으로도 제갈세가의 사람들은 경악하며 고개를 저었다.

"허어, 그 나이에 어떻게 그럴 수가……."

"으음……."

여기저기서 탄식과 침음성이 흘러나온다.

그때 조용히 앉아 있던 작은 키의 노인이 고개를 들었다.

그는 제갈세가의 제일 어른은 아니지만, 현재 방에 모인 사람들 중에서는 가장 나이가 많은 제갈진건이었다. 그의 나이 여든둘. 현 가주인 제갈황의 유일한 친백부였다.

"그렇다면 현우자의 말이 사실일지도 모르겠군."

현우자는 좌소천이 오제와 비견될 만큼 강하다고 했다. 지금까지 그 말을 곧이곧대로 믿는 사람은 아무도 없었다.

하지만 두 혼적이 비슷한 경지라면 어느 정도는 사실이라는 말, 믿지 않을 도리가 없었다. 그렇다면 그를 상대할 방법도 바꿔야 할 것이었다.

제갈진건의 눈이 맨 끝에 앉은 오십대 초반의 중년인을 향했다.

"아이들에게 함부로 움직이지 말라고 해라. 벌에 쏘였다고 홧김에 벌집을 건드려 봐야 좋을 게 없으니까. 벌집은… 아주 조심스럽게 상대해야 하는 법이야."

"알겠습니다, 백부님."

하지만 세상사에 달관했다는 제갈진건조차 미처 알지 못하는 사실이 있었다.

제갈세가의 사람들 모두의 마음이 그의 뜻과 같지는 않다는 것을. 그리고 좌소천의 진정한 무위가 어느 정도라는 것 역시.

어둠이 짙어지는 시각.

화톳불이 여기저기서 피어오르며 장원을 밝혔다.

어느덧 협상이 시작된 지 한 시진. 그동안 좌소천 일행과 제갈세가의 무사들은 양편으로 갈라선 채 전각 앞을 떠나지 않았다.

한데 그렇게 가만히 선 채 시간이 흐르자, 갈라선 사람들 사이에서 냉기가 흐르더니, 살얼음판 위에 올라선 것처럼 긴장감이 흐르기 시작했다.

좌소천 일행은 마흔네 명, 그들을 둘러싼 제갈세가의 무사들은 백여 명이나 되었다.

한데도 좌소천 일행은 담담한 표정인 반면, 제갈세가의 무사들은 팽팽하게 당겨진 실처럼 잔뜩 긴장한 상태였다.

칼만 가져다 대면 뚝 끊어질 것 같은 아슬아슬한 상황.

한데 그렇게 얼마나 지났을까, 장시간 서 있는 것이 지겨운지 이자광이 말을 걸었다.

"이보쇼. 이곳은 사람을 세워두고 물 한 모금도 주지 않소?"

이자광의 커다란 목소리에 제갈세가의 무사들이 당황하며

흔들렸다.

벌써 한 시진째. 주인 된 입장으로서 손님을 세워두기만 한 것이 마음에 걸리는 것이다.

제갈승이 못마땅한 표정으로 물었다.

"뭘 가져다주면 되겠소?"

이자광이 반색하며 말했다.

"간식으로 먹을 것도 좀 주고, 괜찮다면 술도 몇 병 주시구려."

넉살 좋은 이자광의 말에 갑자기 팽팽히 당겨져 있던 긴장감이 확 풀어졌다.

"미안하지만 지금 술은 안 되오. 협상이 끝나고 나면 드리겠소."

"거, 사람들이 쫀쫀하기는……."

전하련이 투덜거리는 이자광의 옆구리를 쿡 찔렀다.

"곰탱이, 지금이 술 마실 때야?"

"윽, 그럼 술 마실 때가 따로 있어? 마시고 싶으면 마시는 거지. 분위기도 좀 누그러뜨릴 겸 한두 잔은 괜찮을 것 같은데 뭐."

틀린 말은 아니었다. 하지만 술을 마실 만한 상황이 아닌 것도 분명했다.

사인학이 넌지시 전하련 편을 들어 이자광을 말렸다.

"자광, 제수씨의 말을 들어. 괜히 혼나지 말고."

"제수씨? 그게 무슨 말이지? 형수지, 왜 제수씨야?"

퍽!

전하련이 이자광의 정강이를 힘껏 걷어찼다.

그러고는 수많은 사람들 앞에서 장난 같지도 않은 말을 하는 이자광을 잡아먹을 듯이 노려보았다.

"이 미련 곰탱이!"

도유관을 비롯한 직속무사들은 안되었다는 표정으로 이자광을 바라보았다. 앞날이 훤히 보인다는 눈빛들이었다.

종리명한은 특유의 싸늘한 표정에 혀까지 차가며 이자광을 흘겨봤다.

"쯔쯔쯔, 이씨 집안에 공처가 하나 나오겠군."

이자광이 별거 아니라는 투로 말했다.

"괜찮아. 우리 아버지도 어머니에게 꼼짝 못하는데 뭐."

"……"

능야산의 형제들은 이자광과 직속무사들이 벌이는 대화에 끼어들지도 못하고 피식 웃기만 했다.

그런 한편으로는 놀라지 않을 수 없었다. 천하태평한 그들의 행동은 한 가지를 의미했다.

그만큼 좌소천을 믿고 있다는 것!

도대체 그의 무엇이 저토록 사람을 믿게 하는 것일까?

단순히 강하다고 해서 그런 것이 아닐 것이었다. 강한 것 외에 또 다른 '무엇'이 있기 때문일 터였다.

하지만 모두가 그렇게 생각하는 것만은 아니었다.

제갈세가 사람들에게는 이자광과 직속무사들의 농담짓거리

가 자신들을 무시하는 것처럼 보였다.

기분이 상했는지 한 사람이 나서서 질책하듯이 말했다.

"이곳은 당신들 놀이터가 아니외다. 자중해 주시오."

이자광이 고개를 하늘로 쳐들더니 퉁퉁거리며 중얼거렸다.

"빌어먹을, 이놈의 집안에서는 농담도 않고 사나?"

한데 그는 중얼거리는 목소리도 남보다 훨씬 커서, 십여 장 떨어진 곳에 있는 사람도 들을 정도였다. 하물며 삼 장 정도 떨어져 있는 제갈승이 못 들을 리 없었다.

"방금 뭐라고 했나?"

그가 날 선 목소리로 물으며 이자광을 향해 다가갔다.

없는 트집거리라도 억지로 만들어야 할 판이었다. 그러던 차에 터져 나온 이자광의 말은 그에게 훌륭한 먹잇감이었다.

"본 가가 그리 우습게 보이나? 덩치가 크면 머리에 든 것이 없다더니, 지금 무식을 자랑이라도 하겠다는 건가?"

이자광의 얼굴이 서서히 일그러진다. 그걸 본 사인학이 재빨리 앞으로 나섰다.

"무심코 한 말을 가지고 너무 그렇게 정색할 것은 없지 않습니까?"

"자네라면, 자네 집안을 모욕하는데 참을 건가?"

"그건 아니지만, 그래도 농담하다 한 말을 너무 심각하게 생각하실 건 없잖습니까?"

"흥! 자네 집안에서 그렇게 교육시키는지 몰라도, 본 가는 자식들을 그렇게 교육시키지 않는다네."

말끝마다 집안, 집안이다. 사인학도 고개를 쳐들고는 하늘의 별을 바라보았다.

숨을 크게 한번 들이쉰 사인학은 여전히 웃음 띤 얼굴로 어깨를 으쓱했다.

"물론 그렇게 교육시키지는 않죠. 하지만 그래도 무턱대고 손님에게 뭐라 하지도 않습니다."

"홋! 어디 구석에서 그럭저럭 행세깨나 하는 집안인가 본데, 그렇다고 자네 집안과 본 가를 똑같이 생각하지는 말게."

사인학의 표정이 서서히 굳어졌다.

"지금 시비 걸자는 겁니까?"

그때 종리명한이 손을 내밀어 사인학의 앞을 막았다.

"물러서게, 인학."

평소에는 능글거리고 잔머리 굴리는 짓도 가끔씩 하는 사인학이다. 그래서 사람들은 사인학의 성격을 온순한 걸로만 알고 있다.

하지만 그것은 하나만 알고 둘은 모르는 소리였다. 한번 돌아버리면 누구도 못 말리는 사람. 그게 사인학이었던 것이다.

지금까지는 용케 그의 조문을 건드리는 사람이 없어 조용했지만, 집안 이야기가 나온 이상 그냥 지나가기는 틀린 상황이었다.

그가 집을 떠나 제천신궁으로 향한 이유 중 하나가 그러한 성질 때문이라는 것을 친구인 종리명한만큼은 잘 알고 있었다.

하기에 그로선 사인학이 돌기 전에 막아야 했다. 아니면 지금의 사태가 어떻게 발전할지 아무도 몰랐다.

다행히 사인학이 순순히 물러선다.

종리명한이 제갈승을 향해 나직하게 입을 열었다.

"이제 그만 하시지요."

문제는 그의 냉막한 인상과 싸늘한 말투가, 여자라면 모를까 남자에게는 그리 호감을 주지 못한다는 것이었다.

특히 상대가 나이 먹은 사람이라면 더 그랬다.

"건방진 놈들이 감히……!"

제갈승이 파르스름한 안광을 빛내며 이를 갈았다.

종리명한은 눈을 가늘게 뜨고 난감한 표정을 지었다. 그런데 그게 또, 남이 보기에는 한번 하려면 하자는 것처럼 느껴지는 표정이었다.

입술을 말아 올린 제갈승의 눈에서 살기가 스멀거렸다.

"오냐, 네놈들이 하자면 내 못할 줄 알았더냐? 가주께 벌을 받는 한이 있어도 네놈들을 가만두지 않을 것이니라!"

순간, 제갈승의 말이 떨어지자마자 기다렸다는 듯 세 명의 삼십대 무사가 앞으로 튀어나왔다.

당장이라도 달려들 것 같은 모습.

휘리릭, 짝!

전하련의 허리에 둘러졌던 채찍이 허공을 한 바퀴 돌고 바닥을 후려쳤다.

"멈춰요! 뭐예요? 그깟 일로 정말 싸우자는 거예요?"

"흥! 시작은 너희들이 먼저 하지 않았느냐?"

"시작? 먹을 것 좀 달라는 것이 그렇게 고깝던가요?"

"누가 그것 때문에 이런다더냐? 네놈들이 본 가를 모욕하지
만 않았다면 내가 왜 이러겠느냐?"

제갈승의 말에 전하련의 고개가 살짝 모로 꺾어졌다. 그러
더니 뭔가를 알았다는 듯 차가운 비웃음이 입가에 걸렸다.

"오호라! 이제 보니 주군과 제갈세가 사이에 좋지 않은 일이
있었다 들었는데, 그 때문에 별것도 아닌 것을 시빗거리 삼겠
다는 생각이로군."

자신의 생각이 들켰다는 생각에 제갈승은 상황을 더욱 급하
게 몰아쳤다.

"건방진 계집! 네가 감히 나를 모욕하겠다는 것이냐?"

"뭐야?! 건방진 계집? 당신 지금 말 다했어?!"

전하련도 지지 않고 으르렁거렸다.

이자광도 눈을 부릅뜨고 전하련 옆에 섰다.

"당신 방금 뭐라고 했어? 다시 말해봐!"

그러자 제갈세가의 무사들 중 십여 명이 더 앞으로 나왔다.

"당주, 저희들이 상대하겠습니다."

순식간에 상황이 이상하게 변해 버렸다.

전하련과 이자광, 사인학, 종리명한이 제갈세가의 무사들과
대치한 채, 당장 서로를 향해 달려들기 직전이다.

"하자면 마다하지 않아."

도유관이 냉랭하게 말하며 걸음을 옮기고, 능야산과 홍려

운, 관추룽, 언자홍도 이자광 등과 합세했다.

제갈세가의 한가운데 있다는 것을 잊은 듯, 너무도 태연한 행동이다.

'후후후, 제대로 걸렸군. 겁대가리없는 놈들! 모두 죽여주마!'

제갈승은 차가운 조소를 입에 물고 슬쩍 고갯짓을 했다.

그의 뒤에 늘어서 있던 제갈세가의 무사들 모두가, 천천히 좌우로 벌어지면서 직속무사들과 능야산의 형제들을 둘러쌌다.

쩌저적.

살얼음에 금이 가는 소리가 들리는 듯했다.

별것도 아닌 일이 피를 튀기는 혈전으로 변하려는 상황.

바로 그때, 직속무사들 뒤쪽에서 나직한 목소리가 흘러나왔다.

"제갈세가라면 중원의 명문가라 들었는데, 강호의 소문은 역시 믿을 게 못 되는군. 그만한 일로 손님들에게 검을 겨누려 하다니."

제갈승의 독기 흐르는 눈이 소리가 들려온 곳으로 획 돌아갔다.

목소리의 주인은 조용히 서 있는 오십대 중반의 중년인이었다.

다름 아닌 헌원신우, 바로 그였다.

그에게서 느껴지는 알 수 없는 압박감에 제갈승의 목소리가 저절로 낮게 깔렸다.

"귀하는 누구요? 귀하도 좌소천이라는 자의 수하요?"

"수하라… 일단은 동료라 해두지."

담담한 가운데 무게있는 목소리다. 더구나 바윗덩이처럼 느껴지는 헌원신우의 묵직한 모습은 제갈승으로 하여금 함부로 입을 열지 못하게 했다.

'저자는 누구지?'

조금 전까지만 해도 별다른 관심을 끌지 못했던 자다. 나이를 먹은 것 외에는 특별한 것이 없어 보였다.

한데 입을 열자 만근의 무게가 느껴진다.

제갈승은 이를 지그시 악물고 헌원신우를 노려보았다.

그때 문득 기이한 느낌이 들었다.

초로인의 주위에 조용히 서 있는 흑의인들. 그들에게서 피어나는 기운이 어둠을 짓누르고 있다.

'뭐, 뭐야?'

상당한 실력을 갖췄을 거라 생각하기는 했다.

하지만 숫자가 삼십여 명이나 되는데다 싸구려 흑의를 입어서, 단순히 좌소천을 호위하기 위한 호위무사들로 생각했다.

그런데 그게 아닌 것 같다.

'어떻게 저런 자들을 몰라본 거지?'

제갈승은 가슴이 서늘해졌다.

자신이 몰라봤다는 사실. 그것이 말하는 것은 하나였다.

그만큼 흑의인들이 강하다는 것!

제갈승은 무정효라는 별호답게 숨 한 번 쉬는 사이에 마음을 가라앉혔다.

상대가 예상보다 강하다는 것을 안 이상 계획을 수정하지 않을 수 없었다.

'역시 믿는 구석이 있었군. 좋아, 지금은 참지. 하지만 아직 끝난 것은 아니다, 좌소천.'

제갈승은 포위망을 구축하다 말고 멈칫한 무사들을 향해 다시 고갯짓을 했다.

"물러서라."

그러고는 전하련과 이자광을 노려보며 싸늘히 입을 열었다.

"저분의 체면을 봐서 지금은 참겠다. 하나, 한 번만 더 본 가를 모욕하면 그때는 참지 않을 것이다."

"좋으실 대로."

전하련이 톡 쏘고는 손을 가볍게 흔들었다.

바닥에 길게 늘어져 있던 채찍이 살아 있는 뱀처럼 그녀의 허리에 감겼다.

제갈승이 그걸 보더니 눈을 가늘게 떴다.

"추룡편인가? 그걸 믿고 설치다가는 제 명에 못 살 것이다. 앞으로는 입조심하도록."

"흥!"

전하련은 코웃음만 날리고 휙 몸을 돌렸다.

이후 누구도 입을 열지 못한 채 대치는 협상이 끝날 때까지 이어졌다.

좌소천이 방에 들어간 지 두 시진 후.

좌소천과 제갈진문이 방을 나오자 사람들의 눈이 일제히 두 사람을 향했다.

그때 아무런 행동도 하지 않고 말없이 서 있던 제갈조릉이 앞으로 나섰다.

"이야기가 다 끝났다면 잠시 나와 함께 갈 곳이 있소, 좌 공자."

이미 그러한 일이 있을 걸 알고 있었는지 제갈진문이 한 소리 거들었다.

"가주께서 그대를 만나보고자 하시네. 어떻게 하겠나?"

마다한다고 순순히 물러갈 사람들도 아니었다.

무당과의 관계를 생각해서라도 언젠가는 부딪쳐서 해결해야 할 일. 좌소천은 더 생각할 것 없다는 듯 성큼성큼 걸음을 옮겼다.

"갑시다."

그렇게 제갈승의 앞에 다다랐을 즈음이었다. 좌소천의 전음이 제갈승의 고막을 울렸다.

"당신으로 인해 무슨 일이 벌어질지 알고 있소? 봐주는 것은 한 번뿐이오. 다음에는 죽음을 각오해야 할 것이오."

좌소천의 옆모습을 노려보던 제갈승은 턱뼈가 부러지도록 이를 악물었다.

'이 개자식이……!'

순간 좌소천이 걸음을 멈추고 고개를 돌렸다.

두 사람의 눈이 정면으로 마주쳤다.

찰나, 제갈승은 오한이 든 것처럼 몸을 떨었다.

"명심하시오."

좌소천은 여전히 나직한 목소리로 그 한마디만을 남긴 채 다시 걸음을 옮겼다.

하지만 제갈승은 그 자리에서 한참 동안 움직일 수가 없었다.

'마, 말도 안 돼. 믿을 수 없어! 내가 뭘 잘못 느낀 걸 거야!'

뇌전이 머릿속에 떨어져 뇌리가 새카맣게 타는 듯했다. 찰나간의 느낌이었지만, 그때만큼은 서 있기도 힘들 정도였다.

그는 믿을 수 없었다.

천하의 누가 눈빛만으로 자신을 나락에 떨어뜨릴 수 있단 말인가!

말도 되지 않는 일이었다.

조금 전의 긴장감 때문에 자신이 잘못 느낀 것일 터였다. 아니면 기괴한 사술로 자신을 농락한 것이든지.

분명 그랬을 것이었다.

'이놈! 네놈이 감히 나에게 사술을 쓰다니!'

좌소천의 등을 바라보는 그의 눈에서, 잠시간 가라앉았던 독기가 다시 스멀거리며 피어올랐다.

제갈황은 가주의 집무실이 있는 삼층 전각 앞에서 좌소천을 기다리고 있었다.

좌소천은 묵묵히 서 있는 제갈황을 바라보며 걸음을 옮겼다.

제갈황의 얼굴에는 아무런 표정도 떠올라 있지 않았다. 심지어는 분노조차 찾아볼 수가 없었다.

좌소천이 일 장 앞에 서자, 그제야 제갈황의 눈이 처음으로 반응을 보였다.

"의외군. 숙부를 살해하고, 본 가의 사람들을 일도에 쳤다는 말을 듣고 삼두육비의 괴물처럼 생긴 줄 알았는데."

"그래서 실망했습니까?"

제갈황의 눈매가 꿈틀거렸다.

"실망? 글쎄. 나는 사람의 외관을 보고 판단하지 않는다네. 그저 조금 의외라는 것뿐이지."

"저도 좀 의외군요. 혜왕(慧王)이라 해서 서생 같은 모습일 줄 알았는데, 의외로 패왕이라 해도 될 정도로 강한 인상이니 말입니다."

제갈황의 눈이 가늘어졌다.

"그런 평가는 처음이군."

"다행히 그런 평가가 싫지는 않으신가 보군요."

"좋고 싫고가 어디 있겠나? 보는 눈이 다르다 보면 이렇게도 보고 저렇게도 보는 것이지."

"한데 저를 보자 하셨을 때는 서로의 인상이나 판단해 보자고 부른 것은 아니실 텐데, 이제 말씀해 보시지요."

제갈황의 눈에서 싸늘한 빛이 어른거렸다.

"자네가 잘랐다는 나뭇가지를 봤네. 엄청나더군. 솔직히 말해서, 본 가의 누구도 그렇게 할 수 있는 사람이 없다는 것이 어른들의 공통된 생각이네."

거기까지 말한 제갈황이 좌소천의 눈을 직시했다.

"그러나 한 손으로 열 손을 감당하기는 쉬운 일이 아닌데다가, 비록 유문에 본질을 두고 있다 하나 본 가가 보유한 힘은 자네가 생각하는 것처럼 그리 약하지 않다네. 물론 본 가는 무공만으로 적을 상대하지 않기도 하고 말이야."

그의 말뜻은 굳이 머리 굴려 생각할 것도 없이 단순했다. 원한이 있는데 이대로 보낼 수는 없다는 뜻이었다.

"마저 말씀해 보시지요. 뭘 바라시는 겁니까?"

싸움을 바랐다면 굳이 이런저런 말을 할 필요도 없었다. 제갈진문과 함께 전각에서 나온 순간부터 검을 겨누었으면 되었으니까.

다른 뜻이 있다는 말이다.

"강호에 대고 공식적인 사과를 해주게. 그럼 지난 일은 깨끗이 잊겠네."

"하면, 제갈진우라는 분이 한 행동에 대해서는 어떻게 하실 겁니까?"

제갈황의 굳은 눈에서 파랑이 일었다.

받는 게 있으려면 줘야만 한다. 그러나 제갈진우의 문제는 단순히 그렇게 계산해서 말할 수 있는 것이 아니었다.

제갈진우가 한 일을 드러내면 지탄을 받을 수밖에 없다. 게다가 더 큰 문제는, 그가 무림맹의 적이나 다름없는 천외천가와 연결되어 그 일을 했다는 것이다.

좌소천이 무조건 거부를 하지 않고 돌려 말한 것도 그걸 알기 때문이었다.

서로가 공식적인 사과를 할 경우 궁지에 몰리는 것은 제갈세가지 자신이 아닌 것이다.

"지금 자네와 이런 이야기를 하는 것도 마뜩치 않은데, 자넨 나를 너무 구석으로 몰아넣는군."

제갈황의 목소리가 음울하니 낮아졌다.

그러나 그러한 마음은 좌소천도 마찬가지였다.

"저 역시 가주와 마주 앉아 이런 식의 이야기를 나누려고 이곳까지 온 것이 아닙니다."

"우리가 싸워봐야 이득일 게 없다는 것쯤은 알고 있을 텐데?"

"그거야 가주의 마음에 달려 있지요."

"끝내 척을 지겠다는 건가?"

"그 역시 가주가 어떻게 나오느냐에 따라 달라지겠지요."

"그렇게 자신있단 말이지? 좋아, 어디 한번 두고 보지!"

그때였다!

제갈황이 자리에서 일어서더니, 손을 들어 탁자를 내려쳤다.

쾅!

쏴아아아아!

제갈황의 전신에서 만근 거력이 폭포수처럼 쏟아지고, 방 안의 구석에서 네 개의 기둥이 솟구치더니 앞이 뿌옇게 변했다.

좌소천은 무심한 눈으로 제갈황을 바라보았다.

솟구친 기둥으로 인해서 만들어진 안개 때문인지 밖에 있는 제갈황이 흐릿하게 보인다.

실력이 있으면 벗어나 보라는 것 같은 표정이다.

"반 각 안에 벗어난다면 자네의 말을 인정하지."

아니나 다를까, 제갈황이 신광을 번뜩이며 입을 연다.

'훗, 시작인가?'

시험을 할 거라 생각은 했다. 그런데 조금 의외의 방법이다.

하긴 진으로 시험하면 피를 보지 않아도 될 터. 그것도 나름 괜찮은 방법일 듯했다.

'하지만 당신의 생각과는 조금 다른 결과가 나올 것이오. 당신이 원했으니 후회는 말도록.'

좌소천은 차가운 조소를 지으며, 제갈황에게서 눈을 떼고 주위를 훑어보았다.

일월성신(日月星辰), 해와 달과 별이 새겨진 기둥이 진세를 이루고 있다. 한데 선우 백부의 스승이었던 삼뇌자가 남긴 책에서 본 적이 있는 진세다.

'사주사상진(四柱四象陳)이라 했던가?'

간단하면서도, 건물을 지을 때 설치하면 호위무사가 따로 필요없다는 건축진.

어지간한 고수라면 사주사상진만으로도 꼼짝을 할 수 없을 것이었다. 절정의 고수리 해도 움직이기가 쉽지 않을 터였다.

좌소천은 가만히 서서 자신을 둘러싼 진의 기운을 가늠해 봤다.

일반적인 사주사상진에 비하면 상당히 강한 위력이 깃들어 있다. 그만큼 강력한 기운을 견딜 수 있는 뛰어난 자재로 기둥을 만들었다는 뜻이다. 그러나 그뿐, 자신을 묶어두기에는 미약했다.

'원한다면.'

좌소천은 더 볼 것 없다는 듯 좌우를 향해 주먹을 내쳤다.

쿠르릉!

굉음이 일며 방 안이 들썩였다.

진세가 버틸 수 있는 힘보다 월등히 강한 힘에, 금방이라도 진세가 터질 듯이 팽창했다.

순간 좌소천의 권세가 또다시 전후좌우를 향해 뻗어갔다.

콰르르릉!

벽력음이 일며 네 개의 기둥이 활처럼 휘어졌다.

"잠깐! 그만 하게!"

대경한 제갈황이 황급히 소리쳤다.

그러나 좌소천은 못 들은 척, 권을 장으로 변화시켜 또다시 네 개의 기둥을 찍어눌렀다.

쩡! 쩌저정!

끝내 네 개의 기둥이 얼음기둥이 깨지듯이 부서져 무너져 내렸다.

우르르릉.

그와 동시에 건물 전체가 떨어대며 뒤흔들렸다.

좌소천은 네 개의 기둥을 부수어놓고 제갈황을 바라보았다.

"그리 튼튼한 기둥은 아니로군요."

제갈황은 어이가 없는지 눈을 동그랗게 뜨고 부서진 기둥을 바라보았다.

너무 단단해서 도끼날도 파고들지 못한다는 흑단목으로 만든 기둥이다. 게다가 진세가 보호하고 있어 절정의 고수라 해도 흔적조차 남길 수 없을 거라 생각했다.

한데 지붕에서 떨어진 고드름처럼 조각조각 부서져 버렸다. 그것도 도가 아닌 권장에!

제갈황은 서서히 표정을 굳히고 고개를 들었다.

"지독하리 만치 강한 주먹이군."

좌소천은 좌수로 무진도를 잡고 담담히 말했다.

"칼은 조금 더 강하지요. 이제부터… 뒷일은 모두 가주께서 책임지셔야 할 겁니다."

그토록 큰 소란이 벌어졌는데 아무도 들어오지 않는다. 즉 흥적인 시험이 아니라는 말.

계획된 시험이니 더 소란이 일어도 사람이 들어오지 않을 터였다.

'제갈 가주, 그대가 만든 판이니 나를 원망하지는 마시오.'

스윽, 좌수 엄지로 무진도를 밀어 올린 좌소천은 제갈황을 향해 천천히 기세를 흘려보냈다.

갑자기 좌소천의 내력이 밀려들자, 제갈황은 눈살을 찌푸리고 움찔했다.

'설마……?'

그러나 설마 좌소천이 공격을 하랴 하는 마음이 더 강했다.

그는 만일의 경우를 생각해 공력을 칠성 정도만 끌어올리고는 좌소천을 향해 말했다.

"굳이 칼까지 시험할 필요는 없을 것 같군."

하지만 줄어들 줄 모르고 점차 강해지는 좌소천의 기세다.

심장을 짓누르는 압박감!

일순간 제갈황이 당황한 표정을 지었다. 설마 했던 상황이 사실로 변하기 직전임을 직감한 것이다.

혜왕이라는 그조차 그 사실에 침착함을 잃고 다급히 외쳤다.

"이보게!"

"어차피 시험해 볼 거라면 끝장을 보는 게 낫지 않겠습니까?"

"됐다 하지 않는가?!"

"그래도 일단 뺐으니 한번은 휘둘러 보지요."

"글쎄, 안 해도……!"

제갈황이 미처 말릴 틈도 없이 좌소천의 무진도가 도집을 빠져나왔다.

쉬이익!

찰나, 시커먼 묵선이 물결처럼 흘러갔다.

제갈세가의 사람들은 가주의 집무실을 바라보며 결과를 기다렸다.

좌소천의 무위에 대해 정확한 판단이 서지 않자 가주인 제갈황이 직접 시험해 보겠다고 했다.

혜왕이라 불리는 가주의 말이었다. 방법이 있을 터였다.

그런데 일각 만에 전각이 흔들리는 것이 아닌가.

그제야 가주가 생각한 방법이 어떤 것인지를 알고 사람들은 고개를 끄덕였다.

가주의 집무실에는 가주를 지키기 위한 세 가지 안배가 되어 있는데, 가주는 그중 하나를 이용해서 좌소천을 시험하려 한 것이다.

"사주사상진을 발동시킨 것 같습니다."

"흠, 그거라면 정확하진 않아도 대충은 알 수 있을 거네."

하지만 제갈진유만은 미간을 찌푸린 채 입을 닫았다.

'사주사상진으로는 그를 잡아둘 수 없다.'

자신도 전력을 다한다면 사주사상진을 힘으로 부술 수가 있다. 하물며 자신보다 강할지 모르는 좌소천이다. 그를 사주사상진으로 제압한다는 것은 불가능하다 봐야 했다.

다행이라면 사주사상진을 발동시킨 목적이 좌소천의 무위를 알아보기 위해서라는 것이었다.

한데 과연 그렇게 해서 좌소천의 무위를 정확히 알아볼 수 있을까?

자신에게 묻는다면, 단호히 대답할 수 있다.

―반만 알아도 다행일 것이네.

무위라는 것은 그 사람의 내력이나 익힌 초식만으로 판단할 수 있는 것이 아닌 것이다.

'다 좋은데, 너무 강호 경험이 없어.'

냉철한 성격, 뛰어난 머리, 거기에 역대 가주들 중 다섯 손가락에 드는 강한 무공을 지닌 제갈황이다.

그러나 한 번도 강호 활동을 해본 적이 없다.

그것은 사소한 듯 보이면서도 제갈황에게 커다란 약점이었다.

제갈진유가 씁쓸한 표정으로 고개를 젓다 말고 눈을 한곳에 고정시켰다.

좌소천과 함께 온 자들, 제갈진유의 눈이 향한 곳에는 오십 대의 무사가 조용히 서 있었다. 좌소천의 호위무사로 알고 있는 자들 중 하나.

사실 처음에 그들을 봤을 때, 제갈진유는 목구멍까지 튀어나온 놀람을 억누르기 위해서 목에 힘을 주어야만 했다.

숫자는 사십여 명. 한데 반 가까이가 절정의 고수다. 그것도 완숙한 경지에 이른 자가 십여 명이나 된다. 놀라지 않으면 그게 오히려 이상한 일이었다.

한데 지금 자신이 바라보는 자. 그는 자신조차 쉽게 판단할 수 있는 자가 아니었다.

바라보는 것만으로도 스멀거리며 피어오르는 긴장감!

'저자, 내 밑이 아니다.'

나이는 자신보다 몇 살 아래로 보였다. 호위라 하기에는 너무 많은 나이. 더구나 그의 무위는 자신조차 긴장감을 느낄 정도였다.

그렇다면 단순한 호위무사가 아니라는 말.

제갈진유는 천천히 숨을 몰아쉬며 긴장감을 늦추고 헌원신우를 바라보았다.

바로 그때, 헌원신우도 그의 기운을 느끼고는 천천히 고개를 돌려 제갈진유를 바라보았다.

일순간 두 사람의 눈이 마주쳤다.

마치 한줄기 팽팽하게 당겨진 실이 두 사람의 눈을 연결해 놓은 듯했다.

그때였다. 문이 열리고 좌소천이 밖으로 나왔다.

들어갈 때와 다름없는 무표정한 얼굴, 태연한 걸음걸이다.

제갈진유는 고개를 돌리고, 의혹이 가득 찬 눈으로 전각을 바라보았다.

'가주는?'

제갈황은 나오지 않았다. 안에서 들리는 소리도 없었다.

가주의 호위무사 두 사람이 재빨리 가주의 집무실 문을 열고 안을 바라다본다. 그러다 못 볼 것을 본 것마냥 후닥닥 문을 닫고 앞을 막아선다.

뜻밖의 행동에 제갈진경이 눈살을 찌푸렸다.

그의 마음을 대변이라도 하듯 제갈조릉이 호위무사에게 급히 물었다.

"무슨 일이냐?"

"그게… 가주께서 아무도 들어오지 말라 하시고는……."

방 안은 난장판이라는 말이 딱 어울리게 어수선했다.

사방에는 부서진 나무 조각들이 널려 있고, 항상 놓여 있던 자단목 탁자의 자리에는 대팻밥 같은 잔재들만이 수북히 쌓여 있을 뿐이었다.

그 너머에 앉아 있던 제갈황이 손을 저으며 전음을 보내지 않았다면, 당장 뛰어들어서 무슨 일인지 파악해 봤을 것이었다.

그러나 제갈황의 힘없는 목소리에 그들은 들어갈 엄두도 내지 못했다.

언제나 자신감에 차 있던 제갈황만 봤던 그들이기에, 나락에 떨어진 듯 망연자실한 표정은 왠지 모를 두려움마저 주었던 것이다.

제갈세가의 사람들은 의혹이 덩어리진 눈빛으로 좌소천을 직시했다.

그사이 좌소천은 전각 앞에 늘어선 사람들 사이를 지나 일행에게 다가갔다.

더 이상 제갈세가에 머무를 이유가 없었다.

제갈진문과의 협상도 끝났고, 어찌 되었든 제갈황과의 이야기도 마무리가 되었다.

밤이 늦었다고는 하지만, 그로선 어떤 위험이 있을지 모르는 제갈세가에서 밤을 새고 싶지 않았다.

한데 그때, 화톳불에서 멀리 떨어져 있는 일행에게 다가가던 좌소천의 눈이 한곳을 향했다.

넓은 마당에 나와 있는 제갈세가의 사람들은 모두 이백여 명. 그들 중 그의 눈길을 사로잡을 만한 자는 몇 되지 않았다.

그러나 한 사람만큼은 그가 관심을 가지지 않을 수 없었다.

뒷짐 진 채 구석진 곳에 조용히 서 있는 노인. 바로 제갈진유였다.

그를 본 순간 좌소천은 그의 정체를 짐작했다.

'지검자 제갈진유. 제갈세가 제일고수라는 자. 제갈세가가 자랑할 만한 자군.'

제갈진유 역시 좌소천을 물끄러미 바라보다 표정이 굳어버렸다.

좌소천이 바라본다.

그냥 바라보는 것이 아니다.

자신의 기운을 느꼈기 때문이다. 다시 말해 자신이 지닌 능력을 알아챘다는 뜻이다.

한데 눈이 마주친 순간, 아득한 기분에 하마터면 눈을 감을 뻔했다.

그것이 뜻하는 바는 하나다. 좌소천이 자신보다 강하다는 말!

제갈진유는 갑자기 가슴 깊은 곳에서 열기가 피어오름을 느끼고 뒷짐 진 손에 힘을 주었다.

호승심. 지난 이십여 년간 꺼져 있던 호승심에 불씨가 지펴진 것이다.

'허어, 이런 기분을 다시 느낄 수 있다니.'

제갈진유는 좌소천이 천천히 돌아서는 것을 보며 자신도 몸을 돌렸다.

돌아서는 그의 눈에서 흘러나오는 은은한 열기. 심장이 점점 뜨겁게 달아오른다.

싫지는 않았다. 마치 십 년은 젊어진 기분이었다.

'좋아, 아주 좋아. 이기든 지든……'

3

좌소천은 제갈세가를 나오자마자 일행들과 함께 양양으로 향했다.

제갈세가에서 양양까지는 삼십 리. 좌소천은 걸음을 서두르지 않았다.

급히 가봐야 반 시진 차이다. 늦게 간다고 뭐라 할 사람도 없었다. 그리고 좌소천에게는 늦게 가야만 할 이유가 있었다.

얕은 산등성이를 넘어갈 때다.

"그가 누군가?"

헌원신우가 참지 못하고 물었다.

좌소천은 그가 누구에 대해 물었는지를 알기에 가벼운 미소가 입가에 걸렸다.

"제갈진유라는 사람입니다. 제갈세가 제일의 고수지요."

"문을 중시한다는 제갈세가에 그런 자가 있다니, 정말 뜻밖이군."

"강호인들은 그를 지검자라 부르지요."

무슨 생각을 하는지 헌원신우의 표정이 서서히 굳어졌다.

"오제 육기 구마에 속하지 않은 자가 그토록 강하다니……."

"비록 그들과 나란히 이름을 올리지는 못했지만, 강호인들은 그를 육기의 아래로 생각하지 않습니다. 검을 익힌 자로만 따진다면, 능히 강호에서 열 손가락 안에 들어갈 인물이지요."

두어 번 입을 달싹이던 헌원신우가 입을 꾹 다물었다.

좌소천은 그가 무엇 때문에 그러는지 알고 소리없이 웃음을 지었다.

헌원신우는 강하다.

절대경지의 초입에 이르렀으니 강하지 않을 수가 없다. 자신의 무공에 대단한 자신감을 가질 정도로.

그러나 세상에는 그만큼 강한 자가 제법 되었다. 그리고 그보다 강한 자도 손가락 수만큼이나 많았다.

이제 헌원신우도 그걸 알았을 것이었다.

'이번 길에 제법 많은 걸 얻었어.'

좌소천은 만족한 표정을 지으며 산등성이를 넘어갔다.

한데 산등성이를 넘어 그리 깊지 않은 골짜기에 들어섰을 때다. 앞쪽에서 약간의 소란이 일더니, 전하련의 다급한 목소리가 들린다.

"어? 자광! 어디 갔어?"

"려운, 자홍!"

뒤이어 관추룽의 당황한 목소리까지.

좌소천이 급히 외쳤다.

"잠깐, 걸음을 멈추시오!"

마혈이라도 찍힌 것처럼, 선두에서 걷던 사람들이 일제히 멈춰 섰다. 동시에 뒤돌아선 관추룽이 당황한 목소리로 소리쳤다.

"주군, 자광하고 려운하고 자홍이 어둠 속으로 사라졌습니다!"

"천천히 뒤로 물러서시오. 진이 펼쳐져 있소."

좌소천의 입에서 '진'이라는 말이 떨어지자, 사람들이 좌우를 살펴보며 천천히 뒷걸음질로 물러섰다.

좌소천은 물러서는 사람들 앞으로 나섰다.

일반적인 밤의 어둠은 아무런 방해도 되지 않는다. 한데 앞이 잘 보이지 않을 정도로 기이한 어둠이 앞을 가로막고 있다.

문제는 어둠 속 대기의 흐름이 불규칙하다는 것이다. 누군가가 강제로 돌렸다는 말. 다시 말해 기문진이 펼쳐져 있다는 뜻이다.

낮이었다면 바로 발견했을 터였다. 하다못해 자신이 선두에 있었다면 절대 말려들지 않았을 것이었다.

'첫 번째 인사는 진인가?'

누가 설치했는지는 굳이 물을 것도 없었다. 제갈세가의 길
목에 기문진을 설치할 자가, 제갈세가의 인물 말고 누가 있겠
는가.

좌소천은 앞을 지그시 바라보고는, 손을 들어 일권을 내려
쳤다.

우르릉!

벽에 가로막힌 듯 권세가 나아가지 못하고 옆으로 흐른다.

권세의 흐름을 유심히 지켜보던 좌소천은 한 발을 앞으로
내딛었다. 그러고는 우수를 들어 하늘을 가리키고, 좌수를 내
려 땅을 가리켰다.

일순간 두 손이 휘저어지며 하늘과 땅이 뒤집어졌다.

그와 동시였다.

좌소천은 우수로 건(乾)의 서북방을 후려치고, 좌수로 곤(坤)
의 남서쪽을 두들겼다.

앞에 펼쳐진 진세의 이름을 정확히 알지는 못한다. 그러나
팔괘(八卦)에 기본을 둔 진세인 것만은 확실하다.

일단은 진세의 기둥을 이루는 곳을 부수어야만 했다.

하기에 좌소천은 진세 안으로 한 걸음 걸어 들어가, 건곤신
권으로 기본적인 팔괘의 방위를 차례대로 강타했다.

순간, 콰르르릉!

우렛소리가 울리며 진세 전체가 흔들렸다.

이미 무력으로 진세를 부수어본 경험이 있는 좌소천이다. 한 번의 공격으로 진세의 강함을 유추하는 것은 그리 어렵지 않았다.

한데 생각 외로 강한 진세다.

칠성의 공력에도 흔들리기만 할 뿐 무너지지는 않는다.

하지만 자신의 힘을 감당할 수 있을 만큼 대단해 보이지도 않았다.

좌소천은 공력을 팔성으로 올리고, 곤방(坤方)인 남서쪽을 향해 건곤합일을 펼쳤다.

일단은 앞을 가린 어둠을 먼저 뚫어야 했다.

쾅!

평소 건곤합일을 펼치면 소리가 나지 않는다. 그러나 뒤틀린 대기를 뚫고 진세를 후려치니 굉음이 일었다.

동시에 희미하게나마 앞이 보였다.

상당히 넓은 지역을 감싼 채 여덟 개의 깃발이 나부끼는데, 깃발과 깃발 사이에 대나무로 만든 석 자 크기의 산대가 꽂혀 있다.

진세가 이중으로 설치된 듯하다.

그 안에서 넋을 잃고 좌우로 오락가락하는 세 사람이 보인다.

"엎드리시오!"

일갈을 내지른 좌소천은 더 볼 것 없다는 듯, 갈지자로 걸음을 옮기며 두 주먹을 휘둘렀다.

콰광! 우르르릉!

지진이라도 난 듯 땅이 흔들리고, 어둠이 안개처럼 출렁이며 비명을 내지른다.

바로 그때였다.

골짜기 양편에서 백여 명이 쏟아져 내려왔다.

눈 밑을 검은 천으로 가린 자들. 나름대로 자신들의 정체를 숨기겠다는 뜻이지만, 그들이 누구라는 것을 몰라볼 사람은 아무도 없었다.

하기에 누구도 그들을 보고 놀라지 않았다.

"흥! 개수작 부리고 있군."

도유관 등 직속무사들은 그럴 줄 알았다는 듯 코웃음 치며 무기를 빼 들고, 매일 긴장하며 살았던 능야산의 형제들은 올 것이 왔다는 듯 눈을 빛낸다.

"흩어지지 말고 적을 상대해라."

목영락이 나직하게 말하며 검을 뽑아 들었다.

그들이 마주친 것은 일순간이었다.

부딪침과 동시 비명과 신음이 터져 나왔다.

"헉!"

"크억!"

쩌저정! 빡! 휘리릭, 짜작!

도유관의 도끼가 허공에 은빛을 번뜩이고, 전하련의 채찍이 어둠을 휘감는다.

번쩍!

소리없이 날아가 상대의 목젖에 틀어박히는 능야산의 일곱 치 비도도 그렇지만, 입을 꾹 다문 채 검은 인영 사이를 누비는 능야산의 형제들은 가히 공포였다.

가만히 서 있을 때는 그저 강할 거라는 생각뿐이었다. 그러나 그들이 살기를 띠고 움직이자 마치 폭풍이 쓸고 지나가는 것 같았다.

미처 물러설 틈도 없이 순식간에 십여 명이 쓰러졌다.

나름대로 고르고 고른 정예인 듯했지만, 그들은 좌소천 일행의 상대가 되지 못했다.

한데 그 와중에도 헌원신우는 중앙에 조용히 서서 움직이지 않았다.

그의 눈은 진세를 부수고 있는 좌소천을 향한 채 움직일 줄을 몰랐다.

두 주먹으로 진세를 무너뜨리는 좌소천이다. 하늘과 땅이 한꺼번에 뒤집히는 듯하다. 상식을 벗어난 엄청난 무력.

전력을 다하면 해볼 수 있을 거라 생각했던 자신이 우습게 느껴질 정도다.

그러던 어느 순간이었다.

콰과광!

마침내 굉음이 골짜기를 뒤흔들더니 출렁이던 검은 안개가 거짓말처럼 흩어졌다.

그제야 엎드려 있던 세 사람이 고개를 들고 눈을 부라렸다.

"내 저것들을!"

꿍음만큼이나 크게 울려 퍼지는 이자광의 목소리.

얼굴이 더욱 붉어진 홍려운과 분노한 언자홍도 각자의 무기를 움켜쥐고 싸움터를 향해 달려갔다.

좌소천은 달려가는 세 사람을 바라보다 한곳에 눈을 고정시켰다.

눈 밑을 검은 천으로 가리고 있는 중년인이 악을 쓰며 검을 휘두른다.

얼굴은 가렸을지 몰라도 기운까지 감출 수는 없었다.

제갈숭, 바로 그였다.

깊게 침잠된 눈으로 그를 바라보던 좌소천이 그를 향해 일보를 내딛었다.

순식간에 십오륙 장의 거리가 이 장 이내로 줄어들고, 좌소천의 우수가 무진도를 움켜쥐었다.

한데 바로 그때였다.

"멈춰라!"

대노한 일성이 산등성이 위에서 울리더니, 세 사람이 야조처럼 골짜기 안으로 날아들었다.

그들이 바닥에 내려설 즈음, 좌소천의 무진도에서 한줄기 묵빛 뇌전이 번쩍였다.

"모두 싸움을 멈추고 물러서라!"

날아든 자들 중 하나가 사방을 향해 소리친다.

그와 동시, 제갈숭의 오른쪽 팔이 힘없이 미끄러지며 어둠보다 더 검은 피분수가 뿜어졌다.

"크윽!"

난데없는 벼락에 주춤거리며 물러서는 제갈숭이다.

좌소천은 그를 본 척도 않고 무심한 목소리로 입을 열었다.

"헌원 대협, 사람들을 뒤로 물리시지요."

꼭 헌원신우에게만 하는 말이 아니었다.

그의 목소리는 치열한 격전음에 아랑곳없이 모든 사람의 귀청을 울렸다.

단칼에 박이 갈라지듯 사람들이 갈라섰다.

그 사이로 나중에 날아든 세 사람이 끼어들었다.

제갈진경, 제갈조룡, 그리고 제갈진유였다.

"숭! 네놈이 감히 제멋대로 세가의 사람들을 움직이다니! 지금 제정신이더냐?!"

제갈진경이 노성을 내지르며 제갈숭을 노려본다.

팔이 잘린 제갈숭은 밀려오는 고통에 정신이 없었다. 그래도 독한 성격답게 악을 쓰듯 소리쳤다.

"형제들의 원수를 그냥 보낼 수는 없지 않습니까?!"

"그래서 결과가 어떻게 나왔느냐? 왜 하지 말라 했는지 그렇게 모르겠느냐?"

"세가에서 제대로 지원만 해줬어도 충분히……."

"갈! 네놈이 세가를 말아먹으려고 작정을 했구나! 감히 세가 어른들의 명을 어기다니!"

제갈숭은 입을 꾹 다물고, 눈에서 독기만 뿜어냈다. 도저히 승복할 수 없다는 눈빛.

제갈진경은 허탈한 마음에 탄식이 절로 나왔다.

"그토록 총명하고 냉정하던 네가 어찌 이렇게 변했단 말이냐?"

제갈승이 변한 것은 좌소천을 쫓던 그때부터였다.

모든 일에 항상 자신만만했던 무정효가 아니었던가. 한데 그 한 번의 좌절은 그로 하여금 모든 것을 변하게 했다.

자신의 실수로 제갈진우가 죽었다는 걸 알고 죽고 싶었을 정도였으니까.

남들은 그의 탓이 아니라 하지만, 그의 마음은 결코 그 말을 받아들일 수 없었다.

"죄는 달게 받겠습니다. 그러나 지금도 제가 잘못했다는 생각은 하지 않습니다, 숙부."

제갈진경은 자신의 정당함을 주장하는 제갈승을 빤히 바라보다 고개를 저었다.

그때 뒤에 서 있던 제갈진유가 앞으로 나섰다.

"네 마음은 충분히 이해한다. 그러나 하지 말라는 일을 함으로 해서 아까운 형제들의 피가 골짜기를 적셨다. 그것만큼은 용서받지 못할 것이다."

이를 악다문 제갈승은 고개를 숙였다. 아무리 그가 독하다 해도 제갈진유에게 말대꾸를 하지는 못했다.

제갈진유는 냉담한 표정으로 그를 바라보고는, 몸을 돌려 좌소천을 향했다.

"본 가의 뜻이 아니라는 것은 자네도 잘 알 것이네. 다행히 큰 피해는 없는 것 같으니 이쯤에서 그만두었으면 하네만."

삼십여 명이 죽거나, 죽기 직전의 중상을 입었다. 그러나 대부분이 제갈세가의 무사들이었다.

그에 반해 좌소천의 일행은 십여 명만이 부상을 입었을 뿐이다. 진세에 말려들지 않았기에 그 정도로 끝날 수 있었다. 만일 진이 펼쳐졌다는 것을 알지 못하고 숲 속으로 진입했다면, 그 결과가 어떻게 나왔을지도 아무도 모르는 일이었다.

"지금은 그냥 물러가지요. 하나, 한 번만 더 이런 일이 벌어진다면, 제갈세가가 그 모든 책임을 져야 할 것입니다."

좌소천의 무심한 말에 제갈진유의 눈빛이 잘게 떨렸다.

"내 이름을 걸고, 다시는 이런 일이 없도록 하겠네."

좌소천은 제갈진유의 대답을 들으며 제갈숭을 바라보았다.

제갈세가의 무사 두 사람이, 분노와 고통으로 얼굴이 참담히 일그러진 제갈숭의 팔을 지혈하고 있다.

'기다려라, 제갈숭. 장 형의 한에 사무친 검이 곧 너를 찾을 것이다.'

한데 그때였다.

헌원신우가 앞으로 나오더니 제갈진유를 향해 걸어간다. 좌소천은 그의 뜻을 알고 그대로 놔두었다.

제갈진유가 고개를 돌리더니 다가오는 헌원신우를 직시했다.

이 장의 거리를 두고 멈춰 선 헌원신우가 제갈진유를 향해 입을 열었다.

"제갈세가 제일의 검을 익혔다 들었소. 손속을 나누어봤으면 싶소만?"

순간 어둠 속에서 제갈진유의 눈빛이 반짝였다.

자신 역시 바라던 바였다. 자신이 직접 이곳에 온 이유이기도 했다. 다만 상대가 좌소천에서 헌원신우로 바뀐 것이 조금 불만일 뿐.

그러나 눈앞에 있는 자 역시 자신에 비해 하수라 할 수 없는 고수다. 그와 비무해 보면 좌소천에 대한 것을 간접적으로나마 알 수 있을지도 모르는 일.

"좋소. 단, 결과가 어찌 나오든 오늘 일은 더 이상 따지지 말도록 합시다."

제갈진유는 헌원신우의 제안을 받아들이고 넓은 곳으로 걸음을 옮겼다.

철그렁, 헌원신우는 걱정 말라는 듯 옆구리의 검을 손바닥으로 툭 치고 발을 내딛었다.

제갈진유와 헌원신우가 마주 선 채 반 각이 흘렀다.

그사이 제갈세가의 무사들은 사상자들을 한곳으로 옮기고 부상을 치료했다.

그때 제갈조릉이 좌소천 쪽으로 다가왔다.

그는 잠시 머뭇거리더니, 좌소천을 향해 물었다.

"혹시 일전에 초려에서 뭔가를 발견하지 못했소?"

제갈진우가 몇 마디 말을 남겼다.

그중 '초려 밑'이라는 말을 풀기 위해, 제갈조릉은 초려의 바닥을 샅샅이 파헤쳐 보았다. 하지만 그는 잡다한 물건만 몇 개 발견했을 뿐, 막상 제갈진우가 남겼을 것으로 보이는 뭔가는 찾아내지 못했다.

죽어가던 사람이 헛소리를 남겼을 리는 없는 일. 그는 그 말이 무엇을 뜻하는지 궁금해서 밤잠을 설칠 지경이었다.

그러던 차에 좌소천을 만났으니, 그로선 입이 근질거려 물어보지 않을 수가 없었다.

좌소천은 딱 잘라 냉정하게 대답했다.

"나는 남의 물건을 탐해 그곳을 찾아간 것이 아니오."

제갈조릉이 곤혹한 표정을 지으며 중얼거렸다.

"으음… 그럼 초려 밑이라는 말은 대체 왜 남기신 것이지?"

좌소천은 그의 말을 흘려들으면서도 약간은 의아한 생각이 들었다.

자신에게 그 말을 묻기가 쉽지 않았을 터였다. 그런데도 물어보았다는 것은, 그래야 할 만큼 중요한 이유가 있다는 뜻이었다.

'초려 밑이라……'

떠덩!

그때 충돌음이 밤하늘을 울리며 잔잔한 충격파가 전해졌다.

대치하고 있던 제갈진유과 헌원신우가 정면으로 부딪치기 시작한 것이다.

두 사람의 대결은 일각가량 이어졌다.

그 시간 동안 정면으로 부딪친 것은 일곱 번에 불과했다. 하지만 그 일곱 번의 부딪침으로 그들 주위 십 장이 평지처럼 변해 버렸다.

팽팽한 접전!

누가 우세하다 할 수 없을 정도로 두 사람의 실력은 비등비등했다. 심하게 말하면 머리카락 하나만큼도 차이가 나지 않을 듯했다.

제갈진유는 헌원신우의 강함이 의외인 듯 두 눈에 놀람이 가득했고, 헌원신우는 오제 육기에도 들지 못하는 제갈진유을 이기지 못한다는 것에 바윗덩이처럼 얼굴이 굳었다.

후우웅!

고오오오!

어느 순간, 두 사람의 전신에서 좀 전보다 더욱 강한 기운이 쏟아졌다.

어둠이 진저리를 치며 파도치듯이 출렁였다.

결국 승부에 온정신이 팔린 두 사람이 전 공력을 끌어내기 시작한 것이다.

하지만 좌소천이 그걸 그대로 놔두지 않았다.

전 공력을 끌어올려 부딪치면 두 사람 다 내상을 입을 것이 분명했다. 그것은 양쪽 누구에게도 좋지 않았다.

두 사람의 자존심도 중요하지만, 그보다는 내상을 막는 것이 더 중요했다.

"설마 쓰러질 때까지 하시겠다는 건 아니시겠지요?"

나직하면서도 낭랑한 일성이 두 사람의 고막을 뒤흔들었다.

구성의 금라천황공이 실린 음성!

맑고도 강력한 힘이 담긴 목소리가 그들의 기운을 흐트러뜨렸다.

그제야 두 사람의 얼굴에 변화가 생겼다.

단순 비무로 시작한 일이 생사를 가를 지경에까지 갈 뻔했다. 멈출 수 있었는데도 호승심이 그걸 용납지 못했다.

두 사람의 얼굴에 난감한 표정이 떠올랐다.

제갈진유가 먼저 한 걸음 물러섰다.

"나에게 아직도 이런 감정이 있을 줄은 몰랐소. 하마터면 실수할 뻔했구려."

바윗덩이 같던 헌원신우의 눈빛이 잘게 흔들렸다.

"별말씀을. 저야말로 승부에 대한 욕심으로 스스로를 다스리지 못했습니다."

"허허허, 어쨌든 정말 좋은 대결이었소. 아마 평생 잊지 못할 거외다."

"저 역시……."

좀 전과 달리 많이 부드러워진 것처럼 보이는 헌원신우다.

그 모습에 좌소천은 내심 웃음을 지었다.

'이제 좀 말이 통하겠어.'

그는 담담한 표정으로 제갈진유를 바라보았다.

"이만 가보겠습니다. 오늘까지의 일은 잊고, 다음에 만날 때는 좀 더 좋은 이야기를 나눠보도록 하지요."

"그리 생각한다니, 나 역시 오늘의 일은 잊겠네."

형인 제갈진우가 죽었다. 조카들이 죽고 손자들이 죽었다. 그리고 오늘, 또 세가 사람들의 피가 흘렀다.

원한에 사무쳐 분노를 터뜨려야 했다!

제갈숭처럼 좌소천을 죽이기 위해 물불을 가리지 않아야 정상이다!

그런데 이상하게 분노조차 끓어오르지 않는다.

오히려 일을 이쯤에서 마무리 지은 것이 다행이라는 마음마저 든다. 제갈진경이 추적을 포기했을 때처럼.

강호는 그런 곳이라는 것을 아는 까닭이다.

죽음을 항상 옆구리에 낀 채 살아가야 하는 게 강호인의 삶이라는 것을 알기 때문이다.

명분도 없는 분노보다 세가의 안전을 먼저 생각해야 하는 어른 때문이어서 그런 것일 수도 있지만, 지금의 그가 강호인이라는 것 또한 부정할 수 없는 사실이었다.

'후우, 다 내 생각 같지는 않겠지. 승아처럼……'

4

좌소천은 양양에서 하루를 지내고 아침에 출발하기로 했다.

객잔에 찾아들자, 헌원신우와 능야산의 형제들은 입을 꾹 닫고 자신들에게 배정된 방으로 들어갔다.

충격이 큰 듯했다.

308 절대천왕

헌원신우는 그들 중 제일 강한 고수다. 한데 그런 헌원신우가 제갈진유를 이기지 못할 줄은 생각조차 못한 것 같았다.

좌소천은 별다른 말을 하지 않고 자신의 방으로 들어갔다.

그렇게 사람들이 각자의 방으로 들어가고, 시끄럽던 객잔도 문을 닫아 사위가 조용해진 자시 무렵이었다.

침상에서 일어선 좌소천은 창문을 통해 방을 나섰다.

방 앞에선 이자광과 전하련이 경비를 서고 있었다. 아마 자신이 이 시각에 나가면 무슨 일인가 싶어 물을 것이었다.

사실대로 말하면 따라오겠다고 할 것이 뻔한 일. 거짓을 말하는 것보다는 몰래 움직이는 것이 나았다.

이각 후, 융중산의 초려 앞에 도착한 좌소천은 대나무 스치는 소리를 들으며 앞을 바라보았다.

청죽에 둘러싸인 초려가 보였다.

부서졌던 청죽만상진은 원상대로 복구된 상태였다.

좌소천은 전과 달리 청죽만상진을 힘으로 부수지 않고 진세의 길을 찾아 안으로 들어갔다. 그러고는 초려 앞에 서서 천천히 주위를 둘러보았다.

어둠이 초려를 감싸고 있었다. 그래도 그의 눈을 방해할 정도는 되지 못했다.

'아예 완전히 들어엎었군.'

초려 주위는 말끔히 단장되어 있었는데, 초려 아래쪽의 흙이 깨끗한 걸로 봐서 제갈조릉이 한바탕 뒤집은 듯했다.

좌소천은 냉소를 지으며 초려를 향해 걸음을 옮겼다.

초려 안에는 수백 권의 책이 탑을 이룬 채 쌓여 있었다. 이리저리 옮겨서인지 책에는 사람의 손자국이 여기저기 찍혀 있고, 또한 바닥에 깔렸던 대자리도 몇 번을 젖힌 흔적이 여실했다.

자신이 또다시 살펴볼 마음을 갖지 않아도 될 정도였다.

그래도 좌소천은 혹시나 하는 마음에 주위를 세밀히 살펴보았다. 하지만 역시나, 이각이 되도록 아무것도 발견할 수가 없었다.

'이렇게 찾고도 찾지 못했다니. 이상하군, 설마 제갈진우가 죽기 전에 헛소리를 남겼을 리는 없⋯⋯.'

그때다. 가만히 서서 고개만 돌리던 좌소천의 눈이 한곳에 멎었다.

그의 눈가로 슬며시 미소가 피어났다.

'초려라고 해서 꼭 진짜 초려일 필요는 없지.'

족자가 보였다.

제갈량이 초려에서 책을 읽고 있는 모습이 그려져 있었다.

한데 족자 안의 초려 밑에 시구가 적혀 있는 것이 아닌가.

남이 보면 단순한 시구를 적어놓은 것으로 생각할 터였다. 일반 문사가 본다면 고개를 저을 정도로 평범한 시에 불과했으니까.

그러나 좌소천은 그렇게 생각하지 않았다.

그 자리는 시를 적기에 적당한 곳이 아니었다. 그리고 일반적으로 시가 오언이나 칠언 등 일정한 운율이 있는 반면, 족자에 쓰인 시는 그렇지가 않았다.

제갈진우는 천하에서 손꼽히는 문사다. 그런 그가 왜 이런 평범한 시구가 적힌 족자를 자신의 거처에 걸어놓았을까?

문제는 그 시가 초려 밑에 적혀 있다는 것이었다. 그것만으로도 그 시는 좌소천의 관심을 끌기에 충분했다.

좌소천은 가만히 서서 족자에 적힌 시구를 읽어보았다.

평범한 듯하면서도 상당히 난해한 시였다.

한데 한자한자 읽어가는 좌소천의 표정이 점점 굳어졌다.

그럴 수밖에 없었다.

시의 내용은 다름 아닌 천해! 바로 그곳에 대한 것을 시처럼 풀어쓴 것이었다.

마침내 천해의 비밀이 뜻밖의 곳에서 한 꺼풀 속살을 드러내기 시작한 것이다.

좌소천은 처음부터 끝까지 몇 번을 읽어보고는, 완전히 머릿속에 새겼다는 생각이 들자 족자를 향해 손을 저었다.

순간 초려 밑에 적혀 있던 글자가 마치 수세미로 닦아낸 듯 깨끗이 지워졌다.

                    *   *   *

좌소천이 제갈세가를 방문한 그날, 비밀리에 다섯 사람이 황강산의 제천신궁에 들어섰다.

그들은 미리 마중 나와 있던 밀천단 무사들의 호위하에 곧바로 내궁으로 향했다.

순우무종, 마침내 그가 혼사를 앞두고 인사를 할 겸, 혁련호승의 몸을 치료할 사람을 데리고 제천신궁을 방문한 것이다.

"궁주를 뵈옵니다."

"날도 더운데 오느라 수고했네."

혁련무천은 고개를 드는 순우무종을 직시한 채 물었다.

"그래, 호승이의 몸을 치료할 방법이 있다고?"

"본 가에 오래전부터 전해진 비전이 몇 가지 있습니다, 궁주."

"성공 가능성은?"

"아주 심하지만 않다면, 십중팔구는 성공할 수 있을 것입니다."

"으음, 함께 온 사람이 치료를 할 사람인가?"

"그렇습니다. 지금쯤은 둘째 공자의 몸 상태를 살피고 있을 것입니다. 너무 걱정하지 마십시오, 궁주."

혁련무천의 눈에 처음으로 온기가 어렸다.

"신경 써줘서 고맙군. 가주께 전해주게. 이 혁련무천이 오늘의 일을 잊지 않겠다고 말이야."

"별말씀을……. 진즉 신경 쓰지 못한 것이 죄송할 뿐입니다."

"허허허, 이제 그만 미려에게 가보게나. 떠나기 전에 서로의

마음을 조금이라도 더 알면, 가는 길이 그만큼 편해지지 않겠는가?'

"예, 궁주."

고개를 숙이는 순우무종의 눈빛이 사이하게 빛났다.

'후후후, 혁련호승의 혈맥은 확실하게 이어놓을 것이오. 물론 뒤에 벌어지는 일은 책임질 수 없지만……'

그런 순우무종의 뒤통수를 노려보는 혁련무천의 눈빛에 냉기가 흘렀다.

'네 말을 전부 믿을 거라 생각했다면, 그것은 나 혁련무천을 잘못 본 것이다. 하지만… 당장은 너희들의 뜻대로 따라주마.'

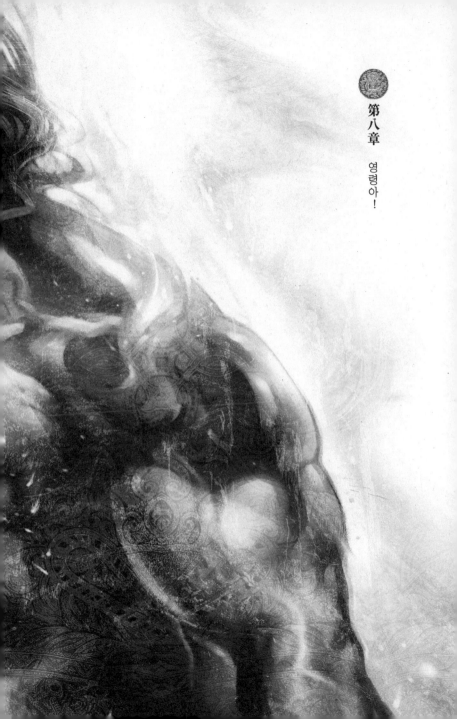

第八章

영령아!

絶對天王

공손양은 제천신궁의 전서가 도착한 그날, 급전을 띄워 사람들을 검인보로 모이도록 했다.

급전을 매단 전서구는 구포방, 광한방, 신검장을 비롯해 각 지부 모든 곳으로 날아갔다.

그리고 전마성의 백리도운에게도 서신을 보냈다.

화룡점정(畵龍點睛). 마지막 역할을 맡기기 위해서였다.

그가 그렇게 각 곳의 사람들을 모은 것에는 이유가 있었다.

이제는 남이 아니라는 것, 모두가 하나의 하늘 아래 뭉쳤다는 것을 상기시키기 위함이었다.

좌소천이 양양을 떠나던 날. 모두 합쳐 일백이십여 명의 고수가 검인보로 모여들었다.

숫자는 적었지만, 모두가 절정에 달하거나 그에 근접한 고수들이었다.

공손양은 그들이 모이고 있다는 소식이 전해지자, 그 사실을 벽여령에게만 털어놓았다.

당연히 벽여령은 그 사실을 네 명의 노인에게 알렸다. 우려와 걱정이 가득한 표정을 지은 채.

"걱정 마라, 우리가 가서 무사히 데려오마!"

네 노인은 이구동성으로 벽여령을 안심시켰다.

그러더니 구석에 처박혀 있던 마차를 끌어내 먼지를 털고는, 마침 근처를 지나가던 엽풍을 불러 마부석에 앉히고 만월평을 나섰다.

벽여령이 간식으로 드시라며 싸준 음식들을 마차에 가득 싣고.

2

수(隋)나라를 세운 수문제가 아버지 양충의 수국공 작위를 이어받아 다스렸던 곳.

좌소천이 대홍산 동북쪽 수주(隨州)에 도착한 것은 양양을 출발한 그날 날이 저물 무렵이었다.

도유관과 이자광, 전하련, 사인학, 종리명한, 홍려운만이 동행한 상태였다.

나머지 사람들은 그보다 한발 먼저 양양을 출발했다. 그들은 좌소천과 달리 동백산을 넘어 신양의 북문으로 들어갈 것이었다.

그러잖아도 제천신궁의 눈을 피하기 위해 따로 떨어져서 움직여야 할 상황이었는데, 마침 관추릉과 언자홍이 동백산 일대의 지리를 잘 알고 있어 취한 조치였다.

수주에 들어간 좌소천은 일단 객잔부터 찾아보았다.

대홍객잔(大洪客盞).

대로에 들어서자 언뜻 익숙한 이름이 보였다. 좌소천은 더 찾아볼 것도 없이 대홍객잔의 주렴을 젖히고 안으로 들어갔다.

날이 저물어가는 시각이라서 그런지 빈자리가 거의 보이지 않았다.

사인학이 어깨를 으쓱 추키며 고개를 저었다.

"다른 곳으로 가야 할 것 같습니다, 주군."

일행이 일곱이다. 게다가 이 인분의 자리를 차지하는 이자광마저 끼어 있다. 탁자를 두 개는 차지해야 할 판. 작은 자리도 찾기 어려운데 두 개의 탁자를 차지하기는 어렵게 보였다.

"건너편에도 객잔이 있던데, 그리로 가시지요."

"아무래도 그래야 할 것······."

좌소천 일행이 두리번거리다 말고 나가려 하는데, 점소이가 쪼르르 달려왔다.

"어서 옵셔! 아이고, 운도 좋으십니다. 지금 막 큰 자리가 하나 났습지요. 저를 따라오시지요!"

점소이의 말에 돌아서려던 사람들이 멈칫했다.

"탁자가 두 개는 있어야 하네."

"물론입죠!"

점소이는 걱정 말라는 표정을 지으며 좌소천 일행을 창가로 안내했다.

그들이 다가가는 사이 창가에 앉아 있던 사람들이 일어났다. 그곳에는 좌소천 일행이 모두 앉을 수 있을 정도로 커다란 탁자가 놓여 있었다. 점소이가 장담할 만도 했다.

바로 그때였다.

탁자를 향해 걸음을 옮기던 좌소천은 기이한 기분에 슬쩍 고개를 돌렸다.

객잔의 구석진 곳에서 한 사람이 등을 돌린 채 식사를 한다.

펑퍼짐한 흑의를 입은 자. 그는 차양이 넓고, 차양 끝에 검은 면사가 달린 모자를 쓰고 있었다.

모자를 벗지 않고 식사를 하는 것이 조금 묘하게 보였지만, 좌소천의 관심을 끈 것은 모자와 아무 상관이 없었다.

아무런 느낌조차 없는 가운데 은은히 흐르는 남이 범접할 수 없는 냉기.

그 기운은 너무 미약해서 자신조차 그냥 스칠 뻔했다. 하지만 분명한 것은 그것이 결코 흑의인이 약해서 그런 것이 아니라는 것이었다.

약하기는커녕 자신의 모든 것을 감출 수 있을 정도로 강한 자였다.

'세상은 역시 넓군.'

좌소천이 내심 놀라움을 금치 못하고 있는데, 점소이가 탁자를 쓱쓱 닦아내고 소리쳤다.

"자, 이리 앉으시지요, 공자님!"

그러더니 환하게 웃으며 사람들을 둘러본다.

뭔가를 바라는 눈치. 사인학이 눈치 빠르게 품에서 반 냥이 조금 못 되는 은두 하나를 휙 던져 주었다.

"아이고, 감사합니다요! 뭘 드시겠습니까!"

입이 쫙 찢어진 점소이는 공자의 말을 경청하는 서생처럼 귀를 열고 주문을 받았다.

그렇게 점소이가 주문을 받고 자리를 떠나자, 좌소천은 자연스럽게 눈을 돌려 흑의인을 바라보았다.

그때였다. 식사를 마쳤는지 흑의인이 자리에서 일어나며 몸을 돌렸다.

그리 크지 않은 키. 모자의 차양에 달린 면사 외에, 더욱 두터운 면사로 가려진 얼굴. 게다가 풍성한 흑의로 인해 그의 몸전체 윤곽도 확실하지가 않다.

좌소천은 그의 정체가 궁금했지만 도무지 짐작조차 할 수가 없었다.

한데 언뜻, 그가 자신들 쪽을 바라보는 것처럼 느껴졌다. 머리는 다른 곳을 향해 있는데도 왠지 모르게 그런 생각이 들었다.

좌소천이 한번 말을 걸어볼까 하는 사이, 흑의인은 태연한 걸음으로 자리를 벗어났다.

객잔을 나선 흑의인은 객잔이 보이지 않는 곳이 이르자 천천히 몸을 돌렸다.

'분명 그때 그자야.'

촉산을 벗어나자마자 남자의 옷을 사 입었다. 차양에 면사가 달린 모자도 사고, 본래 쓰던 천잠사로 만든 하얀 면사는 물을 들여 검게 변색시켰다.

그러고는 자신의 내력을 완벽히 제어하고, 본신에서 저절로 흐르던 냉기마저도 사흘간의 노력 끝에 잠재웠다.

그녀는 그렇게 모든 것을 바꾸고 호북으로 들어왔다. 좌소천을 찾기 위해서였다.

그녀가 첫 번째로 한 일은, 개방의 제자를 찾는 것이었다. 운이 좋았는지 그녀는 보강에 들어가자마자 개방의 삼결제자를 만났다.

개방의 제자는 '좌소천이라는 이름을 들어봤나요?' 라는 그녀의 질문에 대뜸 코웃음을 쳤다. 자신을 놀리냐면서.

그러더니 그녀가 다섯 냥의 은자를 내밀자 눈을 동그랗게 뜨며 대답했다.

"제천신궁의 호북 총지부장 이름이 바로 좌소천이오."

놀라운 일이었다.

그는 살아 있었다. 그것도 천하제일패라는 제천신궁의 호북 총지부장이 되어서.

그녀는 설레는 마음을 억누르고, 물어물어 황파를 향해 길을 걸었다.

급히 서둘지는 않았다. 마음은 서두르고 싶은데 몸이 따라가지 않았다.

혹시 모르는 척하면 어떡하지? 설마 그러기야 할까?

만나면 뭐라고 하지? 뭘 물어보지?

그를 만나면 정말 내 신세 내력을 알 수 있을까? 모르면 또 어디 가서 나에 대한 것을 알아보지?

수많은 질문이 머릿속에서 맴돌았다. 자신의 냉철한 사고가 한순간 멈춘 것만 같았다.

최소한 그때만큼은 신녀도, 뭣도 아닌, 그저 기억을 잃은 외로운 여인일 뿐이었다.

그렇게 걸어 이제 황파가 이틀 거리. 아니, 경공을 시전한다면 하루도 안 돼 도착할 수 있을 정도로 지척이다.

그런데 그 와중에 원수나 다름없는 자를 만난 것이다.

다행히 그는 자신을 알아보지 못한 듯했다. 잠시 자신에게 눈을 두기는 했어도, 정체를 알았기 때문은 아닌 것 같았다.

신녀는 이를 지그시 악물고 객잔을 바라보았다.

'파파의 혼령이 나를 도와주는구나. 저자를 이곳에서 만나다니.'

이유야 어찌 되었든 그의 손에 죽은 정한녀가 일곱이다.

정한녀들을 죽인 자!

지금은 그것만이 진실이었다.

자신은 유사와 싸우며 한계를 경험한 이후 전보다 강해진 상태. 지금이라면 단신으로라도 죽일 수 있을 듯했다.

'강호에서 유명한 자겠지. 그러나 네가 누구든 상관없다. 너는… 오늘 내 손에 죽는다.'

언젠가 본 것 같은 그의 도가 마음에 걸리지만, 그러한 것 때문에 한 맺힌 정한녀들의 원한을 갚는 일을 뒤로 미룰 수는 없었다.

*   *   *

식사를 하고 곧바로 방으로 들어온 지 두 시진.

좌소천은 세 차례에 걸친 대주천을 마치고 눈을 떴다.

"후우……."

그는 길게 숨을 내쉬고, 침상에서 내려와 창가로 다가갔다.

객잔의 창문을 통해 하늘이 보였다. 구름이 걷힌 하늘에는 불꽃놀이라도 하는 것처럼 셀 수 없이 많은 별들이 박혀 있었다.

좌소천이 바라보는 사이, 커다란 별똥별 하나가 긴 꼬리를 늘어뜨린 채 지상으로 곤두박질친다.

'이틀 후면 그대의 가면이 벗겨질 것이다, 혁련무천.'

이번 만남으로 제천신궁이 자신의 손에 들어온다는 보장은 없었다. 그러나 한 가지만은 분명했다.

혁련무천과 자신이 완전히 갈라서게 될 거라는 것.

좌소천은 물끄러미 하늘의 중심에서 반짝이는 북신(北辰), 북극성을 직시했다.

하늘에 북신은 하나다. 현재 강호에서의 북신은 혁련무천이다.

그러나 이제 바뀌어야 할 때가 되었다.

'내가 하늘의 중심, 북신이 될 것이다!'

바로 그때였다.

기이한 기운이 어디선가 밀려왔다.

마치 누군가가 부르는 듯하다.

언젠가 느껴본 것 같은 그런 기운.

'나를 부르는 것인가, 기운의 주인이여?'

좌소천은 묵묵히 서서 금라천황공을 흘렸다.

동시에 밀려오던 기운도 더욱 강해지더니, 갑자기 급속도로 빠져나갔다. 마치 자신더러 빨리 나오라는 것만 같았다.

좌소천은 그 기운의 부름을 마다하지 않고 밖으로 몸을 날렸다.

순간 멀리서 외줄기 기운이 자신을 향해 뻗어온다. 마치 자신에게 위치를 알려주려는 것처럼.

찰나였다. 좌소천의 신형이 어둠 속으로 빨려 들어가듯 사라졌다.

강가에 조용히 서 있는 사람이 보인다.

객잔에서 봤던 흑의인이다.

'그래서 언젠가 느꼈던 기운이라는 생각이 들었나?'

꼭 그런 것만은 아닌 듯했다. 그러나 중요한 것은 자신이 그걸 어떻게 느꼈느냐가 아니었다.

상대는 자신에게 좋지 않은 뜻을 품고 있고, 또한 자신이 무시하지 못할 정도로 강하다는 것이었다.

"그대가 나를 불렀소? 무엇 때문에 부른 것이오?"

흑의인은 바로 대답하지 않고, 꼿꼿이 선 채로 미끄러지듯 다가왔다.

그의 입이 열린 것은 거리가 삼 장가량으로 가까워졌을 때였다.

"맞아, 내가 불렀지. 너를 죽이기 위해서."

갑작스런 여인의 음성에 좌소천의 눈이 커졌다.

들어본 목소리다. 게다가 흑의인, 그녀에게서 피어나는 기운 역시 일전에 부딪쳐 본 기운이다.

"설마, 신녀?!"

좌소천이 부르짖듯 소리쳤다. 하늘이 무너져도 놀라지 않을 것 같던 그의 얼굴에 경악이 물결쳤다.

그제야 왜 자신을 이끌던 기운이 낯설지 않았는지 이해가 갔다.

비록 신녀가 그녀 특유의 한기를 억누르긴 했지만, 그 본질만큼은 어쩔 수 없었던 것이다.

"본 궁의 정한녀들을 죽인 너의 피로, 한에 사무친 정한녀들의 넋을 위로할 것이다!"

미처 좌소천이 입을 열 틈도 없었다.

그를 향해 쇄도하는 신녀의 전신에서 한여름의 대기를 얼리며 뿌연 안개가 피어난다.

동시에 검은 소맷자락에서 튀어나오는 백옥처럼 하얀 손!

좌소천은 급박하게 뒤로 물러나면서 쌍권을 휘둘렀다.

순간 건곤합일이 펼쳐지며 신녀의 한천빙백소수공과 정면으로 부딪쳤다.

퍼억!

둔탁한 바위를 망치로 두들기는 소리가 울렸다.

하지만 그 소리에 어둠이 터져 나가고, 근처의 소나무가 비명도 지르지 못한 채 가루로 변해 흩날렸다.

'전보다 더 강해졌다!'

좌소천은 일권으로 신녀의 무위를 짐작하고 놀람을 금치 못했다.

그동안 강해진 사람은 자신만이 아니었다. 비록 자신만큼은 아니지만, 신녀 역시 전에 만났을 때보다 강해졌다.

건곤신권만으로는 상대할 수 없는 상황.

좌소천은 뒤로 두 걸음 물러섬과 동시 무진도를 뽑아 들었다.

찰나!

쩌억!

출렁이던 어둠이 일직선으로 갈라졌다.

쇄도하던 신녀의 신형이 쑥 허공으로 빨려 올라갔다.

누가 먼저라 할 것도 없었다.

좌소천의 우수가 비틀리고, 어둠을 가른 묵선이 회오리처럼 말려 하늘로 치솟는다.

신녀의 소수영(素手影)이 하늘을 가득 메운 채 함박눈처럼 쏟아진다.

좌소천은 금라천황공을 구성까지 끌어올린 채 무진칠도 중 전삼식을 연달아 전개했다.

암절단광, 절공참, 벽뢰참공까지!

가공할 도세에 신녀의 공세가 흔들리는 듯했다.

그러나 그뿐, 그토록 가공할 도세도 신녀의 몸을 두른 희뿌연 강기를 뚫지 못하고 허공에서 스러졌다.

어느 순간!

쿠구구궁!

천둥벼락이 치고, 산산이 부서진 함박눈이 그물처럼 갈라진 하늘에서 꽃가루처럼 흩날렸다.

온몸을 짓누르는 만근의 압력!

좌소천은 두 발을 강가의 암반에 발목까지 박은 채 철탑처럼 굳건히 서서, 자신의 도세에 오 장을 날아간 신녀를 바라보았다.

내려서는 신녀의 몸이 잘게 떨리고 있다.

그러나 그리 큰 충격을 받지는 않은 듯하다. 또다시 손을 들어 올리며 공격할 자세를 취한다.

좌소천은 천천히 무진도를 들어 올리며, 도첨으로 신녀를 가리켰다.

완벽에 가까워진 무애일정이었다.

언뜻 도첨에서 묵광이 어른거린다 싶은 순간! 땅에 내려선 신녀의 몸이 안개처럼 흩어졌다.

퍽!

그녀의 뒤쪽에 있던 아름드리 소나무의 중동이 가루로 변해 사라지고, 우지끈! 지탱할 힘을 잃은 소나무가 그대로 무너져 내렸다.

갑작스런 상황. 신녀는 자신을 덮치는 소나무를 피해 신형을 허공으로 뽑아 올렸다.

동시에 좌소천의 무진도가 하늘을 가리켰다.

번쩍!

연이어 무애일광이 펼쳐졌다.

허공에 떠 있던 신녀는 조금 전과 완전히 달라진 좌소천의 도세에 당황하지 않을 수 없었다.

위력은 별반 다르지 않았다. 빠름도 비슷하고, 역도도 비슷하다.

문제는 도세가 워낙 은밀한데다가, 그 범위가 어디까지 미치는지 정확치가 않다는 것이다.

어느 곳으로 움직이든 피할 곳이 없어 보이는 도세!

신녀는 작심한 듯 전 공력을 끌어올리고는, 두 손을 들어 허공을 내려쳤다.

찌저저적!

빙벽이 갈라지며 무너져 내리듯 허공이 갈라지고, 서리서리 백색 강기가 무애일광의 도세에 정면으로 부딪쳐갔다.

콰과과광!

뇌성벽력이 한꺼번에 터지듯 굉음이 꼬리를 물고 천공을 울렸다.

찰나였다.

좌소천의 신형이 허공으로 쑥 치솟더니, 무진도에서 묵빛 도강이 그물처럼 흘러나왔다.

천망회류참!

상반된 도세가 꼬리를 물고 허공을 덮어간다.

처음으로 신녀의 입에서 당황하는 목소리가 흘러나왔다.

"헛! 이, 이런……!"

하지만 좌소천의 도세는 그녀의 사정을 조금도 봐주지 않고 더욱 강력하게 밀려갔다.

낮이었다면 이리 밀리지는 않았을 터였다. 그러나 밤의 대결은 그녀에게 불리할 수밖에 없었다. 좌소천의 도세가 묵빛을 띠고 있기 때문이다.

게다가 그녀는 면사를 쓰고 있는 상태가 아니던가.

아무리 어둠에 구애받지 않는 절대고수라 해도, 상대의 기운을 느낌으로 상대한다 해도, 낮과 밤은 미세하나마 다를 수밖에 없었다.

그 미세한 차이가 승부를 한쪽으로 기울게 했다.

좌소천은 신녀가 당황하며 뒤로 밀리자, 무진도를 들어 느릿하니 내리그었다.

허공에 둥실 떠서 무진도를 내려치는 좌소천이다.

제석천이 아수라의 머리 위에 천도를 내려치는 듯하다.

천공멸혼(天空滅魂)!

무진칠도의 다섯 번째 초식이 세상에 처음 그 모습을 드러낸 것이다.

전신이 갈기갈기 찢기며 터져 나가는 충격!

신녀는 면사 안의 봉목을 부릅뜬 채, 혼신의 힘을 끌어올려 소수공을 펼쳤다.

콰아앙!

몸 안에서 울리는 듯 느껴지는 일성 굉음.

신녀의 몸이 허공에서 튕겨지며 뒤로 날아갔다.

"흐윽……."

옅은 신음이 날아가는 신녀의 입에서 흘러나온다.

좌소천 역시 그 충격에 땅으로 곤두박질쳤다. 그러나 곧바로 날아가는 신녀를 쫓아 땅을 박찼다.

순식간에 거리가 좁혀지며 신녀와의 거리가 칠팔 장으로 가까워졌다.

힘들게 몸을 가누며 땅에 내려선 신녀가 다시 뒤로 몸을 날린다.

좌소천은 무진도를 옆으로 눕힌 채 금환비영을 극성으로 펼쳤다.

삼사 장의 거리.

좌소천의 손에 공력이 쏟아져 들어갔다.

마녀는 아니다. 그러나 자신을 죽이려 하는 여인이다.

'누구도 더 이상은 나를 위협할 수 없어!'

자신 역시 온전한 몸은 아니지만, 기회가 왔을 때 끝을 봐야
했다.

좌소천의 도가 사선을 그으며 쳐들렸다.

바로 그때였다.

뒤로 물러서는 신녀의 차양 달린 모자가 비스듬히 기울어졌
다. 연이은 충격에 턱 끈이 떨어져 나간 듯했다.

일순간 흘러내린 모자가 신녀의 앞을 가렸다.

때를 놓치지 않고 좌소천의 도가 허공을 갈랐다.

위험을 느낀 신녀는 몸을 뒤로 젖히며 소수를 휘둘렀다.

그러나 앞으로 치달리는 힘마저 더해진 좌소천의 무진도.
물결처럼 밀려가는 묵빛 섬광이 백옥빛 강기를 잘게 부수며
신녀의 몸을 향해 떨어져 내렸다.

쩌저정!

츠츠츠츠!

산산이 부서져 허공에서 스러지는 손 그림자.

동시에 무진도의 도세가 신녀의 차양 달린 모자와 면사를
휩쓸고 지나갔다.

몸을 최대한 눕힌 덕에 얼굴이 반쪽으로 갈라지는 것을 겨

우 면했을 뿐, 아직 끝나지 않은 상황. 신녀는 이를 갈며 몸을 틀었다.

잘려진 면사가 너풀거리며 얼굴에서 흘러내렸다.

순간 무진도가 몸을 트는 신녀를 향했다.

'이제 끝이다, 신녀! 나를 원망하지 마라!'

묵룡의 머리가 방향을 틀며 신녀의 복부를 향해 입을 벌렸다.

도저히 빠져나갈 수 없는 상황!

신녀의 얼굴에 비감이 떠올랐다.

'내 심장이 부서지더라도 ……!'

그녀는 자신을 향해 달려드는 묵룡에 상관없이 한천빙백소수공을 전력으로 내쳤다.

묵룡이 검은 이빨이 신녀의 복부에 박히려는 순간, 나뭇가지 사이로 비친 달빛에 신녀의 백옥빛 얼굴이 보다 환하게 드러났다.

"너……?"

신녀의 얼굴을 본 좌소천의 눈이 화등잔만 하게 커지고,

푹!

무진도에서 뻗친 강기가 살짝 방향을 틀더니 신녀의 옆구리에 박혔다.

그와 동시 희디흰 소수가 좌소천의 가슴을 두들겼다.

쾅!

충분히 피할 수 있었다. 한데 몸이 굳어 피할 수가 없었다.

아니, 무진도에서 뻗친 강기를 회수해야 했기에, 하다못해 방향이라도 틀어야 했기에 피해야 한다는 생각조차 못했다.

그저 좌수를 들어 올려 심장을 막고, 끌어올린 금라천황공을 심장에 집중시켜 충격을 최소화시키는 정도가 다였다.

그러나 신녀의 한천빙백소수공은 그 정도만으로 감당하기에는 너무 강했다.

좌소천의 몸이 허공으로 이 장이나 튕겨졌다.

튕겨지는 그의 잇새에서 신음처럼 한마디가 흘러나왔다.

"…영령아……."

『절대천왕』 6권에 계속…

부제 : 졸라(拙懶)
게으르고 나태하다.

솔가람 新무협 판타지 소설

강호를 아는 자는 이렇게 말한다.
삼류무사는 이류를 무서워하고, 이류는 일류고수를 두려워한다.
그리고 일류는 대문파의 절정고수와 강호의 은거기인에게 무릎을 꿇는다.
하지만 그 모든 것이 예외인 삼류무사가 출현했다.
어느 날 사파 절정고수가 그놈에게 물었다.

"너 어느 문파 출신이냐?"
"개소문요."
"이 새끼! 어른 가지고 장난을 쳐!"
"당장 죽여 버리자, 언니!"

수백 년간 치밀하게 준비된 혈겁.
절정고수와 은거기인만으로는 힘이 부족하다.
이 혈겁을 타개할 사람은 오직 삼류, 그놈뿐!

그놈 曰, "됐거든요!"

놈을 움직일 수 있는 건 돈, 명예가 아니다.
오직 여자만이 그를 움직일 수 있다.
그것도 단 한 여자만이…….

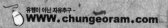
유행이 아닌 자유추구 -
WWW. chungeoram.com

Book Publishing CHUNGEORAM

시하 新무협 판타지 소설

춘추전국시대!

무공이 마법과의 친연(親緣)에서 벗어나지 못하고 신화와 전설이
강대한 영향력을 행사하던 미명(未明)의 시절!

"병사(兵士)는 음모에 죽고 전사(戰士)는 검에 죽는다.
너는 음모에 죽기를 원하느냐, 검에 죽기를 원하느냐?"
"검입니다."

음모에 빠져 일개 군사가 된 황산고(黃山高).
하지만 그것은 시작에 불과했다.
수없이 이어지는 인연과 깨달음은 그를 무제의 길로 인도한다.

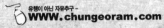

유행이 아닌 자유추구 -
WWW.chungeoram.com

Book Publishing CHUNGEORAM

Golden Key

박이수 소설

황금열쇠

「달의 아이」,「붉은 소금성」의 작가 박이수.
그가 또 하나의 기대작「황금열쇠」로 나타났다.

우연한 만남이란 단어는 그들에겐 존재하지 않았다.
얽혀 있는 사람들…그리고 피할 수 없는 운명의 굴레!

뒤틀려 버린 운명의 주인공 셰이엔 가이스카 리베 폰 라시에…
한순간 인생이 뒤바뀐 불운의 주인공 듀이 델!
그리고…유일하게 그녀를 기억하는 단 한 사람 이샤무딘!

이제 운명의 주사위는 던져졌다.
엇갈린 운명 속에 모든 사건은 하나로 연결된다!
황금열쇠를 차지하기 위한 그들의 위험한 모험이 지금 시작된다.

유행이 아닌 자유추구 -
WWW.chungeoram.com

Book Publishing CHUNGEORAM

武士 廓優 참마도 新무협 판타지 소설

무사 곽우

『무정지로』, 『십삼월무』, 『화산진도』의
작가 참마도, 그가 돌아왔다!!

새롭게 시작되는 그의 네 번째 강호 이야기!!

"힘이 있는 자가 없는 자를 돕는 것입니다.
또한 힘이 없다면 돕기 위해 노력이라도 하는 것입니다.
그것이 진정한 협 아니겠습니까?"
"호오……."
송완은 다시 봤다는 듯 곽우를 바라보았고 담고위는
무슨 케케묵은 보물단지 보는 듯한 얼굴을 만들었다.
송완은 살짝 킥킥거리며 웃다가 이내 곽우에게 말했다.
"틀렸다. 협이란 무공이 높은 자의 중얼거림일 뿐이야.
무공이 낮은 자는 그저 그 협을 바라만 보고 있어야 하는 것이지.
그래서 세상은 협사가 널렸고 그 협사의 주변엔 구더기들이 들끓고 있는 거야."

강호라는 세상 속에서 지금 한 사람이 그 눈을 뜨려 한다.
한 자루의 부러진 검과 함께 곽우라는 이름을 가지고……

유행이 아닌 자유추구~
WWW.chungeoram.com
Book Publishing CHUNGEORAM